LITRA DUKT

KETTLY MARS

Wilde Zeiten

Aus dem Französischen
von Ingeborg Schmutte

LITRADUKT

Bibliographische Information der Deutschen Bibliothek:
Die Deutsche Bibliothek verzeichnet diese Publikation
in der Deutschen Nationalbibliographie; detaillierte Bibliographische Daten
sind im Internet unter *http://dnb.ddb.de* abrufbar.

2. Auflage, Trier 2013
1. Auflage 2012
Ungekürzte Ausgabe
litradukt, Literatureditionen Manuela Zeilinger-Trier,
www.litradukt.de

Das französische Original erschien 2010 unter dem Titel
»Saisons sauvages«,

Aus dem Französischen von Ingeborg Schmutte
Lektorat: Peter Trier
Umschlaggestaltung und Satz: von Clar, Jens Draser-Schieb
Umschlagabbildung: Irina Lauterbach, Quelle: Photocase
Herstellung: CPI Clausen und Bosse, Leck
Printed in Germany

ISBN: 978-3-940435-10-1

Begriffe, die mit einem Stern gekennzeichnet sind,
werden im alphabetischen Glossar erklärt.

Für Roland, den Reisenden in Ewigkeit

1

Wie lange muss ich mich noch gedulden? Ich warte nun schon fast zwei Stunden, vorgelassen zu werden. Ich kann doch nicht einfach aufstehen und weggehen, ich habe schließlich freiwillig auf meinen freien Willen verzichtet. Mit der ersten Minute, in der ich meinen Fuß in dieses Gebäude setzte, sind meine Zeit, meine Stimmung, mein Leben der Willkür des Staatsekretärs ausgesetzt. Ich darf auf keinen Fall meinem drängenden Wunsch nachgeben, aus diesem Warteraum des Präsidentenpalasts abzuhauen, wo mir doch nach vielen Versuchen und falschen Hoffnungen endlich die Gunst zuteil wurde, von Seiner Exzellenz empfangen zu werden.

Ich möchte möglichst schnell nach Hause. Kurz bevor ich aufbrach, ist mir ein Tagebuch von Daniel in die Hände gefallen. Es war in seinem Büro ganz oben auf einem Schrank im doppelten Boden einer Hutschachtel versteckt. Als ich auf einen Stuhl kletterte, um in den Fächern nach einem vermissten Schlüssel zu suchen, fiel die Schachtel herunter und verriet mir ihr Geheimnis. Einen Moment lang hielt ich das Tagebuch verständnislos in Händen. Es beängstigte mich ein wenig, als dränge etwas in mein Innerstes ein. Unwillkürlich drehte ich mich um, um festzustellen, ob jemand mich beobachtete. Ich blätterte die dicht beschriebenen Seiten von Daniels Hand flüchtig mit der Daumenkuppe durch. Es sind nur etwa zwanzig. Seine ersten Aufzeichnungen stammen vom vergangenen Oktober. Bereits von vor neun Monaten, und ich habe nichts davon gewusst.

Es ist heiß trotz des Ventilators, der an der Decke die Luft verquirlt. Fast alle Angestellten des Ministeriums sind gegangen. Jetzt geht auch die Sekretärin des Staatssekretärs. Während sie ihre Schreibmaschine zudeckt, wirft sie mir einen rätselhaften Blick zu und sagt, ich solle unbesorgt sein, der Staatssekretär werde kommen. Daniel ist schon genau zwei Monate und einen Tag im Gefängnis. Man hat zwei Kollegen von der Zeitung, Wenceslas Lamy und Hubert André, auch sie Mitglieder der UCH*, am selben Tag wie ihn eingelocht. Der Generalsekretär der Partei, Michel-Ange Lefèvre, hat sich in Sicherheit gebracht. Es wird weder einen Prozess, noch ein Urteil, noch eine Verurteilung geben.

Daniel kommt nach Folterungen und Dahinvegetieren im Kerker entweder frei, oder er wird umgebracht. Im zweiten Fall werde ich weder seinen Todestag erfahren, noch in welches Massengrab man seinen Körper schmeißen wird. Die Gerichtsbarkeit hat keine Zeit für Kommunisten, die sich mit ihren Theorien und friedfertigen Kämpfen selbst behindern. Sie sind schädliche Insekten, die die Diktatur zermalmt. Die anderen, die *kamoken**, die Putschisten, werden erbarmungslos gehetzt, von der Menge in Stücke gerissen oder öffentlich hingerichtet. Wer zum Schwert greift ... Tagelang bleiben manchmal ihre aufgedunsenen Leiber Fliegen und faszinierten, verschreckten Schaulustigen ausgeliefert. Aber um sie kann man wenigstens trauern. Am schlimmsten ist doch die Ungewissheit, ob er noch lebt, das Warten, wie eine Wunde, die nicht verheilt und nach und nach das Leben auslöscht. Einige Verwandte und Freunde sind der Meinung, es sei unverantwortlich von Daniel, die Regierung in seinen Artikeln herauszufordern, in denen er Verfassungsbrüche und die völlige Missachtung der Bürgerrechte anprangert. Auch werfen sie ihm vor, gefährliche kommunistische Ideen zu verbreiten. Vielleicht haben sie recht. Heuteaber habe ich keine Zeit zu grübeln. Ich muss an alle Türen klopfen, alle Glocken läuten, meinen Stolz und meine Angst unterdrücken, um seine Freilassung zu erflehen. Um zu erbitten, dass man ihn seinen beiden Kindern zurückgibt. Es ist unglaublich, aber manchmal geschieht ein solches Wunder. Ich warte weiter. Zwei, auch vier Stunden, falls nötig.

Von Daniel habe ich überhaupt keine Nachricht. Man hat mir gesagt, er sei noch am Leben. Man, das ist irgendjemand mit einem Bröckchen Information, einem Funken Hoffnung. Man, das ist ein Bekannter, dessen Vetter als Gefangener im Fort-Dimanche* angeblich schon vor einer Woche einen Zettel mit den Namen einiger Überlebender nach draußen geschleust hat. Man, das ist ein Gefängnisgärtner, ein Cousin des Mannes meiner Haushilfe, der wissen will, dass Daniel im rechten Flügel des Gebäudes in einer Zelle untergebracht ist, in der sechs Männer abwechselnd auf der einzigen Pritsche schlafen. Jede Auskunft ist mit Geld oder Schlaflosigkeit zu bezahlen.

2

Der Staatssekretär geleitet mich persönlich in sein Büro. Bereits an der Tür erfasst mich die Kälte des Raums. Vermutlich sind es fünf Grad weniger als im Warteraum. Wie kann man in dieser Eiseskälte leben? Schweres, vornehmes Mobiliar. Überall massives, dunkles Holz. Es herrscht sorgfältige Ordnung. Eine Neonlampe wirft einen grellen Lichtkreis auf eine Ecke des Schreibtisches. Eisig und trocken ist die Hand des Staatssekretärs, seelenlos sein Händedruck. Er trägt einen dunkelblauen Anzug, ein weißes Hemd und eine rote Krawatte. Ein üblicher Aufzug. Bei seiner überdurchschnittlichen Größe verdeckt die tiefschwarze Haut sein Alter. Mitte vierzig, schätze ich. Vortretende Augen hinter dicken Brillengläsern, wulstige Lippen, eine kräftige Nase, deren Nasenlöcher einen wie ein zweites Paar blinder Augen anblicken. Sein wolliges Haar ergraut an den Schläfen. Ein Gesicht ohne jede Schönheit, das kein Geheimnis preisgibt. Unter der Jacke ahnt man einen leichten Schmerbauch. Ich merke plötzlich, dass ich dringend Wasser lassen muss, vermutlich der Kälte wegen. Als die Sekretärin ging, hat sie die Toilettentür des Wartezimmers verriegelt, ich halte schon ziemlich lange aus.

»Setzen Sie sich ... Madame Leroy.«

»Danke ... Exzellenz.«

Ein Moment verstreicht. Ich warte, dass der Staatssekretär das Wort an mich richtet. Er scheint es nicht eilig zu haben. Verhohlen betrachtet er mich mit einem merkwürdigen Ausdruck, als habe er ein Gespenst gesehen, doch fasst er sich schnell wieder. Danach meine ich ein zitterndes Lächeln auf seinen Lippen bemerkt zu haben. Im Sitzen ist der Druck auf meine Blase noch schmerzhafter. Ich richte mich auf, damit sich mein Körpergewicht eher auf meine Oberschenkel verlagert.

»Ich ... ich bin in dringender Angelegenheit vom Präsidenten der Republik gerufen worden.«

Endlich spricht er mit mir, wenn auch in einem Ton, als rede er über das Wetter. Ich nehme an, dass die Auskunft als Entschuldigung für meine vier Stunden und zehn Minuten im Vorzimmer dienen soll. Aber ich lasse mich nicht täuschen. Diese beabsichtigte, berechnete Wartezeit legt das Drehbuch klar fest. Er hat mich in seiner Gewalt, kann mich mit seiner Macht retten oder vernichten. Ich bin in der schlimmsten Lage, in die ein Bürger des Landes geraten kann. Ausgesetzt dem legitimen Zorn der beleidigten absoluten Autorität, im Lager derer, die sich dem »Marsch der Revolution« entgegenstellen, der Verräter an der Sache. Genau hinter dem Sessel des Staatssekretärs gibt es eine Tür nach draußen. Sie nutzt er sicher, um ungesehen von der Fauna, die tagsüber vor seinem Büro lungert, den Präsidentenpalast zu verlassen oder zu betreten. Die Tür links von mir führt bestimmt zu einer Toilette. Der Staatssekretär holt ein Heft und einen Stift aus einer Schublade seines Büromöbels. Er beobachtet mich aufmerksam, aber so, dass ich es nicht merken soll. Ich spiele dasselbe Spiel.

»Hm ... ich habe mich auf Vermittlung meines Freundes Doktor Xavier bereit gefunden, Sie hier zu empfangen, Madame.« Der Staatssekretär macht eine Pause. »Ein ausgezeichneter Internist, dieser Doktor Xavier«, verrät er mir in vertraulichem Ton. »Ein Mann, dem ich viel, sehr viel verdanke ... er hat mir das Leben gerettet. Normalerweise nehme ich diese Art von ... Beschwerden nicht entgegen. Aber ausnahmsweise ... Name und Vorname Ihres ... Gatten?«

Sein Ton ändert sich. Das leicht Süßliche in seiner Stimme erschreckt mich. Mein Herz droht mir die Brust zu sprengen.

»Leroy ... Daniel«, sage ich in einem Atemzug.

»Alter?«

»Neununddreißig Jahre.«

»Beruf?«

»Professor für Philosophie, Recht ... Geschichte.«

»Und außerdem?«, fragt mich der Staatssekretär und hebt eine Braue. Seine Stimme hat einen kalten Ton angenommen. Zum ersten Mal, seit ich im Raum bin, sieht er mich richtig an.

Ich bekomme eine Ahnung von der Eigenart des Staatssekretärs, einen zu verwirren, indem er unvermittelt Thema und Tonfall wechselt. Als wenn ein Läufer im Zickzack läuft. Wahrscheinlich eine Verhörtechnik, die ihm zur zweiten Natur geworden ist. Im Grunde weiß er alles über Daniel. Sein Alter, seine Verwandtschaft, seine wirtschaftliche Lage, seine Lehrstühle an der Universität, seine Zeitungsartikel, in denen er die Regierung kritisiert, seine Hautfarbe, das Datum unseres Hochzeitstags, die Vornamen unserer Kinder, alles. Seine Aufgabe besteht darin, alles über alle Daniels herauszufinden, die Sandkörner ins Machtgetriebe streuen, und sie zum Schweigen zu bringen

»Journalist ...«, füge ich leiser hinzu.

»Chefredakteur der oppositionellen Zeitung *Le Témoin* und Nummer zwei der UCH«, ergänzt der Staatssekretär wie nebenbei.

Stechende Schmerzen peinigen meinen Unterleib. Meine Blase kann nicht mehr, aber ich wage den Staatssekretär nicht zu fragen, ob ich seine persönliche Toilette benutzen darf. Wage nicht, ihn daran zu erinnern, dass ich einen Körper, eine Blase, eine Vulva habe. Er bekäme womöglich das Zischen des Urinstrahls mit. Ich möchte nicht, dass er sich vorstellt, wie verwundbar und entblößt ich im Nebenraum bin. In dem Moment erschiene mir diese weibliche Organfunktion wie eine Schwäche, eine Bedrohung meines eigenen Körpers. Wäre ich doch bloß nicht allein zu dieser Audienz gekommen! Trotz der Klimaanlage bildet sich Schweiß auf meiner Stirn. Doktor Xavier hat mir jedoch empfohlen, keine Begleitung mitzunehmen und meinen Schritt so geheim wie möglich zu halten. Alles, was die politischen Häftlinge betrifft, muss mit äußerster Diskretion behandelt werden.

»Wie lange ist Ihr Gatte schon ... verschwunden?«

»Zwei Monate und einen Tag.«

Ich hätte jedoch gern hinzugefügt, was dem Staatssekretär bekannt ist, nämlich dass Daniel nicht verschwunden ist, sondern von drei Männern fortgebracht wurde, als er bei Einbruch der Dunkelheit nach Hause kam, dass sie in unser Auto eingedrungen sind, das noch immer nicht wieder aufgetaucht ist. Es soll nämlich Zeugen für die Szene geben, aber man wird keine Untersuchung anstellen, und niemand wird aussagen. Der Staatssekretär legt den Stift ab, presst sich gegen seinen Sesselrücken und seufzt. Ich habe kein Zeitgefühl mehr. Draußen wird es fast dunkel sein. Die Kinder warten auf mich. Seit Daniel Häftling ist, lernen sie die Angst kennen, werden vorzeitig erwachsen. Nur Doktor Xavier weiß, wo ich mich um diese Zeit aufhalte. Ich presse meine Beckenmuskeln zusammen, dass sie schmerzen, um das Wasser zurückzuhalten, das sich seinen Weg aus meinem Körper bahnen will.

»Wissen Sie, wo Ihr Gatte sich jetzt befindet, Madame?«

Die Stimme des Staatssekretärs ist wieder sanft und ernst.

»Nein ... Exzellenz.«

»Sie lügen, Madame!« Der Staatssekretär lächelt, und seine Nase wird so platt, dass sie seine Oberlippe berührt. Er zeigt mir seine langen, gleichmäßigen, auffallend weißen Zähne. Ein Raubtierlächeln, das dieses unangenehme Gesicht ein wenig verschönt.

Mein Herz klopft heftig, ich komme mir vor wie ein beim Schwindeln ertapptes Kind. Was tun? Ich muss ihm die Wahrheit sagen. Mir bleibt nichts anderes übrig.

»Es ... es liegt daran, dass ich dem Gerücht nicht traue, Exzellenz.«

»Und was besagt das Gerücht, Madame?«

»Dass Daniel ... dass mein Mann sich im Fort-Dimanche befindet.«

»Im Fort-Dimanche ... in der Tat«, versetzt der Staatssekretär mit einem langen Seufzer. Er macht eine Notiz. »Sehen Sie, Madame, das Gerücht in unserem Land ist ein zweischneidiges Schwert, eine unbarmherzige Waffe. Es befreit und verurteilt einen. Es kommt einen teuer zu stehen. Es kann einem Glück bringen, wenn auch nur für kurze Zeit. Es macht einen anfällig. Wie lautet Ihre Adresse?« Sein Tonfall wird wieder neutral.

»16, Rue des Cigales ...«

»Sind Sie mit Ihrem Auto gekommen?«

»Nein ... ich bin mit dem Taxi gekommen ... wir wissen immer noch nicht, wo das Auto meines ...«

»Gut! ... Schon klar! ...«, unterbricht der Staatssekretär ärgerlich.

Unauffällig drückt er vor sich auf einen Klingelknopf unter der Tischplatte, und in den Tiefen des Ministeriums läutet es. Sekunden später öffnet sich die Tür hinter dem Sessel, und es erscheint ein großer, schlanker junger Mann mit gerötetem Teint, ein unbeholfener Bursche mit merkwürdigen Augenringen. Er ist in Hemdsärmeln und trägt eine Pistole in einem Lederetui an der rechten Seite. Während er näher kommt, betrachtet er mich verstohlen und bleibt lautlos neben dem Staatssekretär stehen.

»Jocelyn, bringen Sie Madame Leroy nach Hause. 16, Rue des Cigales.«

»Ja, Exzellenz.«

»Madame, geben Sie nichts auf Gerüchte ...«, sagt der Staatssekretär statt eines Abschiedsworts.

»Danke ... Exzellenz.«

Zögernd stehe ich auf. Ich nehme an, die Audienz ist beendet; sie hat nach mehr als vier Stunden Wartezeit nur etwa zehn Minuten gedauert. Ein peinlicher Moment. Der Staatssekretär bleibt sitzen, wirkt plötzlich sehr erschöpft. Jocelyn geht zur Ausgangstür des Büros, ich folge ihm und bemühe mich, möglichst natürlich zu gehen. Der Blick des Staatssekretärs brennt auf meinem Nacken, meinen Schulterblättern, meinem Gesäß, meinen Waden. Draußen gehen ein paar Leute die

Rue Saint-Honoré entlang. Weiter unten, auf der Rue de l'Enterrement, haben die Essenverkäuferinnen bereits ihre mit Kerosinlampen beleuchteten Stände aufgebaut. Fünfzig Meter entfernt ist die Westfassade des Nationalpalasts taghell erleuchtet, und Soldaten wechseln von einem Posten zum nächsten. Hinter mir erhebt sich auf dem Schattengrund gleich einer Sphinx die dunkle Masse der Dessalines-Kasernen. In diesem Gebäude befinden sich lauter Gefangene, hinter diesen dicken Mauern leiden und sterben Männer und Frauen. Der Mann namens Jocelyn öffnet mir eine rückwärtige Tür des langen schwarzen vor dem Ministerium geparkten Wagens, und ich steige ein. Eine Silhouette aus dem Nichts nimmt den Platz vorn neben dem Chauffeur ein. Die Fahrt vom Präsidentenpalast nach Hause dauert etwa zwanzig Minuten. Bei jeder Wagenspur, die das Fahrzeug durchfährt, leide ich Höllenqualen, fürchte vor allem, mich auf der Sitzbank zu vergessen. Auf der Avenue John Brown ist der Verkehr eher schwach. Endlich sind wir am Ziel. Jocelyn steigt aus, um mir die Tür zu öffnen, der andere Beifahrer rührt sich nicht. Ich verziehe den Mund zu einem Dankeslächeln. Der Wagen fährt ruckartig an und wirbelt eine mächtige Staubwolke auf. In dem Moment wird mir bewusst, dass der Staatssekretär keinerlei Versprechen gemacht, keinen Termin mit mir verabredet hat und ich immer noch nichts über Daniels Schicksal weiß. Seine Haltung mir gegenüber verwirrt mich. Meine Anwesenheit schien ihm gleichgültig zu sein, ich habe aber in gewissen Blicken bei ihm das Aufblitzen des Raubtiers entdeckt. Mir ist, als blockiere ein Fremdkörper meine Luftröhre, ich kann nicht schlucken. Der Schmerz im Unterleib zieht in meine Beine, lähmt mich, ich beuge leicht den Oberkörper. Soll ich mich bücken und wie die herumziehenden Gemüsehändlerinnen auf den gestampften Gehsteig urinieren? Es ist niemand zu sehen. Das Haus ist still. Es herrscht jetzt Stromsperre. Hinter den Salongardinen leuchtet der Lichthof einer Kerosinlampe. Alles ist ruhig, ein berauschender Ylang-Ylang-Duft zieht mit der lauen Abendbrise herüber. In der Ferne grollt ein Gewitter, vielleicht wird es regnen. Ich schließe die Augen und hole tief Atem. Es ist wieder nur ein Abend in Port-au-Prince, die Zweige der Bäume zittern beim Zirpen der Zikaden wie jeden Abend in Port-au-Prince. Der Sommer verströmt einen warmen Pflanzenhauch. Gleich kommt Daniel mit seinem Duft nach Kreide und Zigaretten. Ich sehe schon, wie Marie und Nicolas die Köpfe über ihre Hefte beugen, wie Nicolas zu arbeiten vorgibt, während er sich auf die Katze an seinen

Füßen konzentriert. Das Ende des Schuljahrs rückt heran. Ich zwinge mich zu einem Schritt, um das Tor zu öffnen, und spüre machtlos, wie der lauwarme Urin meine Beine entlang läuft und in meine Schuhe sickert.

3

Mehr als eine Stunde, nachdem Nirvah Leroy fort war, spürte er sie noch in seinen vier Bürowänden. Die elektrische Spannung, die von der Frau ausging, ließ endlich langsam nach, hatte ihn seelisch erschöpft. Es gelang ihm nicht, sich auf die vor ihm aufgereihten Akten zu konzentrieren. Dabei hielt er sich für einen ertüchtigten Kämpfer auf dem Schlachtfeld der Lust, Herr seiner Triebe, abgestumpft durch die vielen jungen Körper, die sich ihm täglich um den Preis seiner Barmherzigkeit oder seiner Protektion feilboten. Er kannte Weiber aller Farbnuancen, die sich ihm umsonst hingaben, nur um mit seiner Macht in Berührung zu kommen. Er war Stammgast in den Bordellen am Südausgang der Stadt, deren Hostessen, schöne, hellhäutige Luder mit üppigem Haar, von der anderen Seite der Insel, aus der Dominikanischen Republik, kamen. Carrefour, Ort aller Vergnügungen, Oase am Südrand der Hauptstadt, die allmählich ihren ländlichen Charme verlor, um zum Hort für Nachtschwärmer, Kaufleute, Hoteliers zu werden, ein Zufluchtsort der Bürger aus dem Hinterland, die zu Tausenden auf dem Champ de Mars abgeladen wurden, damit sie pünktlich für die nationale Souveränität demonstrierten, und die sich die Rückfahrt nicht leisten konnten. Doch diese Frau war anders als jede andere. Davon war er überzeugt, seit er sie gesehen hatte. Eine Frau, für die ein Mann bereit war, sich der Verdammnis auszuliefern. Noch schwebte ihr Duft nach reifer Mango in der Luft. Ihm lief das Wasser im Mund zusammen. Sie verströmte Stärke und Zerbrechlichkeit, Raffinement und Libertinage, Gelassenheit und Wahnsinn. Hinter ihrem unschuldigen Blick verbarg sie die geheime Welt einer bestimmten Klasse, einer Kaste, ein Geflüster, ein verhaltenes Lachen. Eine hochmütige, unzugängliche Welt. Eine heuchlerische, verderbte Welt. Sie hütete unter ihrer Haut den Schlüssel zu Reisen in verbotenes Land. In den wenigen Minuten, die er in ihrer Gegenwart verbracht hatte, war der Staatssekretär in äußerste Verwirrung und Erregung geraten. Sie kam zu ihm, weil sie vielleicht zum ersten Mal im Leben die Qualen der Verzweiflung erlitt. Weil sie endlich verstand, dass der Wind sich gedreht hatte und die Vorherrschaft auf eine andere Farbe und ein anderes Lager übergegangen war. Sie kam zu ihm als Bittstellerin, ohne Scham und vergaß geflissentlich, dass sie ihn unter anderen Umständen verachtet hätte oder, schlimmer noch, dass er ihr gleichgültig gewesen wäre. Über vier Stunden hatte sie auf ihn gewartet, vielleicht die Hoffnung aufgegeben, ihn noch zu sehen. Unter ihrer äußeren Gelassenheit hatte er ihr inneres Zittern bemerkt, hatte gespürt, wie ihre Seele keuchte. Sie vermochte ihre Angst schlecht zu verbergen, litt schon wochenlang, konnte nachts nicht schlafen. Auch ging ihr vermutlich langsam das Geld aus, denn das Konto ihres Mannes bei der Banque Royale du Canada war gesperrt worden, seine Habe mit Ausnahme seiner Wohnung unter Verschluss genommen. Daniel Leroy ... dieser kommunistische Anfänger hatte geglaubt, der Gewieftere zu sein und mit dem Geheimdienst seines Ministeriums spielen zu können. Er hatte sie hinters Licht geführt, behauptet, der UCH anzugehören und als Opponent mit offenem Visier zu kämpfen, während er hinterrücks tückische Pläne geschmiedet, Köpfe von Bauern und Jugendlichen mit aufrührerischen Gedanken verwirrt, die Grundfesten der Revolution untergraben hatte. Sogar einen Staatsstreich hatte er angezettelt. Alle wollen sie Präsident sein. Hm ... Wenn man eine so schöne Frau besitzt, Leroy, ist es gefährlich, äußerst gefährlich, sich mit der Politik einzulassen. Nach vermutlich zahlreichen vergeblichen Versuchen appellierte Madame Leroy nun an seine Macht. Seine Macht: eine Droge, auf die er jetzt nicht mehr verzichten konnte. Er suchte sie stets im Blick der Häftlinge zu ermessen, die er befragte, in den Augen der Blut und Wasser schwitzenden Gefangenen, die ihn anflehten, eine Foltersitzung zu beenden. Er hortete eine Sammlung von Taschentüchern, befleckt mit dem Blut junger Frauen, die er vergewaltigt und entjungfert hatte. Er war jetzt einer der mächtigsten und gefürchtetsten Männer des Landes; er hatte die letzte Bestätigung dafür von dieser verzweifelten Frau erhalten, die vor ihm gesessen und ihr Schicksal in seine Hände gelegt hatte. Einer Frau, die eine geteilte Nation symbolisierte, eine unselig begonnene Geschichte von Wohlstand und Privilegien einer kleinen unverschämten Minderheit und althergebrachter Verachtung für die Mehrheit der Männer und Frauen, die schon viel zu lange währte. Nun, da im Land Stümperei herrschte und die Gesetze ihr Gesicht täglich änderten, war ihm alles möglich, er bestimmte über Geld, bestach, kaufte Gewissen, verfolgte, ließ verurteilen und freisprechen. Der Staatsekretär konnte es nicht fassen, dass er von nun an mitwirkte am Schicksal dieser Besucherin aus einer Welt, die er nur mit verschlossener

Tür kannte. Sie verkörperte, was er am meisten verachtete, was er von der Erde verschwinden lassen wollte, alles, was Generationen von Männern und Frauen wie ihn daran gehindert hatte, ihre menschlichen Möglichkeiten voll zu entwickeln. Sie stand aber auch für all das, was er am meisten auf der Welt begehrte, wofür er sogar sein Leben gegeben hätte. Ihre zarte, samtige Haut, die geradlinige Nase, ihre großen, feuchten, von langen Wimpern beschatteten Augen, ihr roter, nahezu malvenfarbener Mund, ihre rabenschwarzen, glatten, zum Knoten zusammengefassten Haare, die er sich aufgewühlt auf ihren nackten Schultern vorstellte, wie sie ihre Brüste streichelten und ihre Brustwarzen, die wahrscheinlich von demselben fatalen Purpurrot waren wie ihre Lippen. Er hätte sie geohrfeigt, vor aller Augen entblößt, erniedrigt für all die Fälle, in denen Frauen ihrer Rasse ihn nicht zur Kenntnis nahmen, ihm seine Intelligenz absprachen. Er hätte sie bis aufs Blut gebissen wegen der raffinierten oder hochnäsigen Missachtung, der verschlossenen Klubs, der unerreichbaren Posten, der Herrschaft der Oberen Zehntausend. Er hätte sie eine ganze Nacht liebkost, sie in Tränen gebadet und um Verzeihung gebeten für soviel Hass. Er hätte sie wortlos brutal genommen, sich an ihrem Jammern berauscht, auf dem Höhepunkt die Niederlage in ihren Augen genossen. Zum Abschied war er nicht aufgestanden, weil sein erregter Körper in dem Moment Nirvah Leroy alles verriet, was sein Mund ihr verschwieg. Weil er erigierte wie mit zwanzig Jahren, wenn die Durchblutung noch in Ordnung ist.

4

»3. Oktober 1962 – Ich vertraue diesen Tagebuchseiten meine immer stärker wachsende Angst an beim Anblick der düsteren Wolken, die den Himmel meines Landes mit einem verhängnisvollen Schleier überziehen, seit Doktor François Duvalier vor fünf Jahren oberster Machthaber geworden ist. Ein Landarzt, ein einfacher Praktiker, bescheiden und unscheinbar. Ein Ethnologe und engagierter Ideologe, der die Seele und Mentalität der Haitianer aller sozialen Schichten gut kennt. Ein Mann, von dem die meisten Bürger Scharfblick und fortschrittliches Denken erwartet hatten. Bis er sich nun als Meister der Verstellungskunst entpuppte. Ein hirnrissiges Wesen, besessen von unbändigem Größenwahn, den seine Feinde durch ihre Umsturzversuche immerfort anstacheln. Jeder erfolgreiche Kampf gegen diese aufkommende Diktatur verlangt Zeit und geeignete Techniken. Frontale Angriffe führen lediglich zu sinnlosen Opfern an Leben und rechtfertigen grenzenlose Grausamkeit. Zuerst muss Untergrundarbeit im Landesinnern und in den großen Städten geleistet, müssen im ganzen Land sorgfältigst verborgene Widerstandsherde entfacht werden. Eine Aufgabe, für die ich mich einsetze und die ich seit fast drei Jahren organisiere. Davon wissen selbst innerhalb meines Widerstandsnetzes nur sehr wenige. Unsere einzige Aussicht auf Erfolg besteht in totaler Abschirmung unserer Zellen. Nicht einmal meine Frau kennt meine wahren Pläne. Propaganda und spontane bewaffnete Aufstände, wie die rechte Opposition sie verficht, bleiben wirkungslos, führen nur zu härterer Unterdrückung. Wenn Kuba vor drei Jahren Fidel Castro an die Macht bringen und das korrupte Regime Battistas stürzen konnte, dann weil diese Revolution zuallererst die Lebensgeister der Insel wachgerufen hat und dann erst der über fünfjährige bewaffnete Kampf einsetzte. Eine Herausforderung, die in der Geschichte dieses Jahrhunderts allein der Kommunismus bestanden hat. Hier dagegen hat der misslungene Landungsversuch eines Pasquet, Perpignan und Dominique im Juli 58 Duvalier Gelegenheit verschafft, den bereits vorhandenen Kapuzenmännern, die die Bevölkerung terrorisierten, einen offiziellen Status zu verleihen und das Corpus der Freiwilligen für nationale Sicherheit zu gründen: die *macoutes**.

5. Oktober 1962 – Wenn ich diese Angst, die allmählich jeden Bürger meines Landes lähmt, auf diese Blätter banne, ihr ein Gesicht, eine Geschichte gebe, kann ich sie vielleicht überwinden, entlarven und so den Mut aufbringen, den Kampf fortzusetzen. Die haitianische Linke verteidigt sich gegen die zahlreichen Angriffe des Duvalierismus. Viele Kommunisten sind gefallen und werden fallen, weil sie glaubten und immer noch glauben, Waffen wie das Wort und das Recht gegen den Wahnsinn einsetzen zu können. Gewisse haitianische Marxisten haben sich vom Gesang der Sirenen Duvaliers einlullen lassen und sind heute Speerspitzen seiner Macht im Kabinett und an der Universität, wo neu zum Duvalierismus konvertierte Jugendliche mit hasserfüllter Wut gegen ihre widerständigen Kommilitonen vorgehen. Wieder andere richten sich ein mit Zweideutigkeit und *marronnage**. Es besteht aber noch eine aufrechte Linke, Intellektuelle, junge Leute, Gewerkschaftler, Haitianer aus dem hintersten Winkel des Landes, die sich der Absurdität und Verrücktheit einer Diktatur verweigern, mit der unsere Zukunft auf Jahre, auf Jahrzehnte hinaus verpfändet wird. Heute ist der Augenblick gekommen, uns in unserem Kampf zu bewaffnen. Wir werden uns von innen erheben. Einzelne Umsturzversuche von außen sind jämmerlich gescheitert. Die dominikanischen Militärs haben zu viele Beziehungen, zu viele Gemeinsamkeiten mit denen Haitis, als dass sie ernsthaft zu Komplizen der haitianischen Rebellen werden könnten. Die CIA treibt ihr Spiel mit unseren jungen Landsleuten im Exil, lässt sie unter falschen Versprechungen ins offene Messer laufen. Sie hält sich an ein stillschweigendes Abkommen mit Duvalier: Kommunisten gegen Rebellen. Wann werden sie endlich begreifen, dass der Antrieb aus unserem Innersten kommen muss und nicht den amerikanischen Weißen überlassen werden darf, die mit uns wie mit Schachfiguren im karibischen Becken umgehen, das sie für ihre eigenen Interessen kontrollieren? Monroe hat das Schicksal Amerikas seit mehr als einem Jahrhundert bestimmt. Solange wir uns gegenseitig töten, sind wir leichter zu kontrollieren. Wenn Duvalier im vorigen Jahr noch vor Ablauf seiner Amtszeit seinen Plan für eine Wiederwahl auf weitere sechs Jahre durchsetzen konnte, wird ihn nichts von seinem Herrschaftswahn abbringen. Niemand wollte es glauben, und niemand konnte es verhindern. Wir haben mit den Amerikanern, dem lieben Gott und der schlechten Gesundheit des Präsidenten gerechnet, um seine Pläne zu vereiteln. Erbarmungswürdig! Wir lassen der Diktatur reichlichen Spielraum zwischen theoretischem Abwarten,

friedfertigem Kampf der Linken und den blindwütigen Schlägen der Rechten. Die Zeit drängt. Ehrgeizig wie er ist, strebt er als Nächstes die lebenslängliche Präsidentschaft an. Meine Genossen halten mich für einen Schwarzmaler, meine Prophezeiungen für apokalyptisch. Ich bin aber überzeugt, dass Duvalier diese Logik systematisch, Etappe für Etappe, bis zum Ende umsetzen wird. Ihm muss das Handwerk gelegt werden.

5

Zweiundsiebzig Stufen. Aus der Kindheit habe ich die Gewohnheit beibehalten, Stufen, die ich hochsteige, zu zählen. Als ich den Treppenabsatz erreicht hatte, bin ich kurz stehen geblieben, um Atem zu schöpfen. Noch bin ich auf meinem Weg niemandem begegnet. Seltsam. Die Treppe führte zu einem Büro. Ich ging hinein. Auf den gelben und roten Parkettfliesen lagen in unregelmäßigen Abständen fahlgraue, weiche Häufchen, wie frischer Geflügelkot. Ich musste achtgeben, mir die Schuhe nicht zu beschmutzen. Immer noch niemand zu sehen. Und doch hatte ich das Gefühl, irgendjemand atme in meiner Nähe. Nach einigem Zögern ging ich an einen der Bürotische heran und stellte mich auf Zehenspitzen, um einen Blick hinter die Schreibplatte zu werfen. Unter dem Möbel tauchte eine Frau mit zerzaustem Haar auf und fragte mich, was ich im Ministerium wolle. Heftig hob und senkte sie die Arme. Mir war, als läge ein Ei unter ihrem Stuhl. Vom Nachbartisch kam ein Rascheln wie von zerknülltem Seidenpapier. Ein Ei rollte mir vor die Füße. Ich gab den Grund meines Besuchs an, nämlich dass ich zum Prozess des Chefs des Verbandes der Perlhuhnjäger der Hauptstadtregion wollte. Die Sekretärin sagte, ich solle drei Mal links bis zu der Tür am Ende des Flurs gehen. Dort erwarte mich Daniel. Etwas am Verhalten dieser Frau mit dem zerzausten Haar machte mich stutzig, vielleicht ihre Kopfhaltung, ihr vorgebeugter Hals, oder wie sie ruckartig die Blickrichtung änderte und ihr Doppelkinn dabei zitterte. Warum bestellte mich Daniel nachts an diesen Ort? Der schwach erhellte Bau erinnerte eher an einen Tanzklub als an ein Verwaltungsgebäude. Ich bin drei Mal links gegangen und dem genannten Flur gefolgt, aber je näher ich der Tür kam, desto mehr schien sie sich zu entfernen. Und doch hörte ich sehr viele Stimmen, ein gedämpftes Tohuwabohu, am Ende des Gangs. Endlich konnte ich die Türklinke berühren. Ein kleines Schild auf der Türmitte trug in winzigen Buchstaben die Inschrift »Tod den Helden«. Ein Mann öffnete diese Tür einen Spalt weit, als habe er gewusst, dass ich dort war.

»Was suchen Sie, Madame?«

»Ich soll dem Prozess des Chefs des Perlhuhnjägerverbandes der

Hauptstadtregion beiwohnen.«

»Sie sind an der falschen Tür ... der Prozesssaal befindet sich drei Gänge weiter rechts, gleich neben dem gelben Amphitheater.«

»Man hat mir aber eben erst gesagt ...«

»Sie irren sich, Madame«, lässt er mich leicht verärgert wissen. »Sehen Sie selbst«, sagt er noch und öffnet weit die Tür.

Zwei Männer und zwei nackte Frauen, die auf einem Bett liegen, schmieren sich üppig Geflügelkot auf den Körper. Den gibt es überall in dicken Lagen auf Fußboden und Wänden. Einen der Männer, den Staatssekretär, erkenne ich wieder. Er macht sich gerade daran, seine Sekretärin a tergo zu nehmen, als seine Knie auf einem Scheißhaufen ausrutschen und er auf die anderen fällt, die schallend lachen. Der Staatssekretär bemerkt mich und ruft dem Portier zu:

»Bringen Sie sie mir. Bringen Sie sie mir schnell, damit ich sie einschmiere!«

Ich renne weg, so schnell ich kann. Der Ekel erregende Geruch verfolgt mich überall. Mir fallen die letzten Hinweise ein, und ich gehe drei Korridore nach rechts, müsste gleich auf das gelbe Amphitheater stoßen. Da ist es ja! Ich bin gerettet! Ich klopfe heftig an die erste Tür mit der Inschrift »IC I – 2 2«. Sie gibt unter meiner Hand nach. Beim ersten Schritt rutscht mein Fuß aus, Geflügelkot liegt auf der Schwelle des Raums, und diesmal lande ich im Bett des Staatssekretärs mit den drei anderen. Kein Entfliehen mehr.

»Schnell einschmieren! Das ist ein Befehl!« Stehend stellt der Staatssekretär eine glorreiche Erektion zur Schau.

In zwei Minuten bin ich nackt und von Kopf bis Fuß mit Vogelscheiße eingeschmiert. Welche Wolllust! Welch ein Glück! Ein sanftes elektrisches Vibrieren unter der Haut schärft über die Maßen alle meine Sinne. Seidenweiche Klänge beglücken mein Ohr. Die Schmiere auf meiner Haut verströmt plötzlich ein moschusartiges, aphrodisisches Parfum, eine Mischung aus Vetiver und Jasmin. Ich fühle mich wie eine rollige Katze, weiß nicht, welcher der Männer mich ungestüm anal penetriert, vielleicht alle beide. Beim Abspritzen schreit er ein Wort: KUPJAK!!! und löst bei mir einen blitzartigen Orgasmus aus, der mich fünf Minuten lang beben lässt. Eigentlich möchte ich nicht weggehen, mein entspannter Körper dämmert in angenehmer Trägheit, und trotzdem mache ich eine übermenschliche Anstrengung, um mich aus meinem Halbschlaf zu reißen. Daniel wartet auf mich. Ich nutze den Schlaf der anderen, um zu fliehen. Als ich durch einen Korridor laufe, macht mir eine Frau Zeichen einzutreten. Ohne nachzudenken stürze ich mich in eine Öffnung, die mich zu rufen schien.

Bereits auf der Schwelle des Raums fiel das Stimmengewirr über mich her. Ein schriller irritierender Missklang, in dem die Worte »da ist sie, da ist sie« wie ein marternder Refrain klangen. Schließlich erblickte ich Daniel. Er stand auf einer Bank gegenüber einer Richterin, die hinter einem erhöhten Pult saß. Auf dem Kopf balancierte er ein Ei und las gleichzeitig in einem der *Gefängnishefte* von Antonio Gramsci. Links von ihm saß die Versammlung der Geschworenen, rechts die Kammer der Rechtsanwälte, Staatsanwälte und sonstigen Justizbediensteten. Das Publikum saß zu beiden Seiten des Hauptgangs. Die Richterin am Pult sah der Frau vom Eingang zum Verwechseln ähnlich. Der gleiche gebeugte Kopf, der gleiche verstohlene Blick, Augenbewegungen, bei denen ihr feistes Doppelkinn erzitterte. Von Zeit zu Zeit öffnete sie die Arme und schlug mit den Ärmeln ihrer schwarzen Robe durch die Luft. Als ich eintrat, hieb sie mit ihrem Holzhammer kräftig auf ihr Pult.

»Ruhe im Saal! Kupjak, kupjak ... Ruhe im Saal! Der Prozess kommt zum Ende!«

Das Gemurmel legte sich einen Augenblick, aller Augen wandten sich mir zu. Die Richterin sagte noch:

»Haben die Geschworenen ihre Beratungen abgeschlossen? Ich erinnere Sie daran, dass wir das Urteil sprechen über Herrn Daniel ... hm ... Daniel ... kupjak ... kupjak ... na ja, dass wir über den hier anwesenden Dissidenten das Urteil wegen Hochverrats sprechen, wegen des Verbrechens der unerlaubten Jagd auf republikanische Perlhühner und des unbefugten Verzehrs von Perlhuhneiern. Kupjak ... kupjak.«

»Ja, Euer Ehren! Die Geschworenen haben ihre Beratungen abgeschlossen.«

Ich meine, diese Frau zu kennen. Sie hält eine Zigarette zwischen den Zähnen. Ich beobachte sie genauer und erkenne bestürzt Arlette, Daniels ältere Schwester. Sie ist merkwürdig geschminkt für die Situation. Ein dickes weißes Make-up und bis zu den Wangen reichende blutrote Lippen. Sieh mal an! Ihre Nase wie ein Adlerschnabel, das hatte ich vorher nie bemerkt. Auf ihrem Kopf erhebt sich gleich einer Pyramide, gleich einem Kamm, ein kleiner Clownshut. Alles in allem ähnelt sie auf drollige Weise einem Perlhuhn.

»Nun, ich höre ... kupjak ... kupjak!«, antwortet die Richterin.

»Wir befinden Daniel ... äh ... Daniel ... hm ... na ja ... den unter diesem Namen bekannten Angeklagten des Komplotts, der Verschwörung und des Genozids an den Perlhühnern der Republik für schuldig. Wir fordern für ihn die Todesstrafe. Und weil er diesem Weibchen unzählige Perlhuhneier zu Füßen gelegt hat, fordern wir auch für sie die Todesstrafe!« Arlette dreht sich plötzlich zu mir um und zeigt mit dem Finger auf mich. »Für sie erheischen wir das gleiche Schicksal wie für ihn ... den Tod durch Öffnen der Halsschlagader mit einem Schlachtermesser!«

Starr vor Angst kann ich mich nicht rühren. Das Groteske an der Situation nimmt mir den Atem. Daniel schaut mich an, reicht mir von fern die Hand. Ein herzzerreißender Schrei entweicht seiner Brust: »Neiiiin!« Und er schleudert mit aller Wucht das Ei von seinem Kopf in die Richtung seiner Schwester, verfehlt sie aber knapp, und das Ei zerschellt auf der Brust eines Geschworenen.

Die Anwesenden brechen in lautes Geschrei aus. »Den Schlachter! Den Schlachter!« Alle verlangen nach dem Henker.

»Man hole den ... kupjak ... kupjak ... den Schlachter!«

Die Richterin ist fast hysterisch, sie hält es nicht mehr aus auf ihrem Platz. Immer wieder schlägt sie mit ihrem Hammer auf ihr Pult. Daraufhin öffnet sich krachend die Tür, und statt des Schlachters erscheint hüpfend der Staatssekretär, bewaffnet mit einem Maschinengewehr. Er trägt seinen blauen Sakko, sein weißes Hemd und seine rote Krawatte. Mir fällt auf, dass er unten nackt ist und seine mageren Beine mit schwarzweiß gesprenkelten Federn besetzt sind. Der Staatssekretär feuert in den Saal. Panik wirbelt das Gericht auf. Federn fliegen durch die Luft, Blut spritzt. Flügelschlagend erheben sich alle im Saal, die Richterin, die Geschworenen, die Anwälte, und verschwinden mit ohrenbetäubendem Lärm durch das Fenster ... kupjak ... kupjak ... ein Knirschen wie von einem verrosteten Mechanismus. Einige tödlich getroffene Vögel liegen auf dem Boden. Ich suche Daniel mit den Augen. Er ist weg, fortgetragen von den Perlhühnern. Der Staatssekretär kommt mit triumphierendem Blick auf mich zu. Mit dem Maschinengewehr, das über seiner Schulter hängt, schließt er mich in die Arme, und wir tanzen Walzer durch den Raum, stolpern ab und zu über leblose Körper, während seine Waffe mir gegen die Rippen schlägt.

Ich befreie das Knie von Nicolas, das in meiner Seite eingeklemmt war. Mein Gott, was für ein scheußlicher Traum! Ich knipse die Nachttischlampe an. Drei Uhr zwanzig in der Frühe. Maries Arm hängt über der Matratze bis zum Boden. Alle drei haben wir kaum genug Platz in dem Bett, aber unsere gemeinsame Wärme ist das beste Mittel gegen die Angst unserer Nächte. Solange unsere Körper sich berühren, halten die dunklen Schreckgespenster Abstand. Seit Daniel fern von uns ist, kommen Marie und Nicolas jede Nacht zu mir ins Bett. Mir fällt Daniels Tagebuch ein. Ich habe es unter die Matratze gesteckt. Wie ein Magnet zieht es mich an. Seine Seiten tragen Daniels Geruch, seinen Schweiß, seine schlaflosen Nächte; sobald ich darin blättere, fühle ich starkes Herzklopfen in meinem Geschlechtsteil.

6

»Ich habe alle Welt um Hilfe gebeten, Roger. Seit Daniel im Gefängnis ist, vergeht kein Tag, ohne dass ich etwas unternehme, um ein Gespräch nachsuche. Der Rektor der Universität ...«

»Pah ... der nun gerade! Er wird nicht den kleinen Finger rühren ... die Revolution hat ihm die Eier abgesägt. Die hohen Beamten sterben alle vor Schiss. Jeder klammert sich eingeschüchtert an seinen Posten. Im Grunde kann ich sie nicht einmal tadeln angesichts der brutalen und sinnlosen Repressalien, mit denen man den geringsten Versuch eines Widerspruchs gegen Regierungsmaßnahmen ahndet. Faktisch ist seit Duvalier der Begriff der Regierung für den des Staates gesetzt worden. Als Chef der Regierung ist Duvalier selbst der Staat.«

»Der Bischof von Port-au-Prince hat mich empfangen ... ich verlasse mich darauf, dass er ...« Roger unterbricht mich mit einem Seufzer.

»Aber Nirvah, du hast offenbar nichts begriffen. Dieser Bischof ist so mächtig wie ein Neugeborenes. Die Kirche ist genauso hilflos wie alle anderen Sektoren des Landes. Duvalier behauptet, von den Schutzmächten Vollmacht erhalten zu haben ... vom Teufel ... dieser Verrückte hat angekündigt, das Land in seinen Grundfesten erzittern zu lassen. Ich nehme ihn ernst. Es wimmelt von *macoutes* in Sutanen. Die Diktatur ist gerade dabei, die Kirche unter ihre Fuchtel zu nehmen, angeblich, um sie zu haitianisieren. Der sakrosankte Christus wird weder respektiert noch gefürchtet. Geistliche, die Widerstand leisten, werden eingesperrt oder ausgewiesen. Einige müssen sogar vorgeben, sich mit der Macht zu arrangieren, um den Verfolgten helfen zu können.« Roger seufzt erneut.

»Bei wem warst du noch?«, fragt er mich.

»Beim Senatspräsidenten, Maître Boniface, dem ehemaligen Richter am Kassationshof, du erinnerst dich, der Freund unseres Vaters ... Aber nichts ... nichts. Ich bin keinen Schritt weitergekommen. Stoße auf Mauern, auf Stillschweigen. Es ist, als ob mich alle meiden würden, als hätte ich eine widerliche, ansteckende Krankheit ... Und gestern habe ich dann den Staatssekretär aufgesucht ...«

Mir kommt wieder mein Besuch vom Tag zuvor in den Sinn. Ich wünschte, dass das schon sehr fern wäre, ausgeklinkt aus meiner Gegenwart, und sich in die Rubrik schlechter Erinnerungen verschieben ließe, genau wie der schreckliche Traum gestern Nacht. Allerdings habe ich das Gefühl, dass diese Begegnung nicht folgenlos bleiben wird, dass dieser Staatssekretär zum falschen Zeitpunkt in mein Leben getreten ist. Ich habe, als ich mich an diesen Mann wandte, Reaktionen ausgelöst, die ich in ihrer Wirkung auf mich, auf unsere Zukunft überhaupt nicht voraussehen konnte. Ich muss optimistisch bleiben und bitten, dass mir Gott gnädig ist.

»Ja ...« Roger wirkt äußerst besorgt. »Ich verstehe. Aber dieser Staatssekretär ... dieses Schwein. Nicht einmal ein Glas Wasser würde ich aus seiner Hand entgegennehmen, sollte ich auch verdursten! Weißt du, dass er selbst manchmal Foltermaßnahmen leitet? Angeblich hat er in der Kriminalabteilung eine Klimaanlage installieren lassen, damit er dort seinem schmutzigen Job nachgehen kann. Weißt du auch, dass er nach der versuchten Entführung von Jean-Claude und Ti Simone Duvalier zig Unschuldige hat ermorden lassen?«

Wir alle wissen, was sich seit diesem verfluchten Jahr 1957 abspielt. Monat für Monat erleben wir, wie sich die Fangarme einer Diktatur enger um unser Leben schlingen, aber bisher ging es immer um das Leben anderer. Das wirkliche Ausmaß des Grauens begreifen wir erst, wenn die Klauen dieses absurden Machtwahns uns selbst packen. Anfangs sind es Gerüchte, Geflüster, eine Hölle jenseits unseres Alltags, die wir lieber vergessen oder nicht wahrhaben wollen. Sobald wir aber wirklich davon betroffen sind, tut sich der Erdboden vor uns auf.

»Ja ... man hat es mir gesagt. Aber was soll ich tun, Roger? Er ist meine letzte Chance. Doktor Xavier versichert mir, er habe schon politische Häftlinge befreien lassen ... er ist allmächtig.«

»Hm ... weiß man aber, um welchen Preis? Immer ist solchen Leuten ein Preis zu zahlen. Hast du das bedacht? Ich habe Angst um dich, Nirvah. Ich bebe bei dem Gedanken, dass dieser Typ dieselbe Luft atmet wie du. Es will mir absolut nicht gefallen, dich in der Schuld dieses Individuums zu wissen.«

»Auch ich habe Angst. Aber sei unbesorgt ... ich weiß mir zu helfen. Dieses Schweigen um Daniel, Roger, macht mich noch verrückt, vollständig verrückt. Es raubt mir den Schlaf. Seit seiner Verhaftung habe ich keine gesicherten Nachrichten von ihm, das geht jetzt schon über drei Monate.«

»Hm ... ja ... ich verstehe dich. Der Schwager von Michel, meinem

Geschäftspartner, ist Major bei der Marine. Er hat mir versprochen, eine Eingabe zu machen, doch habe ich keine große Hoffnung. In letzter Zeit ist das Militär beim Präsidenten nicht gut angeschrieben. Vorgestern hat man Jean-Edouard Malbrun, meinen Freund, den Oberst, eingelocht. Im Monat davor erzählte er mir noch von seinen bitteren Enttäuschungen, er hatte Angst. Vor zwei Tagen sind Hauptmann Max Oriol und Oberst René Jeanty wegen Hochverrats vors Militärgericht gekommen, morgen früh werden sie erschossen. François Duvalier leidet an einem Verfolgungswahn, der uns jetzt das Leben der besten Männer des Landes kostet. Was für eine Katastrophe! Wie soll man ihr Einhalt gebieten?«

»Und Myrna? Wie geht's den Kindern?«, frage ich ihn, um auf etwas weniger Schwerwiegendes zu kommen.

»Ihr geht es gut ... auch sie macht sich Sorgen um dich ... den Kindern geht es ebenfalls gut. Samstag feiern wir Caroles Geburtstag, ich erwarte Marie und Nicolas gegen drei Uhr ...«

»Ach stimmt ja! Mein Patenkind wird ... schon dreizehn Jahre! Wir werden natürlich kommen.«

»Hast du Geld?«, fragt mich Roger unumwunden, allerdings leicht gehemmt.

Mir kommen die Tränen. Das ist ganz mein sensibler, taktvoller Bruder. Seine Geschäfte gehen nicht besonders gut. Ich drehe den Kopf leicht zur Seite.

»Ja, noch habe ich etwas. Aber wenn Daniel nicht bald zurückkehrt ... Die Redaktionsräume der Zeitung sind versiegelt worden, nachdem man alles verwüstet hatte ... unsere Angestellten sind arbeitslos.«

»Melde dich ... hab keine Hemmungen ... ich helfe dir, wie ich kann ...«

»Roger ... ich habe zufällig ... ein Tagebuch gefunden, das Daniel einige Monate lang, noch am Vorabend seiner ... geführt hat. Mir fehlen immer die Worte, wenn ich von Daniels Abwesenheit sprechen will.«

»Ach ja?«, sagt Roger erstaunt. »Hast du es gelesen?«

»Nein ... das heißt ... nur einige Seiten. Ich habe es erst gestern gefunden.«

»Und wovon spricht er?«

»Von Duvalier ... und den dunklen Wolken, die mit ihm aufgezogen sind.« Roger wirkt nervlich zu angespannt, um ihm noch anzuvertrauen, dass Daniel einen bewaffneten Staatsstreich zum Sturz Duvaliers vorbereitete.

»Wie bitte!? Verbrenn es, Nirvah! Vernichte es unverzüglich!«

Rogers Stimme, obwohl er leise spricht, beschwört ein Gefühl panischer Angst herauf, die mich ärgert, seine Angst steigert sich immer mehr. »Behalte nichts in diesem Haus, was dir zum Verhängnis werden kann, dir und den Kindern. Hast du mich verstanden, Nirvah?«

»Ja«, antworte ich überzeugt und verzweifelt zugleich.

Unwillkürlich flüstern Roger und ich aus Überlebensinstinkt. Einige Wörter können hier Blut und Not hervorrufen. Allerdings ist niemand im Raum. Meine Kinder sind zur Schule gegangen, Yva ist an ihrem Herd in der Küche, und der Hofjunge spritzt vor dem Haus mit einem Gartenschlauch die Blätter der Bäume ab. Der Duft nasser Erde steigt auf wie ein Gebet. Ich schließe die Augen und lasse diesen Augenblick, diesen Duft, so beharrlich wie die Kindheit, auf mich wirken. Als kleines Mädchen träumte ich davon, die Zeit mit einem bloßen Knopfdruck anhalten zu können, zu machen, dass ein Pfefferminzlolli oder ein Eis endlos dauerten. Der Straßenstaub schluckt die Blätter der Bäume, die Steine der Mauern, das Holz der Möbel, alles. Er dringt überall ein, in unsere Socken, unsere Bettlaken, unser Privatleben, er verfolgt uns, wie jene Ohren, die wir nicht sehen, die uns aber verraten. Täglich muss man zwei- bis dreimal Wasser spritzen, die Straße vor unserer Einfahrt überschwemmen, um ein bisschen Ruhe zu haben. Die Nachbarn machen es ebenso. Daniel hat mehrfach beim Ministerium für Öffentliches Bauwesen angestanden, hat sogar für eine Bittschrift an die Behörde Unterschriften aller Anwohner eingeholt, damit man unsere Straße asphaltiert, eine der letzten des Viertels, die immer noch auf eine Teerdecke wartet. Daniel und seine Illusionen. Ich habe gewusst, dass dieser Versuch nicht fruchten würde, ihm aber nichts gesagt, damit er mich nicht eine Miesmacherin nennt. Wir haben kein Wort mehr über den Staub verloren, weil das Thema jedes Mal Streit heraufbeschwor. Daniel und seine großen Worte. Trotz seiner Diplome, seiner Gelehrsamkeit ist es ihm nicht gelungen, die untergründigen Mechanismen zu durchschauen, nach denen unser Land funktioniert. Man wird zwar diese Straße asphaltieren, jedoch aus einem Grund, der nichts mit Annehmlichkeit und Rechten ihrer Bewohner zu tun hat. Wenn ein Regierungsmitglied, ein großer *zotobré** oder seine Konkubine hier einziehen, vielleicht haben wir dann die Chance, dass etwas unternommen wird.

Roger ist gegangen, um sein Geschäft in der Stadt zu öffnen. Ich bleibe sitzen, die Handflächen nach außen gekehrt, mit dem Gefühl, etwas für Daniel tun zu müssen. Noch habe ich mich nicht entschlossen, das Tagebuch zu verbrennen, zögere aber, wieder daranzugehen. Als hielte ich beim Lesen eine gefährliche Waffe, mit der ich mich verletzen könnte. Ich nehme mir fest vor, es zu vernichten, sobald ich es zu Ende gelesen habe. Niemand ist vor einer polizeilichen Hausdurchsuchung sicher, schon gar nicht ich. Letztlich werde ich es mir als Bettlektüre aufheben, wenn im Haus niemand mehr wach ist.

Wenn ich im Tagesverlauf fünf Minuten untätig bin, habe ich Schuldgefühle. Wem soll ich erzählen, wie verzweifelt ich bin? Wie soll ich Daniel aus seinem Knast holen? Hinter der Trennwand zu meiner Rechten erschallt lautes Lachen. Ein feistes Lachen, das rollend, dröhnend und brodelnd zwischen zwei großen Brüsten hervorquillt. Ein ungeniertes, ein schamloses Lachen. Ein Lachen, das mich stets überrascht. So lacht Solange, meine Nachbarin. Seit rund sechs Monaten wohnt sie in einem kleinen Haus auf dem riesengroßen Grundstück nebenan. In der alten Kate eines Junggesellen, der bis zu seinem Tod vor einem Jahr dort allein gelebt hat. Yva, meine Köchin, hat mir einmal mit geheimnisvollem Augenrollen anvertraut, Solange sei eine Hure und eine *manbo**, sie empfange *macoutes* in ihrem Haus, sie sei gefährlich. Ich werde ihr heute Nachmittag einen Besuch machen.

7

Solange ist eine der letzten Personen der Rue des Cigales, die Daniel lebend gesehen hat. Ich habe gezittert, als sie mir das sagte. Da lebt sie nun in meiner Nachbarschaft, und ich ahnte nicht, dass wir seit zwei Monaten ein derart bewegendes Gefühl teilen. Plötzlich ist diese Frau keine Unbekannte mehr. Ungeniert, ohne Komplexe vor ihrer gutbürgerlichen Nachbarin, hat sie mich empfangen. Als ich erst einmal bei ihr war, fühlte ich mich plötzlich hilflos. Da habe ich, anstatt ihr mein Herz auszuschütten, fast eine Stunde lang zugehört, wie sie ihr Leben erzählte.

»Ich wusste, Nachbarin, dass du schließlich zu mir kommen würdest. Wir müssen miteinander reden, aber ich habe nicht gewagt, bei dir zu klopfen. Man schätzt mich nicht besonders im Viertel ... hmm ... ich entspreche nämlich nicht ganz den Maßstäben der Anwohner ... aber die Dinge haben sich geändert, heute gehört das Land allen.« Ich tue so, als verstünde ich die Anspielung nicht. »Sie haben ihn praktisch vor meinen Augen abgeholt, deinen Mann«, sagt sie. »Genau bei Einbruch der Nacht. Er kam zur gewohnten Zeit nach Hause, ich rauchte eine Zigarette auf dieser Eingangstreppe, genau hier, wie heute. An der Ecke unter dem Quenepabaum von Madame Pierresaint warteten drei Männer schon eine Weile auf ihn. Die *macoutes* wittere ich schon von weitem, ich kenne sie gut, das kannst du mir glauben.« Solange gluckst. Sie hebt einen Arm und kratzt sich mit den rot lackierten Fingernägeln der freien Hand unter der Achsel. Das ergibt ein unangenehm schabendes Geräusch. An jedem Finger trägt sie einen Ring mit unechten Steinen. »Natürlich konnte ich nicht wissen, dass sie wegen deinem Mann kamen, außerdem, was hätte ich schließlich machen können?« Sie hört auf, sich zu kratzen, und beschnüffelt ihre Fingerspitzen. »Sie sind ins Auto geschlüpft, ehe er in dein Grundstück einbog. Einer von ihnen hat ihm mit einer Waffe befohlen, umzukehren. Nach einem kurzen Blick auf sein Haus ist er mit ihnen weggefahren. So war's. Was haben sie gegen deinen Mann?«

»Er schrieb ... Dinge gegen die Regierung ...«

»Gott sei Dank! Ich kann weder lesen noch schreiben.« Und Solange bricht wieder in das Lachen aus, das ihre enormen Brüste erschüttert. »Was hat es ihm nun genützt, so viel zu wissen? Man soll nicht zu viel in Büchern lesen, das beunruhigt die anderen.«

Vor so viel glücklicher Unwissenheit muss ich verstummen, finde aber noch nicht die Kraft zu gehen. Ich beobachte die Frau, als entdeckte ich in meinem Garten auf einem der unteren Äste einen Vogel mit einem Menschenkopf. Solange ist eine hübsche Hässliche. Ihre vorstehenden Augenbrauen und ihre struppigen Wimpern beschatten zwei große, hellbraune Augen, eher ungewöhnlich bei einer so dunkelhäutigen Frau. Ihr krauses, mit heißem Eisen geglättetes Haar reicht ihr spitz zulaufend sehr tief in die Stirn. Bei uns ein Hinweis auf Mystisches. Sie hat das zweite Gesicht. Sie atmet hörbar durch ihre großen Nasenlöcher. Ihr breites Lächeln reicht bis zu den Weisheitszähnen. Kräftiger Knochenbau, fast rechtwinklig geschweifte Hüften und ein riesiges Gesäß sprechen alle Sprachen der Lust. Ein richtiges *chwal angle*, ein englisches Pferd, wie man hier diese großen, üppigen Frauen nennt. Ihre obere Zahnreihe weist in der Mitte eine breite Lücke auf, die überraschend wirkt, wenn man sie zum ersten Mal lächeln sieht. Als ich ihr beim Sprechen zusah, blieb mein Blick unwillkürlich an einem Streifen Zahnfleisch haften, der zur Hälfte in die Lücke zwischen den beiden Schneidezähnen reicht. In ihrem Haus wohnt sie mit Ginette, einer kleinen, elfjährigen *restavec**, und ihrem geistig etwas zurückgebliebenen jüngeren Bruder Krémòl.

»Ich stamme aus dem Süden, komme aus Saint-Louis. Schon als junges Mädchen bin ich mit meiner Mutter, die vor der *rigwaz** meines Vaters floh, nach Port-au-Prince gezogen. Seit frühester Jugend lebe ich von meinem Körper. Ich habe mich immer geweigert, die Dienstbotin bei Madame zu spielen, die Unterhosen von Monsieur zu waschen, ihnen den Kaffee ans Bett zu bringen. Ich bin eine ... *bouzen** und eine *manbo*. Hat man dir das gesagt, Nachbarin?«

Durch den Rauch ihrer Zigarette schaut Solange mich an. Sie fordert mich heraus, treibt mich in die Enge. Sie will wissen, ob ich ihre Freundschaft wert bin.

»Nein ...«, lüge ich, ohne zu wissen warum.

Sie lässt sich nichts vormachen. Diese Frau verwirrt mich. Mit ihren vielleicht erst dreißig Jahren macht sie den Eindruck, schon mehrere Leben hinter sich zu haben. Ihre Gesten, ihre Mimik und ihre Worte wirken älter, als sie ist.

»Ja ... stimmt«, sagt sie, während sie den Rauch durch die Nasenlöcher ausstößt. »Die meisten meiner Kunden sind *macoutes.* Weißt du, warum?«

Diese Manie, Fragen zu stellen ... sie erwartet nicht einmal eine Antwort. Was mache ich hier bei einer Frau, die sich mit den *macoutes* einlässt? Ich hasse die *macoutes.* Sie haben Daniel entführt. Solange redet, sie redet. Und auf seltsame Weise tröstet mich der Klang ihrer warmen, sinnlichen, kehligen Stimme. Einen Moment lang vergesse ich mein Leben. Solange antwortet selbst auf ihre Frage.

»Weil Déméplè mich angefordert hat. Er hat von mir verlangt, den *asson** zu nehmen. Die *macoutes* wissen, dass ich eine *manbo* bin, sie kommen, um sich *pwen** zu holen. Jetzt bin ich selbständig, schinde mich nicht mehr in den Cafés. Keine Nummern mehr für 5 Gourde. Heute gebe ich Konsultationen, 50 Gourde oder nichts da. Ich vögele nur noch zu meinem Vergnügen oder wenn Déméplè es für den Erfolg einer Behandlung fordert.

Das Lachen von Solange in den großen Bäumen im Hof. Als schiene die Sonne heller, wenn sie lacht. Ich hebe den Kopf.

»Déméplè?«, kann ich nicht umhin zu fragen. Meines Wissens bezeichnet der kreolische Begriff ein unberechenbares Individuum mit miesem Charakter. Es ist kein Eigenname.

»Doch ... Déméplè ... mein *lwa**, so heißt er wirklich ... er kommt und geht mir durch den Kopf, wie es ihm passt. Ein launischer, misstrauischer Geist ... ein *nago**. Er hat mich angefordert. Eines Tages wurde ich krank, mir war hundeelend. Ich konnte nicht mehr arbeiten, nicht mehr essen. Meine Knochen waren ganz schwach geworden. Es ging abwärts mit mir, meine Brüste hingen, mein Hintern schrumpfte. Kein Stärkungsmittel zeigte Wirkung, die Ärzte im Krankenhaus gaben mich auf. Ich verlor meine Kunden. Eine kranke *bouzen* ist eine tote *bouzen*, Nachbarin. Ich habe Pilgerfahrt um Pilgerfahrt gemacht, neuntägige Andachten, bin auf Knien den Hang zur Grotte der wundertätigen Jungfrau von Désermite hinaufgerutscht. Gutmütige Mitmenschen haben mich aufgesammelt, als ich unterwegs das Bewusstsein verlor. Da ist mir Déméplè im Traum erschienen. Er hielt einen *asson* in der rechten Hand und in der linken sein Geschlechtsteil. Ein wirklich enormes Glied, Nachbarin. Ein Glied, wie ich noch keins in meiner ganzen Hurenlaufbahn gesehen habe. Déméplè hat einen Schwanz wie ein Maultier. Er hat mir befohlen, mich vor ihm hinzuknien, die Stirn auf sein Riesending und die Rechte auf den *asson* zu legen und siebenmal das Vaterunser zu beten. Ich bekam Angst, nicht vor dem Geschlechtsteil, das ist mein Geschäft, sondern vor dem *asson*. Ich verstand so ungefähr, dass ich den *asson* nehmen, mich im Schlaf initiieren lassen sollte. Er bot mir an, den Geistern zu dienen. Ich habe mich geweigert zu gehorchen. Ich und *manbo* werden? Von solchen Geschichten wusste ich nichts oder fast nichts. Ich hatte anderes im Leben vor. Allerdings hatte ich noch nicht verstanden, dass es um Leben oder Tod ging.«

Ich traute meinen Ohren nicht, konnte es nicht fassen, dass ich auf der Eingangstreppe bei Solange saß, die eine Zigarette nach der anderen rauchte und mir eine groteske Geschichte erzählte. Aber sie hatte doch Daniel gesehen, wie er in der Abenddämmerung von bewaffneten Männern entführt wurde. Sie erinnerte sich an den lebendigen Daniel. Also bin ich geblieben und hörte ihr weiter zu.

»Déméplè hat mich unaufhörlich verfolgt ... er erschien mir regelmäßig im Schlaf wie ein *madichon**, ein *pichon**, eine Heimsuchung. Ich wurde besessen davon. Und dann, hopp, ist er aus meinen Nächten verschwunden, hat aufgehört mit seinen Forderungen. Ich war erleichtert, aber es ging mir immer schlechter. Als ich schließlich eines Abends mein letztes Stündlein nahen sah, habe ich mich an Déméplè gewandt, ihn gebeten, zurückzukehren, und feierlich versprochen, zu gehorchen, den *asson* und das Glied zu akzeptieren und seine Dienerin zu werden. Und er hat mir wieder zum Leben verholfen. Im Schlaf bin ich *manbo* geworden. Und seither gehen meine Geschäfte gut. Du glaubst mir nicht, Nachbarin. Aber es ist die reine Wahrheit.«

8

»7. Oktober 1962 – Mir ist durchaus bewusst, dass ich mit diesem Tagebuch vielleicht meine unwiderrufliche Verurteilung unterzeichne. Ich mache hier keine Angaben, die das Leben meiner Genossen gefährden könnten. Falls es übrigens in feindliche Hände gerät, dann bin ich mit meinen Plänen gescheitert. Ich bin zwar bereit, für die Sache der Freiheit, der Würde und des Fortschritts zu sterben, zugleich aber besessen von einem maßlosen Lebenshunger. Doch wie wir heute leben, das ist nicht lebenswert. Wenn ich zurückdenke, verstehe ich jetzt jenes frühe Feuer, das meinen Freund Jacques Stephen Alexis* verzehrte. Dieses Feuer, das glücklicherweise auf seinen Romanseiten künftigen Generationen überliefert ist. Er liebte sein Land leidenschaftlich und stolz, mit einem Stolz, der ihn manchmal überheblich werden ließ. Oft hat man ihm seine Arroganz vorgeworfen. Kurze Zeit, bevor ich endgültig nach Haiti zurückkehrte, bin ich ihm hin und wieder in Paris bei Versammlungen junger Anhänger der Kommunistischen Partei Frankreichs begegnet. Mit seiner schmalen Statur brachte er es fertig, durch seine bloße Gegenwart den gesamten Raum zu füllen. Wenn er sich fortbewegte, schienen seine Füße den Boden nicht zu berühren. Ich werde seinen Feuereifer und seine Aufrichtigkeit niemals vergessen, wenn ich auch nie verstanden habe, wie er sich 1958 auf diesen kleinlichen Streit mit René Dépestre einlassen konnte. Eine Polemik, die mehr als einen Monat lang Schlagzeilen in den Spalten des *Nouvelliste* gemacht und der Linken sehr geschadet hat. Im Laufe dieses Zanks um die angebliche Legitimität von Alexis oder Dépestre als Leiter des neuen haitianischen Zweigs der SAC* sind aus dem Dunkel zäh und hartnäckig die politischen Verbitterungen aufgetaucht. Wo blieb die Fähigkeit dieser beiden moralischen Vorbilder, sich selbst zu überwinden? Machten sie sich klar, dass sie Duvalier bei seinem Werk nationaler Zerstörung nur zur Hand gingen? Möglicherweise ist das aber leicht gesagt ... Jacques' schrecklicher Tod im vergangenen Jahr hat mich tief erschüttert.«

»9. Oktober 1962 – Nirvah, meine geliebte Frau, weiß nichts von meinen Aktivitäten im Untergrund. Sie findet meinen politischen Kampf absurd. Manchmal habe ich in ihren Blicken ein Erstaunen, vermischt mit ironischer Herablassung, entdeckt. Dass ich gegen den gegenwärtigen Zustand aufbegehre, verstimmt sie. Nirvah ist in Armut aufgewachsen. Bankrott und Selbstmord ihres Vaters haben ihre Familie aus der Bahn geworfen. Sie hat eine Art verheimlichte Not kennengelernt, von einem vorgespiegelten Schein gelebt, sich einer Gesellschaftsklasse zugehörig gewähnt, von der sie nur die äußeren Merkmale besaß. Eine Mulattin, deren einziger Adelsbrief ihre große Schönheit war. Aus Trotz hat sie sich gegen das traditionelle Bürgertum aufgelehnt, das sie zurückwies. Gerade das hat mir an ihr sofort gefallen. Sie hatte nichts von der Arroganz und Härte, wie sie bei Leuten mit Geld auftreten. Ich war wahnsinnig verliebt in sie. Allerdings ist mir rasch klar geworden, dass mich Nirvah mit siebzehn Jahren geheiratet hat, um endlich keine Not mehr zu leiden und ihren Platz in einer Gesellschaft zu finden, der sie als vollgültiges Mitglied angehören wollte, obwohl sie sie verachtete. Nirvah ist ein Zwitter, eine bürgerliche Frau, wenn sie will, eine aus dem Volk, wenn sie mag. Eine Mischung, die ihre Reize hat. Ich zweifle nicht an ihrer Liebe zu mir, doch was ich für Revolte und Empathie mit der haitianischen Wirklichkeit gehalten habe, war in Wirklichkeit nur die Maske, mit der sie das Unbehagen an ihrem Dasein verdeckte. Nirvah fand sich in meinem Kampf, in meinen Ambitionen nicht wieder. Anfangs war ich zwar verletzt, doch dann habe ich sie lieben gelernt, wie sie ist, als eine äußerst intelligente Frau mit einer praktischen, bodenständigen, realistischen Intelligenz. Sie erzieht unsere Kinder mit einer gewissen Strenge, die sie aus ihrer Kindheit mitbringt. Eine sinnliche Frau. Als Jungfrau ist sie in die Ehe gekommen, und obwohl sie die Lust der Sinne mit mir entdeckt hat, spüre ich stets in ihrem Leib eine unbefriedigte Neugier, die intuitive Sehnsucht nach höheren ekstatischen Empfindungen. Ich gäbe viel darum, mit ihr zu diesem himmlischen Glück zu gelangen, nach dem sie sich unbewusst sehnt. Marie und Nicolas retten uns, indem sie die Stätte der Liebe für uns jeden Tag neu errichten.

Mit meinen Genossen zu diskutieren, Pläne und Geheimcodes zu ersinnen, Netzwerke und Zellen aufzubauen ist schön und gut, aber wem soll ich meine Zweifel, meine schlaflosen Nächte anvertrauen? Nirvah ist eine Überlebenskünstlerin, sie weiß sich vor Angst zu schützen, indem sie ausblendet, was sie erschreckt. Das alles spielt sich in ihrem Unterbewusstsein ab. Und es ist vielleicht auch besser, so ist ihr Körper mir ein ruhiges Wasser, das mich den rettenden Hafen finden lässt. Mit ihr kann ich lachen, kann der Ehemann und Vater sein, den meine Familie braucht. Mit den anderen muss ich stets meine Worte und Meinungen abwägen. Auch Michel-Ange Lefèvre, mein Freund, Generalsekretär der UCH, weiß nichts von meiner Arbeit mit den Genossen im Landesinnern. Ich lasse ihn in Unkenntnis, um meine Tarnung so glaubwürdig wie möglich zu halten. Es gibt allerdings eine Ausnahme von der Regel, nämlich Dominique, mit der es mir manchmal gelingt, eine Übereinstimmung in der Sprache, eine Gemeinschaft im Denken zu finden. Obwohl sie in tiefster Seele eine eingefleischte Antikommunistin ist und absolut nicht bei meinen geheimen Aktivitäten mitwirken will, gibt sie mir Ratschläge und lässt mich die Probleme Haitis gelegentlich aus unerwarteten Blickwinkeln erfassen. Schon seit langer Zeit sehe ich in ihr nicht mehr die begehrenswerte Frau, weil Dominique ... Dominique ist.«

»17. Oktober 1962 – Gedenkfeier zum einhundertsechsundfünfzigsten Todestag von Kaiser Jacques I. Das Gründungsverbrechen der haitianischen Nation. Der ursprüngliche Vatermord. Ein Datum, das eher aus unseren Annalen gestrichen werden sollte. Ein Trauertag. Dieses Verbrechen und seine Umstände müssten in Schulen und Universitäten ohne Vorurteile untersucht und dürften nicht gefeiert werden. Hier gibt es so viel zu tun, alles muss erneuert werden. Und in erster Linie die Köpfe. Unser Heil ist und bleibt die Bildung. Heute Morgen hat die Regierung auf dem Pont-Rouge eine große Volksverführung inszeniert. Duvalier lässt sich keine Gelegenheit entgehen, die Phantasie des Volkes zu beeindrucken. Der *houngan** Cyprien Bonaparte hat einen Gottesdienst am Ort des Mausoleums am Pont-Rouge zelebriert, in dessen Verlauf er vor der gesamten Regierung, dem diplomatischen Korps und vor weiteren versammelten militärischen, religiösen und zivilen Persönlichkeiten den Geist Dessalines angerufen hat. Drei *Asòtò*-Trommler* haben seine Anrufungen in den Äther begleitet. Dessalines, der alsdann aus dem Mund des Priesters in Trance sprach, prophezeite François Duvalier eine stürmische, aber dauerhafte Präsidentschaft. Anschließend hat er ihn daran erinnert, dass seine Ermordung 1806 sowohl von schwarzen wie von mulattischen Generälen angezettelt worden war, die nach dem Massaker an den französischen Siedlern mit seiner Agrarpolitik und der Verteilung der noch betriebsfähigen Plantagen unzufrieden gewesen waren. Eine Empfehlung an Duvalier, niemandem zu trauen. Der Kaiser verschwand schließlich in einem schwefligen Hauch, nachdem er dem Arzt und Staatschef eingeschärft hatte, so listig wie das Perlhuhn, so grausam wie der Schakal und so ungreifbar wie der Schatten zu sein.«

»25. Oktober 1962 – Seit Duvalier an der Macht ist, wird das bewusste haitianische Wesen – damit meine ich den vernünftigen Menschen, der nachzudenken und zu analysieren vermag – misstrauisch. Es geschieht hier etwas Neues und Übles. Rückständige und wilde Kräfte oder Geister besetzen alle Bereiche der Macht. Darauf reagieren wir, indem wir ins Stadium des primitiven *marronnage* zurückkehren.«

Eingeschlossen in Daniels Büro lese ich seine Worte mit dem Gefühl, einen Fehler, eine grobe Indiskretion zu begehen. Auch wenn diese Worte aus unserem Leben erzählen, von unserem großen Unbehagen, verbunden mit unseren kleinen Glücksmomenten, und vom Warten auf kommende Tage, die sich jeder in verschiedenen Farben ausmalte, so gleicht doch die Nirvah, die ich Daniels Worten entnehme, mir nicht oder nur ganz wenig. Ich habe ihn aus Liebe geheiratet und bin nicht gefühllos gegenüber der Not in unserem Land. Kann man mir aber einen Vorwurf daraus machen, dass ich in Ruhe leben, meine Kinder erziehen und die einfachen Freuden des Lebens genießen möchte? Marie und Nicolas schlafen bereits in meinem Bett, ich werde ihnen nichts von dem Tagebuch sagen. Das Schweigegebot gilt für Eheleute, Eltern und Kinder, Herren und Dienstboten, Arbeitgeber und Angestellte bis in die unterste Gesellschaftsschicht. Eine Art gegenseitiger Schutz. Meine Gedanken kehren unaufhörlich zu dem Tagebuch zurück, obwohl ich mich fürchte vor diesen Geständnissen, die nicht für mich bestimmt waren.

»29. Oktober 1962 – Die Gewalt des Staates ist allgegenwärtig, wechselhaft und vielgestaltig. Sie stützt sich auf die bewaffnete Miliz, die grundsätzlich nur den Terror kennt. Einen Terror, wie es ihn in unserer politischen Kultur niemals gegeben hat, eingeführt gleich zu Beginn der Präsidentschaft Duvaliers. Yvonne Hakime-Rimpel hat mit ihrem Körper dieser neuen Gewalt ihren Tribut geleistet. Eine gebrochene Frau, die sich heute in der Stille verkriecht, um ihr Leben und das ihrer Nächsten zu schützen. Alle, die das Haupt etwas heben, werden enthauptet. Als überzeugte Anhängerin von Louis Déjoie* ist diese Frau bei den Wahlen von 1957 vor deutlichen Worten nicht zurückgeschreckt und hat in ihrer

Zeitung *L'Escale* sogar den Generalissimus Antonio Thompson wegen seiner offensichtlichen Wahlmanipulationen zugunsten des Landarztes beschimpft. Madame Hakime hat jedoch Duvaliers teuflisches Wesen unter der Maske von Biederkeit und Gebrechlichkeit unterschätzt. Nachdem die Häscher ihr unsagbare Misshandlungen zugefügt hatten, haben sie ihr eine Kugel in den Kopf geschossen und sie als vermeintlich Tote liegen lassen. Wie sie überlebt hat, weiß niemand, man munkelt aber, der Chef der *macoutes*, der ihr den Todesschuss verpassen sollte, habe aus Mitleid so getan, als würde er ihr das Hirn wegblasen, dabei jedoch über ihren Kopf hinweg geschossen. Simone Hakime hat dafür bezahlt, dass sie weder die Diktatur noch ihre Auswüchse akzeptiert und es mit den ihr zu Gebote stehenden Mitteln laut geäußert hat. Mir ist zugetragen worden, dass heutzutage sogar Kinder, auch Alte, gefoltert werden. Wenn ich an Nirvah und die Kinder denke, schaudert es mich. Ich muss einen Weg finden, sie eine Zeitlang außer Landes zu bringen.«

9

Es wurde bereits Nacht. Er wartete auf mich in meinem Haus, in meinem Salon, in einem Sessel unmittelbar neben einem Tisch mit einer leeren Blumenvase und einem Foto, das Daniel und mich, eingerahmt von den Kindern, zeigt. Es war Freitag. Acht Tage nach meinem Besuch im Ministerium. Ich hatte gehofft und zugleich gefürchtet, ihn wiederzusehen. Lieber wäre mir gewesen, ihm im Leben nie mehr über den Weg zu laufen, obwohl ich wusste, dass er die einzige spärliche Verbindung zwischen Daniel und mir war. Ich kam von einem Besuch bei Daniels Mutter und war vollkommen niedergeschlagen. Wenn er nicht zurückkehrt, wird die Alte krepieren. Auch die Schwestern und Daniels Bruder besuchten ihre Mutter. Sie leben miteinander wie Katz und Hund, lieben und verachten sich zugleich leidenschaftlich. Jeder hat vorgeschlagen, wie man vorgehen sollte, ohne ernsthaft daran zu glauben. Ich bemerkte einen gewissen Zorn auf Daniel, der mir missfiel, verstand sie indes, denn ob sie nun wollen oder nicht, die Tatsache, dass er im Gefängnis ist, hat ihnen allen ihr gewohntes Leben gründlich durcheinandergewirbelt. Wir waren zu einer Familie auf dem Index geworden. Dieser ratlosen Familie habe ich natürlich nichts von Daniels Tagebuch und seinen Plänen gesagt. Wir haben an diesem Nachmittag über die Ereignisse des Tages gesprochen, die Ausgangssperre von zehn Uhr abends bis vier Uhr morgens, die Flugblätter im Umlauf, die maßlose Steuererhöhung, denn die zensierte Presse kann nur die Regierungsmitteilungen verbreiten. Und Daniel in diesem ganzen politischen Durcheinander? Was wird aus diesen Männern und Frauen, die man in den Sterbelagern der Regierung vergisst? Gut ... man tut, was man kann ... da bleibt nur Warten und Hoffen. Einige sind herausgekommen. Wie ein gewisser ... oder eine gewisse ... Und alle, die nicht herausgekommen sind? Wem die Schuld geben, dem Pech, dem Unglück? Mit einem Kopf so schwer wie eine Wassermelone aus dem Artibonite* bin ich auf dem Rückweg in Pont Morin in die Kapelle Saint-Louis-de-France gegangen. Kein Gebet ist mir in den Sinn gekommen, aber einige Minuten lang habe ich darauf gewartet, dass Daniel aus den Kirchenmauern, vom Altar oder aus der Krypta erscheint.

Sofort, als ich die beiden Männer vor dem Haus aufgepflanzt sah, ahnte ich, dass er da ist. Auch den amerikanischen Schlitten, den großen schwarzen Wagen, habe ich wiedererkannt. Wahnsinn, wie heftig mein Herz klopfte, so heftig, dass es mir wehtat. Das Fahrzeug parkte auf der anderen Straßenseite, am Lenkrad Jocelyn mit seinen verrauchten Augen. Wer aber hat ihn hereingelassen? Wahrscheinlich Auguste, mein Hofjunge. Warum hat er einem Fremden den Zugang in mein Haus verschafft? Wo doch meine Kinder da sind? Ich habe immerhin strikte Anweisungen gegeben, niemand ohne meine vorherige Einwilligung hereinzulassen. Meine liebe Nirvah ... Hand aufs Herz, hätte Auguste den Staatssekretär daran hindern können, im Haus Platz zu nehmen? Diesen von einer Schattenarmee umgebenen *macoute*-Staatssekretär? Ich bin durch die Hintertür hineingegangen. Im Büro sahen die Kinder im Fernsehen einen Zeichentrickfilm. Betty Boop, verirrt im Wald in engem Kleid und auf Pfennigabsätzen, rannte verzweifelt und war kurz davor, vom monströsen Kopf Louis Armstrongs verschlungen zu werden, der in einer Ecke des Bildschirms zwei riesige Augenbälle rollte und einen beängstigenden Blues sang. Was sind das nur für Grausamkeiten, mit denen man die Kinder im Fernsehen abspeist? Nicolas verkündete mir, ohne den Kopf vom Bildschirm zu wenden, dass ein Herr im Salon auf mich warte. Marie machte große Augen. »Wer ist das?« Ich winke ab, um sie zu beruhigen. Alles in Ordnung. Sehr schnell sind sie wieder am Bildschirm. Auguste hat heute im Garten einen vollen Korb Mangos gepflückt. Als ich das Büro betrat, berauschte mich sogleich der betörende Duft der Früchte. Ich habe den Eindruck, in einem Wachtraum zu sein. In der Küchenhitze der süße, schwere Geruch der reifen Mangos und in meinem Salon der kalte, lauernde Geruch des Todes.

»Guten Abend, Exzellenz ... Sie machen mir aber eine Überraschung! Sie hätten mich benachrichtigen sollen ...« Ich gehe zu ihm und gebe ihm die Hand.

»Madame Leroy«, antwortet er und steht auf. »Verzeihen Sie, dass ich in Ihr Heim eingedrungen bin. Ihre Kinder haben mir gesagt, dass Sie gleich nach Hause kommen würden. Reizende Gören ... Ich habe lieber gewartet, um Ihnen die Nachricht selbst zu überbringen. Ihrem Gatten geht es gut. Ich habe vor einigen Tagen mit ihm gesprochen.«

Der Staatssekretär spricht mit mir, aber seine Augen lassen nicht ab von meinem Hals, meiner Halsgrube. Dieser Punkt scheint ihn zu faszinieren.

»Setzen Sie sich doch, Exzellenz ... Es geht ihm gut, sagen Sie?«

Ich fühle, wie ich schwanke, als wäre mir plötzlich ein sehr schweres Gewicht vom Kopf gefallen.

»Hmm ... ziemlich gut. Ich habe Order erteilt, damit er nicht mehr ... misshandelt wird.« Die Stimme des Staatssekretärs verrät keine Gefühlsregung. Seine Augen wandern jetzt durch den Raum.

Habe ich richtig verstanden? Spricht zu mir der Staatssekretär gerade von Misshandlungen, von Befehlen, die er erteilt hat, damit Daniel nicht gefoltert wird? Warum überrascht mich denn diese Nachricht? Ich weiß doch, dass die Gefangenen gefoltert werden, dass die meisten es nicht überleben. Dass ich mir das aber so kalt, so unbeteiligt sage, macht mir bewusst, wie es steht, wie es mit mir steht. Was weiß der Staatssekretär von Daniels geheimen Umtrieben? Bis ich neulich das Tagebuch fand, glaubte ich immer noch, seine Tätigkeit habe sich auf die Stellungnahmen in seinem Wochenblatt und seine öffentlichen Aktivitäten im Rahmen seiner Partei beschränkt. Wenn die zuständigen Dienststellen es für nötig befunden haben, ihn festzunehmen, während man ihn bisher mehr oder weniger geduldet hat, muss ich annehmen, dass er verraten wurde.

»Danke ...«, antworte ich.

Der Staatssekretär sagt nichts weiter. Ihm ist warm, Schweiß perlt auf seiner Stirn. Seine Augen treten noch stärker hervor als in meiner Erinnerung. Er atmet schwer. Ich setze den Ventilator an der Decke in Gang.

»Bedaure ... es ist wirklich sehr warm in diesem Raum.«

»Nein ... es geht schon ...« Ich merke aber, dass er erleichtert ist. »Wohnen Sie schon lange in dieser Straße?«, fragt er mich.

»Ja, seit unserer Hochzeit. Wir gehören zu den ersten Anrainern ...«

»Ihre Kinder ... sie sind schon ziemlich groß. Sie haben jung geheiratet.« Er sieht mich an, versucht mein Alter einzuschätzen.

»Ja ... ich war 17 Jahre alt.«

»Und wie alt sind Ihre Kinder?«

»Marie, die Ältere, wird bald fünfzehn. Nicolas ist 11 Jahre alt.«

»Hm ...«

Nach diesen wenigen Worten hüllt sich der Staatssekretär zufrieden in ein bequemes Schweigen. Sein Blick heftet sich jetzt auf meine nackten Füße in den Sandalen, als hinge mein ganzes Leben an meinen Füßen. Meine Zehen sind staubig, ich hätte sie säubern sollen, bevor ich den Salon betrat.

»Wie weiß sie sind ...«

»Pardon?«

»Ihre Füße ...«

Ich verstehe kaum die geflüsterten Worte des Staatssekretärs, der aufmerksam meine Füße betrachtet. Hat er vom Weiß meiner Füße gesprochen? Und warum von meinen Füßen?

»Ich habe ...«

»Nein ... nichts«, antwortet er, während sein Blick unwillig von meinen Extremitäten ablässt.

Vom Büro erreichen uns Laute aus dem Fernsehen. Der süße Duft der reifen Mangos weht zu uns herüber. Das Leben rinnt und trägt Laute und Düfte des Alltags fort, meine Kinder warten, dass ihr Vater zurückkehrt, und ich bin mit dem Staatssekretär in einer lautlosen Blase, einer fließenden Blase, die mich auf ihrem Weg einsaugt.

Und dabei wollen mir die Worte doch schon über die Lippen kommen, ich möchte mehr von ihm über Daniel erfahren, über seine Gefangenschaft, seine Gesundheit, seine Ernährung, seine Träume. Ich möchte wissen, wann er freikommt. Aber vor dem Schweigen des Staatssekretärs erscheinen mir diese Fragen ungebührlich, geradezu unanständig. Seine Anwesenheit unter meinem Dach müsste doch ein Unterpfand für Daniels Sicherheit sein.

»Wissen Sie, Exzellenz, ob ... wann Daniel aus dem Gefängnis kommt?«

Ich konnte die Worte nicht zurückhalten. Ich lebe ja nur für diesen Tag, für diesen Augenblick, wenn Daniel wieder über die Schwelle unseres Hauses tritt. Ansonsten bleibt alles in der Schwebe, der Staub, unser Lachen, die Sonne und die Lust am Leben. Diese Prüfung übersteigt meine Kräfte. Der Staatssekretär löst sich aus seinem seligen Zustand. Er sieht mich an wie ein Vater, den die Unschuld seines Kindes entsetzt und zugleich rührt. Ein flüchtiger Ausdruck. Fast verächtlich sind die Worte, die er dann spricht.

»So schnell kommt er nicht heraus, Madame, ich will Sie nicht belügen. Er muss auf Fragen antworten ... auf viele Fragen. Ihr Gatte hat durch Schulkinder Flugblätter verteilen lassen ... Er impft schon die jüngsten Kinder mit dem Virus des Kommunismus ... auch die Bauern ... er verseucht ihre Gehirne mit marxistischen Ideen ... er ist dabei, die Zukunft des Landes zu untergraben ... Das Schlimmste, Unverzeihliche aber ist sein falsches Spiel, das er mit uns getrieben hat. Sich seiner Partei als

Schutzschild zu bedienen, um unbeeinträchtigt kriminellen Unternehmungen nachzugehen. Wussten Sie das nicht, Madame?«

Ich antworte nicht auf diese Frage, die eher einer Falle gleicht. Mir fällt das versteckte Tagebuch unter meiner Matratze ein. Mein Herz klopft wild. Hat Daniel unter der Folter gestanden? Hat er seine Kameraden denunziert? Ich glaube, er würde eher sterben, als seine Gefährten zu verraten. Ich spiele die Ahnungslose. Beharre auf meiner Frage hartnäckig weiter und wundere mich über meine Kühnheit.

»Hm ... aber wie stehen denn seine Chancen, Exzellenz? Wird er verurteilt?«

»Das hängt nicht von mir ab, Madame. Meine Macht hat Grenzen. Ich kann Ihnen nur versichern, dass er besser behandelt wird. Für den Augenblick. Hohe Persönlichkeiten sind verägert ... sehr verärgert über ihn. Ermittlung und Überprüfung seiner Akte verlangen Zeit, viel Zeit.« Er antwortet mir mit einem neuerlichen Blick auf meine Füße.

Ich denke blitzschnell nach. Immerhin sind die Dinge jetzt etwas klarer. Daniel ist am Leben, und dank dem Staatssekretär werden ihm körperliche Foltern erspart. Bis auf weiteres. Ich hoffe es. Ein Auto fährt durch die Straße, und Sekunden später dringt der von den Reifen aufgewühlte Staub in die Fenster des Salons, der zur Hauptfassade des Hauses geht. Der Staatssekretär niest zweimal hintereinander. Ich lächle, peinlich berührt.

»Oh ... dieser Staub. Ich bekämpfe ihn ständig, aber er ist immer stärker als ich.«

Die Möbel, die Trockenblumen in ihren Töpfen, die Spiegel glitzern vor Staub. Die vorderen Räume im Haus vom Staub zu befreien bedeutet Wasser in einem Sieb zu transportieren.

»Ich verstehe ...«, sagt er finster und holt ein Taschentuch aus der Innentasche seiner Weste. Plötzlich sieht er krank aus.

»Darf ich Ihnen eine Erfrischung holen, Exzellenz?«, frage ich und finde automatisch zu meiner Rolle als Gastgeberin zurück.

»Nein danke. Ich werde aufbrechen. Ich danke Ihnen für Ihre Gastlichkeit ... Benötigen Sie nichts, Madame?«

»Ob ich nichts benötige?« Unwillkürlich wiederhole ich die Frage und sehe den Staatssekretär an. Es dauert eine gute Weile, bis ich begreife, dass er mir etwas anbietet, aber was? Geld? Wahrscheinlich. »Nein ... danke. Sie tun schon viel für mich und meine Familie ...«

Er schwitzt schon wieder trotz des Ventilators. Wortlos steht er auf, ohne sich zu verabschieden, ohne mich wissen zu lassen, ob er sich nochmals melden wird.

Ich begleite den Besucher bis zur Barriere. Noch so vieles habe ich ihm zu sagen. Ich möchte Daniel ein paar Worte schreiben und den Staatssekretär bitten, sie ihm zu übermitteln. Ich möchte eine spezielle Besuchererlaubnis für Fort-Dimanche erhalten, diese Sorte Genehmigungen, die nur in einzelnen Fällen Leuten mit Beziehungen zu besonders hochgestellten Personen ausgestellt werden. Ich traue mich aber nicht. Noch nicht. Ich sehe ihn ins Auto steigen. Er setzt sich vorn neben den Chauffeur, und seine beiden Leibwächter nehmen auf den Rücksitzen Platz. Er wird wiederkommen.

10

Der Staatssekretär hatte beschlossen, sie mit einem Besuch bei ihr, im Haus von Daniel Leroy, zu überraschen. Wie ein Regen bei strahlender Sonne am Mittag würde er ohne Vorwarnung in seine Welt hineinplatzen. Sie würde sicherlich sehr verblüfft sein, dass er so plötzlich zur Sache kam, war vermutlich eher darauf gefasst, von ihm in sein Büro bestellt zu werden. Dachte sie, ihr Gang ins Ministerium sei vergebens gewesen und er würde sich nicht mehr melden? Ahnte sie diesen Wirbelsturm, den sie in ihm ausgelöst hatte? Eine Woche lang verzehrte er sich bereits in Ungeduld, rechnete die beste Zeitspanne aus, nach der er sie wieder sehen könnte, ohne sie seine Ungeduld erraten zu lassen. Eine Woche lang war der Staatssekretär mit seiner besessenen Phantasie in die virtuelle Welt der Frau eingedrungen, und an diesem Abend erstürmte er ihren Alltag, ihre vier Wände, die sie schützten. Von einer Art entweihender Inbrunst erfüllt, hatte er die Wohnung betreten. Mit einem überschwänglichen Gefühl absoluter Macht, das ihn während des ganzen Besuchs nicht verlassen hatte. Er hatte die Situation vollkommen unter Kontrolle. Er war eingedrungen in das Privatleben eines Dissidenten, der Daniel Leroy hieß, und das Schicksal seiner Frau, seiner Kinder, seiner Dienstboten und seiner Katze hing allein von seinen Gelüsten ab. Die kommenden Tage verhießen auf vielen Ebenen seines Lebens erfreulich zu werden. Kein Hindernis würde ihn davon abhalten, diese Frau zu erringen, Herr ihrer Geheimnisse zu werden.

Ihre Kinder waren schön, wie zu erwarten. Kleine Bürger, heranwachsende Mulatten in einem Kokon, der bereits Risse bekam. Sie hatten ihn zwar etwas misstrauisch, aber nicht besonders interessiert betrachtet. Das junge Mädchen ähnelte verblüffend ihrer Mutter, war aber wohl schon einen Kopf größer als sie. Eine wundervolle erwachende Frau. Der Junge mit seinen dicken Brillengläsern schien ihm der intellektuelle Erbe des Hauses zu sein, der wahrscheinlich ein Bücherwurm werden und wie sein Vater Bücher und Ideen verschlingen würde. Dem Staatssekretär fielen seine Frau und seine beiden Töchter ein, die damit beschäftigt waren, die Gesellschaftsklasse zu wechseln und sich der neuen, zahlreichen Privilegien bewusst zu werden, zu denen er ihnen verhalf. Ihr

Intimleben beschränkte sich schon sehr lange auf die Verwaltung ihres materiellen Komforts. Er verachtete seine Gattin, die unter ihrer frömmlerischen Demut ein heißhungriges Verlangen nach irdischen Gütern hegte. Sie alle hatten ihm schon lange nichts mehr zu bieten, waren nur noch gierig nach immer mehr Luxus und Bequemlichkeit. Ihm hatte die Atmosphäre im Haus von Daniel Leroy gefallen, das durch die Vorhänge an allen Fenstern gedämpfte Licht, die Patina auf dem Parkettmosaik und dieser schwebende Duft von reifer Mango, der aus den Tiefen des Sommers aufstieg.

Feindliche Schatten im Raum hatten versucht, ihn zurückzudrängen, der Druck auf seine Brust hatte ihn kurz beunruhigt. Sollte seine alte Krankheit in diesem entscheidenden Augenblick wieder ausbrechen und ihn vor den Augen der Frau demütigen? Zum Glück war nichts geschehen. Er war es gewohnt, sein Leiden zu bekämpfen, seinen Attacken zu widerstehen. Er hatte das Gespenst von Daniel Leroy angerempelt, das in den Hausfluren umging und ihn abzuweisen versuchte. Sein Sieg bestätigte sich auf unsichtbarem wie auf sichtbarem Feld. Aber was für eine Hitze in dem Salon, in dem sie ihn empfangen hatte! Ein richtiger Vorgeschmack auf die Hölle, den er erlitten und zugleich genossen hatte. Um sie zu besitzen, ginge er gern durch die Pforten der Verdammnis. Wie aber konnten sie nur in diesen Staub gehüllt leben? Ein kleines stattliches und kokettes Anwesen, vorzüglich möbliert und verloren in einer Mondlandschaft. Diese Rue des Cigales hatte etwas Unwirkliches mit all diesem grauen Elendsstaub an Bäumen, Blättern, Häuserfassaden bis hin zu den Masten und elektrischen Drähten. Was für ein schofler Bürger war doch dieser Daniel Leroy! Seine Familie unter solchen Bedingungen wohnen zu lassen, eine Frau wie Nirvah dieser Umgebung auszusetzen ... Mit gutem Willen hätte er einen Weg finden, irgendeine Amtsperson im Ministerium für Öffentliches Bauwesen bestechen können, damit seine Straße asphaltiert würde. Schließlich erreicht man hier immer, was man will, man muss nur gute Kontakte und den richtigen Verbündeten haben. Ein Intellektueller war er, dieser Leroy, ein Draufgänger in philosophischen Zweikämpfen, ein Federfuchser, der subversive Artikel schrieb und sich nicht um das Wohlergehen seiner Familie kümmerte. Ein Mulatte, letztlich ohne Ehrgeiz. Die Schlimmsten. Sie glauben, sie hätten saubere Hände. Die echten Mulatten tun alles, damit ihr Vermögen Früchte trägt. Der Staatssekretär hatte, seit er im Amt war, geringfügige Geschäfte mit begüterten bürgerlichen

Mulatten abgeschlossen, die danach trachteten, ihre Habe zu vermehren, die wussten, was Autorität war, zu Kompromissen und auch zu Kompromittierungen bereit waren, um ihre Ziele zu erreichen. Während ihm die sogenannten Intellektuellen, die wie ein Daniel Leroy unbestechlich sein wollen, erbärmlich erschienen. Sie flößten ihm keinerlei Respekt ein. Er verachtete sie.

Ihre Füße. Er hatte Nirvah Leroys Füße seinem Gedächtnis lebhaft eingeprägt, ihre zarten Fersen und Fesseln, den leichten Schatten des Flaums auf ihren Waden. Der Staub, der ihre Zehen beschmutzte, hatte ihn im tiefsten Inneren gerührt, er hätte ihn mit Hingabe abgeleckt. Sie hatte gerade geschnittene, unlackierte Fußnägel, unanständig nackte Füße. Er war in ihrer Welt versunken, hatte sich nur mit Mühe zurückhalten können, sie nicht zu berühren. Und dann war da alles von ihr, dieses Muttermal am Halsansatz, ganz dicht an der Halsschlagader, die pochte und ihn an ein anderes intimes Pochen in diesem Wesen denken ließ, das er wie ein äußerst kostbares Objekt, einen unerreichbaren Stern besitzen wollte. Er würde jeden Preis dafür zahlen, nichts würde außer Acht gelassen für ihr Wohlergehen. Auch die notwendige Gewalt würde er anwenden. Zynisch und brutal würde er sein, weil sie nur der Gewalt nachgeben würde, weil er nur mit Gewalt zum Orgasmus gelangte. Er würde sie über die Lage ihres im Fort-Dimanche vermodernden Mannes schamlos belügen, damit sie ihn restlos, verzweifelt benötigte.

11

»Was ist los in der Rue des Cigales? Wie sieht's denn hier aus?«

Arlette stößt eine dicke Rauchwolke aus und schüttelt wütend ihren Pferdeschwanz. Kaum ist sie bei mir, und schon verspritzt sie ihr Gift. Arlette ist eine Frau, die einen krank und fertig macht. Man sieht ihr an, dass sie nicht schlafen kann. Fehlender Schlaf macht sie bösartig und hinterlässt bei ihr Augenringe. Eine Woche nach der Festnahme ihres Bruders wurde sie in der Generaldirektion des Außenministeriums, wo sie seit einigen Jahren den Posten der stellvertretenden Protokollchefin innehatte, vom Dienst suspendiert. Fristlos und ohne Begründung. Der Major der Armee, dessen Mätresse sie ist, steht bereits auf der Liste der Militärs, die in Kürze in Ungnade fallen werden. Das hat mir Maggy anvertraut, aber ich gebe mir den Anschein, nichts davon zu wissen, um jede ärgerliche Auseinandersetzung zu vermeiden. Arlette hat mich nie gemocht. Sie findet, Daniel habe Besseres verdient als mich.

»Man sieht doch, dass die Straße asphaltiert wird«, antwortet Sylvie gereizt. »Man legt die Bürgersteige an ...«

In ihren Umgangsformen sind die beiden Schwestern himmelweit voneinander entfernt. Sylvie ist eine sanfte, eine sensible Frau, die genau das Taktgefühl besitzt, das Arlette fehlt.

»Ich weiß nicht, wie du es all die Jahre in dieser miesen Straße ausgehalten hast. Endlich werden wir uns keine Allergien mehr holen, wenn wir dich besuchen kommen ...«

»Wie mich das freut, Arlette«, antworte ich ihr.

»Du hast noch immer so gute Manieren wie früher«, stellt Sylvie fest.

»Ich sage, was ich denke, Sylvie, das weißt du schon lange, du bist schließlich älter als ich. Aber sag mal«, wendet sich Arlette wieder an mich, »wer lässt die Straße asphaltieren?«

»Das Ministerium für Öffentliches Bauwesen ...«

Ich weiß, dass sich meine Schwägerin mit dieser Erklärung nicht zufrieden geben wird.

»Das habe ich schon begriffen, Liebste. Ich möchte lieber wissen, wer der dicke *zouzoune** ist, der in deiner Straße eingezogen ist. Wie lange Daniel jetzt schon darum kämpft, in einer gesünderen Umgebung zu leben ... seine Zeit damit zubringt, Briefe an den Staatssekretär Dingsbums zu verfassen, und Bittschriften im Viertel unterzeichnen lässt ... welch ein Hohn, dass das geschieht, während er im Gefängnis sitzt. Als hätte man mit dem Teeren dieser verdammten Straße gewartet, bis er eingelocht ist. Na, wer ist es, Nirvah?«

»Wenn Daniel zurückkommt, wird er die Straße asphaltiert vorfinden«, kommentiert Sylvie philosophisch. Der Seufzer, der ihren Satz unterstreicht, verrät allerdings Zweifel und Angst bei ihr.

»Daniels Rückkehr, hmm ... das ist eine andere Geschichte, Sylvie.« Arlette beugt sich vor, um ihre Zigarette im Aschenbecher auszudrücken. Der nikotingelbe Nagel ihres rechten Zeigefingers glänzt wie Bernstein.

»Nirvah, du hast mir immer noch nicht gesagt, für wen man die Straße asphaltiert.«

»Ich weiß es nicht, Arlette. Ganz sicher bin ich nicht, doch gibt es offenbar keine neuen Anwohner im Viertel. Vielleicht hat eine wichtige Person die beiden brachliegenden Grundstücke vor der Kreuzung erworben. Aber was auch immer zu der Baustelle geführt hat, glaube mir, ich werde mich deshalb nicht beklagen. Dieser Staub hätte mich irgendwann verrückt gemacht.«

»Auch wenn es für einen *macoute*-Chef geschieht, eins dieser dicken schwarzen Schweine mit den schwarzen Brillen? Es würde dich nicht stören, einen VSN* zum Nachbarn zu haben? Sag bloß, das wär dir scheißegal, Nirvah?«

Arlettes Lächeln ist so anzüglich wie ihre Worte. Ich werfe einen Blick in die Runde, um festzustellen, ob Auguste uns womöglich zuhört. Weiß sie, dass mich der Staatssekretär aufgesucht hat? Ist die Nachricht so rasch bis zur Familie Leroy gedrungen? Nein ... nein, wahrscheinlich nicht, ich nehme eher an, dass Arlette einfach nur so ist wie immer.

»*Macoutes* gibt es in allen Hautfarben, Arlette. Mulatten, hellhäutige Schwarze, solche anderer Schattierungen, Marabus*, dunkle Schwarze, Rabenschwarze ... Die Macht hat weder Farbe noch Leibesumfang.«

»Sieh mal einer an! So gut kennst du sie also? Kompliment, meine Liebe. Das Privileg, mit *macoutes* zu verkehren, habe ich nun leider nicht. Allerdings ... verstehe ich nicht, dass Daniel bei solchen Beziehungen seiner Frau noch im Gefängnis ist ...«

Arlette feixt, und ich möchte sie am liebsten ohrfeigen. Ich weiß nicht, was ich annehmen soll. Hat sie Wind bekommen von meinem Besuch beim Staatssekretär oder davon, dass er hier war? Ich habe Angst, aber ich werde mich von meiner Schwägerin nicht unterkriegen lassen.

»Arlette! In manchen Augenblicken musst du lernen, dein loses Maul zu halten!« Sylvie kommt mir mit ihrer Empörung zuvor. »Du hast kein bisschen Achtung vor Daniels Heim, vor seiner Frau und seinen Kindern ... Du denkst nur an dich und deine eigenen Missgeschicke. Du ... du ... du bist gehässig!«

»Lass sie doch reden, Sylvie. Wenn ihr das gut tut. Arlette bleibt sich immer gleich, ist böse auf die ganze Welt, auf die Frauen, auf die *macoutes*, auf Daniel ...«

Diese spitze Bemerkung musste ich ihr verpassen, atme nun freier. Die Wirkung zeigt sich prompt.

»Also das geht nun aber zu weit! Ich gestatte dir keine Meinungen über meine Gefühle für Daniel, Nirvah. Ich bin seine Schwester, verstehst du? Seine Schwester! Du wirst immer nur seine Frau sein, er kann dich verlassen, wenn er will, er kann die Frau wechseln, wenn ihm danach ist ... du bist nicht blutsverwandt mit ihm. Nach all den Jahren will mir immer noch nicht einleuchten, was Daniel eigentlich an dir findet, außer dass du eine Mulattin bist. Du weigerst dich zu arbeiten, Madame ist Hausfrau. Ein Mann, der in Frankreich studiert hat, mit großen Männern Umgang pflegte! Du bist nichts als eine hübsche kleine Fotze, ganz ohne Hirn und ohne einen Heller. Am Ende hast du Daniel nur Unglück gebracht! Komm, Sylvie, ich fahre dich nach Hause!« Arlette steht auf, sucht wütend die Autoschlüssel in ihrer Handtasche und winkt Sylvie mit dem Schlüsselbund, ihr zu folgen. Sie gehen. Sylvie hat kein Auto, mit bedauernder Miene küsst sie mich eilig, bevor sie ihrer Schwester folgt.

12

Ich weiß, wer die Straße asphaltieren lässt. Ich habe es sofort begriffen, ohne es zunächst glauben zu wollen. Das Ungeheuerliche daran hat mich für eine ganze Weile aus der Fassung gebracht. Ich wage mir aber die Bedeutung dieser Tatsache nicht ins Reine zu übersetzen, die bestimmt keine unbedachte Zufallstat ist. Der Staatssekretär Raoul Vincent begeht keine unbedachten Zufallstaten. Meine Gesundheit, mein Wohl würden ihn nicht aus reiner Nächstenliebe interessieren. Ich verstehe allmählich den Sinn und die tiefere Bedeutung des Wortes Macht in meinem Land. Macht im Dienst der Triebe, des Instinkts und der Hemmungslosigkeit. Meine nahe Zukunft türmt sich wie die dunklen Wolken eines Gewitters auf. Mehr als einen Monat ist er nicht wieder bei mir gewesen. Ist er vielleicht auf Reisen? So lange entfernt sich ein Staatssekretär im Allgemeinen nicht. Ich habe also keine sicheren Nachrichten von Daniel. Die Zeit verrinnt, und die Hoffnung zieht sich wie ein kostbarer und doch so schwacher Goldfaden endlos in die Länge. Ich habe Doktor Xavier gebeten, ihn aufzusuchen, mit ihm zu sprechen, ohne meinen Namen zu erwähnen, nur um Neues von Daniel zu erfahren. Als ich ihn wiedersah, konnte er mir fast nichts sagen. Der Staatssekretär hatte ihn überhaupt nicht empfangen.

Marie und Nicolas haben ihr Schuljahr bestanden. Nicolas zum ersten Mal in seiner Schullaufbahn gerade noch durchschnittlich. Was konnte ich mehr verlangen in dieser Lage? Sie werden nach Paillant fahren und fast drei Ferienmonate bei meiner Mutter verbringen. Ihre Kameraden aus dem Viertel kommen jetzt seltener zu uns. Es wird ihnen gut tun, aus dem Haus zu kommen, das ständige Warten zu vergessen und nicht jedes Mal zusammenzuzucken, wenn sich die Haustür öffnet. Ich habe den Eindruck, dass sie es eigentlich sind, die mich beschützen. Sie stellen weniger Ansprüche, sind hilfsbereiter. Sie zanken sich weniger, aber das Fragen tief in ihren Augen ist mir unerträglich. Ich weiß, dass sie sich auch Sorgen machen, ob wir genug Geld zum Leben haben. Neulich hat Marie mich gefragt, ob wir, Daniel und ich, keine Ersparnisse haben. Ich bin erschöpft von den Anstrengungen, die ich unternehme, um ihnen ein normales Leben zu ermöglichen.

13

»1. November 1962. – Allerheiligen. Hochamt in der Kathedrale in Anwesenheit der Ersten Dame der Republik, *Manman* Simone, einer Frau mit verschlossenem Gesicht. Der Sphinx des Nationalpalastes. Es heißt, ihre Familie stamme von Eingeborenen aus präkolumbianischer Zeit ab, die in Yaguana, im Kaziken-Königreich Xaragua, der heutigen Region von Léôgane, gelebt haben. Ihre helle Haut, ihr flaches Gesicht und ihre angedeuteten Schlitzaugen sprechen dafür. Als diese Krankenschwester 1939 in der Kapelle Saint Pierre in Pétion-Ville einen einfachen Landarzt ehelichte, ahnte sie sicherlich nicht, dass sie das Schicksal eines Mannes teilen würde, der der Geschichte dieses Landes einen düsteren Verlauf geben sollte. *Manman* Simone versteht sich darauf, großzügig gegenüber den Armen zu sein. Aus diesem Anlass sind Bettler, Behinderte, Obdachlose, diese ganze Menschheit, die im Dreck von Croix-des-Bossales und Saline lebt, wieder zur Kathedrale geströmt. Sogar die Cité de l'Exposition, dieses Traumgefielde, das Präsident Estimé der Hauptstadt zu ihrem einhundertundfünfzigsten Geburtstag zum Geschenk gemacht hatte, verliert an Reizen und versinkt nach jedem Regen im Schlamm. Die Messe wurde von zwei Priestern, die noch mit der Macht sympathisieren, zelebriert. Die Kirche hat sich in der Annahme geirrt, Duvalier werde sich nicht an der Macht halten. Einige Priester haben spitze Bemerkungen, sogar Provozierendes von der Kanzel geäußert. Das war dem Doktor im Präsidentenpalast Anlass genug, haitianische wie auch ausländische Würdenträger zu bestrafen. Er schüchtert sie ein, verfolgt sie, verjagt sie in vollem Ornat aus dem Land. Er träumt von seiner eingeborenen Geistlichkeit und droht über seinen Botschafter, den Voodoo zur offiziellen Religion Haitis zu machen. Doch sind ihm durch das Konkordat die Hände gebunden, und der Vatikan verzieht keine Miene. Gleichzeitig führen Katholiken und Voodooanhänger einen verkappten Krieg, während die protestantische Bewegung tückisch ins Hinterland einsickert. In Haiti muss religiöser Fanatismus genauso heftig bekämpft werden wie jede andere Geißel. Das Volk ist gefangen zwischen einschüchterndem Messianismus und betrügerischem Populismus. Die Zukunft entscheidet sich jetzt, die Masse muss aus

Unwissen und Elend befreit werden, sonst zahlen unsere Kinder und Kindeskinder den Preis dafür. Nirvah, die weiß, dass ich überzeugter Atheist bin, würde staunen, wenn sie erführe, dass ich aktiv mit befreundeten Priestern zusammenarbeite, um junge Aktivisten leichter aufnehmen und schützen zu können. Sie kommen einzeln aus Osteuropa, aus Moskau, um den jungen Menschen im Land ihre Kenntnis über Guerillaaktivitäten, Umsturz und Destabilisierung zu vermitteln. Diese Glaubensleute haben mich überrascht und meine Achtung gewonnen, haben sie mir doch ihre Fähigkeit bewiesen, geheime Aktionen zusammen mit Staatsbürgern durchzuführen, die nicht ihres Glaubens sind.«

»5. November 1962 – Dominique ist meine Freundin und Vertraute. Eine kleinbürgerliche Reaktionärin, gelehrt und wissenschaftlich gebildet. Nichts ist irritierender als eine Frau, die weiß, dass sie intelligent ist. Dominique ist ärgerlich unbescheiden, doch der kalte Blick, mit dem sie die Dinge zu sehen versteht, ihre Analysen und Schlussfolgerungen nötigen mir Respekt ab. Wir diskutieren oft stundenlang über den Zustand des Landes, über die haitianische Linke, deren Geschichte sie gut kennt. Niemals haben wir miteinander geschlafen. Im Laufe der vielen Jahre unserer Freundschaft hat es einige zweideutige Momente gegeben, die man als sexuelle Anziehung hätte verstehen können. Aber das Wissen um das ungenutzte Lustpotenzial zwischen uns stärkt unser Einverständnis. Dominique kompensiert ihre überhebliche Zurückhaltung durch übertriebenen Intellektualismus. Nirvah hingegen vermag sich der Liebe mit allem, was sie an Tiefe und Geheimnis birgt, hinzugeben. Ich mag Dominique aber gern. Sie hat mich vor Michel-Ange Lefèvre gewarnt. »Das ist ein Spitzel«, sagte sie mir kategorisch. Ich kann es kaum glauben, denn dieser Mann hat bereits zweimal Duvaliers Kerker kennengelernt. Die UCH ist der ideale Schutzschild für meine Aktivitäten. Außer meiner für jedermann sichtbaren Tätigkeit habe ich Kleinstorganisationen von jungen Leuten in der Provinz aufbauen und ausbilden können, ihnen Kenntnisse und Methoden zur Verbreitung der Prinzipien des Kommunismus vermittelt. Die Zukunft gehört den jungen Menschen. Tatsächlich erkundigt sich Michel-Ange neuerdings eindringlich nach meinen Aktivitäten außerhalb der UCH.«

»11. November 1962 – Wenn Duvalier nicht gestoppt wird, errichtet er in Haiti eine ebenso grausame und lange Tyrannei wie die von Rafael

Trujillo. Diese beiden Männer bedienen sich der gleichen Terrorprinzipien der Armee und der politischen Polizei. Im Unterschied zu Duvalier hat Trujillo auf einer strikten Ausrichtung an der Politik der Vereinigten Staaten bestanden, deren Methoden manchmal sogar gewissen Verantwortlichen zu weit gingen. Ein amerikanischer Staatssekretär hat über ihn gesagt: »Er ist vielleicht ein Hurensohn, aber er ist unser Hurensohn.« Und dennoch haben sie ihn im Mai des vergangenen Jahres nach dreißig Jahren absoluter Herrschaft abgesägt. Es war für sie lohnender geworden, ihn auszuschalten, als ihn an der Spitze der Dominikanischen Republik zu halten. Der Arzt im Präsidentenpalast hat bei der Nachricht von der Ermordung seines Gevatters vermutlich einen Schock bekommen. Misstrauischer geworden spielt er gegenüber den Amerikanern und auch den Haitianern den *marron*. Die Kommunisten verfolgt er unerbittlich, und man lässt ihn zufrieden, stellt sich taub gegenüber den Schreien, die von der Insel aufsteigen. Unter den Umständen des kalten Krieges konnten die Amerikaner sich nichts Besseres wünschen. Dessen ungeachtet hält Duvalier sich in seiner Regierung, um die Geister zu verwirren, einen marxistischen Flügel, die Linke des Präsidenten.«

»17. November 1962 – Ich habe mit Michel-Ange den nächsten Leitartikel ausführlich besprochen. Ich muss reagieren, die nationale und internationale öffentliche Meinung alarmieren. Auch das gehört zu meiner Kampfstrategie, dass ich laut und heftig schreie, ja brülle, um meinen Status als harmloser-oppositioneller-intellektueller-Journalist zu wahren. Einige Leute halten uns für eine Partei von Salonkommunisten, einen Klub von Exzentrikern. Ich bin in Haiti gewissermaßen der Beweis für eine angebliche Meinungsfreiheit. Die Regierung Kennedy spart sich in ihren Beziehungen zu Duvalier das Zuckerbrot. Von Zeit zu Zeit hebt sie drohend die Peitsche, dann muss der Diktator seine Blutgelüste etwas zügeln. Dennoch bin ich außerordentlich beunruhigt über diese Politik, die unduldsam auftritt, sich in Wahrheit aber mit Duvalier kompromittiert. Wir haben einige Flugblätter verteilt, um ein x-tes Mal zu versuchen, die schlafenden Geister zu wecken. Die allgemeine Apathie ist bedrückend und entmutigend. Die duvaliersche Propaganda ist eine Beleidigung für denkende Menschen. Jede Woche verschwinden Dutzende Männer und Frauen aus allen sozialen Schichten der Republik. Vergangene Woche hat sich Duvalier zum Fort-Dimanche begeben, und auf sein Geheiß sind etliche Gefangene aus ihren Zellen geholt, an

Pfähle gefesselt und kurzerhand erschossen worden. Einige waren seine Freunde. Der Präsident hat darauf bestanden, vor ihrer Hinrichtung ein kurzes Gespräch mit ihnen zu führen. Michel-Ange fand meinen Artikel im Ton zu hitzig. Er hat mir zur Vorsicht geraten.«

»3. Dezember 1962 – Marie, mein Augapfel, hat Geburtstag. Heute wird sie 14 Jahre alt. Ich bin mächtig stolz auf sie, ihre Schönheit und ihre Intelligenz. Nirvah ist manchmal besorgt über mein Verhältnis zu Marie. Kann sie mir vorwerfen, dass ich meine Tochter lieb habe und es ihr sage, sobald ich Gelegenheit dazu finde? Ich habe Nicolas ebenso gern; je mehr er der Kindheit entwächst, desto deutlicher entwickelt sich zwischen uns so etwas wie ein Männerbündnis. Aber eine Tochter liebt ihren Vater anders. Sie ist bereits eine kleine Frau und weiß, wie sie mich rumkriegt. Marie ist eifersüchtig, dass es Dominique in meinem Leben gibt, während sich Nirvah damit abfindet. Dominique ... sogar ihr Vorname sagt viel über sie aus. Weder Mann noch Frau. Ein seltsames, treues, äußerst stolzes Wesen. Wir sind gemeinsam aufgewachsen. Unsere Eltern hatten unsere Velobung schon von der Wiege ab geplant. Es lag nahe, dass ich Dominique heirate, alles bestimmte uns füreinander. Die gleiche Laufbahn, sie studierte Soziologie und Anthropologie in Frankreich, ich Jura und Wirtschaft. Dominique störte sich nicht an meinen Jugendlieben, da sie wusste, dass ich immer wieder zu ihr zurückkehren würde. Ich bin aber aus der vorgezeichneten Bahn ausgeschert. Ein kleinbürgerliches, zwanzig Jahre im Voraus programmiertes Leben lehnte ich ab, denn ich kam aus einem Land, in dem Hunger und Unkenntnis Männer und Frauen dazu trieben, sich zu verleugnen. In ihrer Enttäuschung hat Dominique einen französischen Musiklehrer geheiratet, von dem sie sich acht Monate später scheiden ließ. Nun leben wir alle beide in Haiti. Sie sieht in ihrer Patentochter Marie die Tochter, die sie nicht bekommen hat.«

»7. Dezember 1962 – Nirvah ist nach Paillant ans Krankenbett ihrer Mutter gefahren. Wenn sie nicht da ist, sind Marie und Nicolas zugänglicher und mehr sie selbst. Wir sind drei Komplizen im Haus, und die kleinen Alltagsaufgaben bieten uns Gelegenheit, miteinander zu lachen und uns über die Worte hinaus zu verstehen, zu berühren. Nirvah kümmert sich vielleicht zu sehr um die gute Erziehung unserer Kinder, sie nimmt sich nicht genug Zeit, sie liebzuhaben, sie ohne Wenn und Aber zu lieben.«

14

Nirvah zu besitzen ließ dem Staatssekretär keine Ruhe. Er wollte in das Haus in der Rue des Cigales zurückkehren, um dieselbe Erregung zu spüren, von der ihm an den Gliedmaßen kalt geworden war. Etwas, dessen Ursache er nicht verstand, hatte ihn aufgewühlt. Es hatte nichts zu tun mit den zweideutigen Schauern des Grauens und der Lust, die sich bei den Schreien der Gefolterten einstellten, auch nichts mit dem finsteren Genuss, der über ihn kam, wenn er sich unbekannter Körper bemächtigte, die er häufig vergewaltigte. Ihm eröffnete sich eine neue Dimension, wie ein Hafen sauberer Gewässer, in dem er wahren Frieden finden würde. Er sehnte sich bereits nach dieser Frau und ihren beiden schönen Kindern. Allerdings wusste er auch, dass ihn die Familie Leroy seine Macht, seine Kraft und sein Vermögen kosten konnte. Mit diesem Wahn, in den er geriet, würde er angreifbar, legte er die Lücke in seinem Panzer bloß, nach der seine Feinde suchten. Er wusste, dass er erbitterte Feinde hatte, die mehr als einen Kopf hatten rollen lassen. Die Freunde, die vor ihm in Ungnade gefallen waren, hatten mehr oder minder schlimme Schicksale erlitten. Einige von ihnen vermehrten die Belegschaft des *Grand Conseil Technique*, einer Verwaltungseinrichtung, in der die alten Störenfriede abgestellt wurden, die sich glücklich schätzen durften, menschlich, wenn auch ziemlich demütigend behandelt zu werden. Andere lebten im Exil. Einige ereilte das Schlimmste, der Kerker. Er würde es eingesperrt in den Kerkern der Diktatur nicht lange aushalten, das wusste er genau.

Raoul Vincent war einer der wenigen Staatssekretäre der Regierung, die den Präsidenten der Republik direkt bitten konnten, einen politischen Gefangenen zu begnadigen. Ein außerordentlich hohes Privileg. Seine wenigen Interventionen in diesem Sinne hatten ihm ewigen Dank, aber auch Feindschaft und Hass eingetragen. Die Staatsmacht war in Clans aufgeteilt, welche sich einen schrecklichen, unaufhörlichen Krieg lieferten, in dem jede Art von Schlägen erlaubt war. Selbst die Präsidentenfamilie bildete keine Ausnahme, war in zwei Lager gespalten, die sich entweder unter den Flügel des Staatsoberhaupts oder den der Ersten Dame flüchteten. Nach der versuchten Entführung der Kinder des Diktators war das Blut der Vergeltungsmaßnahmen in den Straßen von Port-au-Prince noch kaum getrocknet, und obwohl die Revolution ein weiteres Mal gesiegt hatte, hinterließ sie in den Reihen ihrer Söhne Breschen aus Fleisch, Knochen und Blut, einen Haufen Toter, die Spuren der Folterungen, die Kälte der Gewalt und verschwiegenen, brütenden Hass.

Seit sechs Monaten hatte der mulattische Staatssekretär Maxime Douville einen Sitz im Rat der Staatssekretäre. Einige Wochen zuvor, am Tag der gescheiterten Entführung, hatte man seinen Onkel mütterlicherseits, einen Armeegeneral im Ruhestand, im Tête-de-l'Eau-Viertel von Pétion-Ville von der Veranda seines Hauses gezerrt und kurzerhand wie einen Hund auf der Straße erschossen. Als Vorwand führte man an, dass der Anschlag sicherlich von Leuten ausgeheckt worden war, die eine militärische Ausbildung hatten. Auf diese Art hatten gut zehn Offiziere im Ruhestand ihr Leben verloren. Douville blieb indessen getreuer denn je ein Mitglied der Regierung und brachte dem Duvalierismus seinen Kummer und seine Grundsätze zum Opfer. Sein Mulattenstatus war innerhalb des Ministerkabinetts ein besonderer Trumpf. Er und einige andere seiner Hautfarbe, die wichtige Posten in Regierung oder Parlament besetzten, waren der lebendige Beweis dafür, dass Gefolgstreue das Leitmotiv der Macht war. Hautfarbe und soziale Herkunft spielten keine entscheidende Rolle; der Mann oder die Frau, der oder die die Interessen der Revolution mit der größten Hartnäckigkeit, dem größten Erfindungsreichtum bei der Korruption oder der größten Grausamkeit bei der Vernichtung der Feinde verteidigte, sah sich sehr schnell in den Kreis der Getreuen versetzt und großzügig von der Macht verwöhnt. Treue, die bewirkte, dass man zu allem bereit war, was der Sache diente, selbst wenn es um die Ermordung naher Verwandter ging. Maxime Douville hegte einen Hass gegen Raoul Vincent, so lupenrein wie ein Diamant. Seine Sicht der Macht war eine Sache, Staatssekretär Raoul Vincent eine andere. Ein hochmütiger, lasterhafter Neger, vor dem so viele Mitarbeiter des Präsidenten auf der Hut waren. Ein finsteres, unberechenbares, abergläubisches, unergründliches Wesen, das noch immer Papa Docs Vertrauen genoss. Er gehörte zu denen der ersten Stunde, den Grundsätzlichen und Unerbittlichen, den Unanfechtbaren. Raoul Vincent hatte mehrere Abschiebewellen alter Parteigänger Duvaliers überdauert. Er wusste, wie man bei der Macht antichambrierte. Doch auch seine Stunde würde kommen, er würde schließlich einen verhängnisvollen Irrtum begehen und fallen. Maxime Douville war überzeugt davon, weil er alles daran setzte, den Anlass zu finden, ihn zu Fall zu bringen. Er selbst gehörte zur neuen Welle der Machtmenschen, zu den Unerschrockenen, die dem Duvalierismus neues Blut zuführten. Eine Heirat in der Verwandtschaft der Ersten Dame der Republik hatte ihm den Weg durch den Irrgarten der Palastintrigen gebahnt und ihn an die Spitze des Finanz- und Wirtschaftsministeriums gebracht. Er füllte die Bankkonten der Familienmitglieder des Präsidenten, legte ihr Vermögen an und diente ihnen als Strohmann. Er presste den Kaufleuten der Innenstadt und des Hafenviertels schamlos Geld für vorgetäuschte Entwicklungsprojekte ab, trieb Steuern nach eigenem Gutdünken ein, begünstigte und benachteiligte, um seinen Herren zu Gefallen zu sein. Die Erste Dame der Republik hielt große Stücke auf ihn. Seine Position festigte sich von Tag zu Tag, denn die Revolution musste sich immerhin angesichts der ungewissen Zukunft wappnen. Die Klicke an der Macht vergaß nämlich nicht, wie angegriffen Papa Doc war, der zwei Jahre nach seiner Machtergreifung bei einem Herzanfall beinahe das Zeitliche gesegnet hätte.

Raoul Vincent wusste, er würde Daniel Leroy nicht aus dem Gefängnis holen können. Leroy war in viel höherem Maß der wahre Feind der duvalieristischen Revolution als die in ihrer Gier nach Sieg und Macht befangenen *kamoken*, die sich ziemlich problemlos fangen ließen. Er war ein äußerst intelligenter, sehr gebildeter, charismatischer Mann, der es verstand, im Untergrund zu arbeiten und sich Zeit zu lassen. Wenn der Kommunismus auf dem Boden Haitis eine Chance hatte, so wie auf Kuba militärisch zu siegen, dann war Daniel Leroy einer von denen, die diese Leistung zu vollbringen vermochten, vorausgesetzt, man ließ ihm Zeit dafür. Es gab außerdem zu viel Persönliches, das sich zwischen ihn und diesen Mann stellte. Durch die Freilassung eines mulattischen Oppositionellen würde er sich gegenüber seinen Gegnern eine Blöße geben. Er liebte bereits die Frau des Dissidenten, wollte sie beschützen, verwöhnen, über ihr Leben wachen, den Duft ihres Mundes kosten, ihren Körper genießen. Daniel stand zwischen ihm und seinem Glück. Es gab in Nirvahs Leben keinen Platz für sie beide. Mochte er bleiben, wo er war. Der Staatssekretär hatte ein ruhiges Gewissen, war doch Daniel selbst der Urheber seines Unglücks. Der Gefangene musste die nahezu unvermeidlichen Konsequenzen seines Handelns kennen. Ahnungslos war er in die Falle getappt. Wer andern eine Grube gräbt ... Raoul

Vincent würde nun aufpassen, sich noch mehr in Acht nehmen, die Netze um seine Füße zerreißen, um weiterhin die Macht zu genießen und den Geschmack des Mundes von Nirvah Leroy zu kosten.

15

Es klopfte am Tor. Ich las im Bett beim Licht einer Gaslampe, als ich hörte, wie wiederholt ein Metallgegenstand ans Eisenportal schlug. Das Heft mit dem grauen Leinenüberzug brannte mir wie Feuer in den Händen, und ich schob es schnell wieder unter die Matratze. Sobald ich in Daniels Tagebuch lese, werde ich unsicher. Ich fürchte mich vor den nächsten Worten, muss mich immer auf eine nächste Enthüllung einstellen. Und doch dürste ich danach, mehr zu erfahren. Manchmal überspringe ich Seiten, um mich so schnell wie möglich von dem zu befreien, was mich zugleich lockt und schreckt. Dann wieder lese ich gewisse Abschnitte so lange, bis ich sie auswendig weiß. In solchen Augenblicken habe ich das Gefühl, die Zeit anzuhalten, eine Stunde, eine Nacht vor den Fängen der Bestie zu retten, die unser Leben verschlingen will. Ich habe Auguste geschickt, nachzusehen, wer da ist. Er kam zurück und sagte mir, der Staatssekretär wünsche mich zu sprechen, er erwarte mich in seinem Wagen auf der Straße. Einen Monat und zehn Tage nach seinem ersten Besuch ist er zurückgekehrt. Gegen acht Uhr abends nach einem Platzregen, der in einem Teil von Port-au-Prince den Strom ausgeschaltet hat. Zwei Minuten lang stand ich kopflos im Schlafzimmer, vermochte keinen klaren Gedanken zu fassen. Ich konnte mich dafür entscheiden, ihn nicht einzulassen. Um damit ein für alle Mal diese zweideutige und gefährliche Beziehung zu beenden. Aber konnte ich es wirklich? Hin und wieder wendet sich die Staatsmacht gegen die Verwandten inhaftierter Oppositioneller und verfolgt sie verbissen, da wäre der Staatssekretär eine Sicherheitsgarantie. Ich wusste aber auch, dass ich ihn nicht empfangen sollte. Jedoch ... Daniel. Vor einigen Wochen hat das Regime den Druck um eine Stufe erhöht. Jeden Tag verschwinden Schüler und Studenten. Das Gerücht verdichtet sich immer mehr, dass der Arzt im Präsidentenpalast, der kränklich aussehende Papa Doc, sich nächstes Jahr zum Präsidenten auf Lebenszeit wählen lassen will. Er schafft sich freies Feld mit Feuerstößen aus automatischen Waffen. Daniel hat also Recht gehabt. Die Propaganda ist auf ihrem Höhepunkt. Mit Blutbädern bestrafen die *macoutes* die mindeste Anwandlung von Protest, den geringsten verdächtigen Satz. Das ist heller Wahnsinn. Zwei

Parlamentarier haben den Mut oder den Irrsinn aufgebracht, sich dem Projekt zu widersetzen; man hat sie umgebracht. Niemand erhebt sich, um diese schändliche Tat zu verurteilen. Der Druck auf die Geistlichen wird härter, manchmal holt man Würdenträger aus ihrer Dienstwohnung und befördert sie direkt zum Flughafen. Hm ... ich hätte niemals geglaubt, dass Daniel gemeinsame Sache mit Kirchenleuten gemacht hat, er, der weder an Gott noch an den Teufel glaubt und sie oft öffentlich beschuldigt hat, Sprachrohre ausländischer Regierungen zu sein. Daniel hat auf ganzer Linie ein Doppelspiel getrieben. Habe ich diesen Mann, der seit fünfzehn Jahren in meinem Bett schlief, am Ende wirklich gekannt? Kommunist ist das Schlüsselwort, mit dem alles erklärt, alles gerechtfertigt wird. Wir sind bereits Zombies geworden. Um ein scheinbar normales Leben zu führen, darf man keine Meinung haben, sich nicht auflehnen gegen die Willkür, gegen den Staatsterrorismus. Man darf nicht einmal versuchen herauszufinden, was vorgeht. Das ist der Friede der *macoutes*, ein barbarischer Friede. Diese Situation besiegelt das Schicksal der bereits Eingesperrten. Sie werden vergessen, denn es gilt, andere Dissidenten zu bezwingen, auf andere *kamoken* in den Bergen des Landesinnern Jagd zu machen.

Der Staatssekretär reicht mir eine eiskalte Hand, er hatte im klimatisierten Innern seines Fahrzeugs auf mich gewartet. Er wollte sich nicht draußen auf die Veranda setzen, obwohl es dort angenehmer ist als im Salon, dem wärmsten Raum des Hauses. Ich glaube, er will Indiskretionen vermeiden, oder es geht ihm um seine Sicherheit. Vielleicht hat er recht, aber sein Wagen draußen wird nicht unbemerkt bleiben. Und im Übrigen wäre es eher an mir, die Indiskretionen und das Gerede zu fürchten. Ich bin doch die Frau, diejenige, die den Skandal heraufbeschwört. Seit vorgestern zeigt sich die Rue des Cigales in neuem Glanz. Nur einige Kieshaufen und eine Dampfwalze sind noch wegzuräumen. Wie zur Einsegnung hat der Regen die Quenepabäume, die Mangos und die Bougainvilleabüsche mit ihrer Blütenpracht, die unter dem Staub verkümmerte, abgespült. Die Blätter verströmen einen jungen Duft, so frisch wie die Kindheit. Die Häuserfassaden atmen glücklich auf. Wie er da im Salon sitzt, erscheint der Staatssekretär wie ein Bekannter, der einen Besuch im Viertel macht. Wir reden ein wenig über dies und das. Kein Wort über seine lange Abwesenheit. Keine Bemerkung von mir über die Straßenarbeiten. So weniges und zugleich so vieles macht uns auf seltsame Weise zu Verbündeten.

Die lastende Hitze klebt uns an der Haut, der Regen hat die Luft mit Feuchtigkeit gesättigt.

»Ich bin vorbeigekommen, Madame, um Sie zu bitten, keine Fragen mehr über die Situation ihres Mannes zu stellen.«

Ich glaube mich verhört zu haben. Vergesse darüber unsere albern gekünstelten Umgangsformen.

»Wie? Was?«

»Ja ... ich bitte Sie aufzuhören, sich nach Daniel Leroy zu erkundigen. Sie kompromittieren sich und alle, denen Sie diese Fragen stellen. Es kann auch ... gewisse Personen verärgern. Und es ändert nichts an der Lage des Häftlings.«

Ich kann meine Wut kaum im Zaum halten.

»Herr Staatssekretär, mein Mann, der Vater meiner Kinder, ist schon bald vier Monate eingesperrt, ich habe kein Sterbenswort, keine Zeile von ihm, und da sollte ich nicht an alle Türen klopfen, um Nachricht von ihm zu erhalten? Um zu erfahren, ob er lebt? Weil das gewisse Personen verärgern kann? Was für Scheusale herrschen denn in diesem Land?«

Der Staatssekretär schwitzt dicke Schweißtropfen, bekommt keine Luft, dennoch legt er den blauen Sakko nicht ab, den er über seinem weißen Hemd mit der roten Krawatte trägt. Von Zeit zu Zeit schließt er die Augen und schnappt nach Luft. Ich mache ihm nicht das Angebot, das Kleidungsstück abzulegen, kann ihm keine Erleichterung mit dem Deckenventilator verschaffen, denn im Moment gibt es keinen Strom. Der Docht der Kerosinlampe auf dem Tisch in der Salonecke ist nicht in Ordnung und spuckt ab und zu winzige Funken. Soll er doch gehen, wenn die Hitze ihm so zusetzt.

»Ich habe mit Ihnen nicht darüber zu befinden, welche politischen Absichten die Regierung hat, Madame«, sagt er schließlich, »aber ich wiederhole meinen Rat. Hören Sie auf damit. Belästigen Sie die Leute nicht mit Ihren Fragen. Es sind schon Meldungen über Ihre Schritte verschickt worden. Denken Sie an Ihre Kinder.«

»Und an wen sonst soll ich mich dann wenden?« Ich versetze ihm die Frage wie eine Ohrfeige.

»An mich, nur an mich ...«, sagt er mit einem unbestimmten Lächeln, das mich noch ärgerlicher macht.

»Dann sagen Sie mir doch, warum hat man Daniels Wagen in Port-au-Prince mit einem bekannten *macoute* am Steuer gesehen?«

»Weil das, Madame, zum normalen Lauf der Dinge gehört ... dieser

Wagen wird als Kriegsbeute betrachtet, als rechtmäßige Belohnung für die Ergebenheit eines treuen Anhängers der Sache der Revolution. Können Sie Auto fahren, Madame?«

Ich antworte ihm nicht auf diese Frage. Er weiß ziemlich sicher, dass ich Auto fahre. Die Wut nimmt mir die Luft, ich muss sie aber herunterschlucken. Ich sitze im eigenen Haus in der Falle. Im Halbdunkel die beiden überdimensionalen Augen des Staatssekretärs, seine wulstigen Lippen, seine Nasenlöcher und ihre Härchen, die mich einzusaugen scheinen, die schwarze Haut des Staatssekretärs, der schwitzt, sein Atem in meinem Salon. Mein Gott! ... Wenn Arlette uns sehen könnte. Nein, ich muss ... ich werde aufwachen aus diesem schlechten Traum. Ich habe Pumps an den Füßen, um ihn zu empfangen, er wird sich heute Abend nicht an meinen nackten Füßen weiden können. Was will er nur von mir? Hat er wirklich vor, mir zu helfen? Wohin wird das alles mich führen? Dieser Mann schädigt meinen Ruf mit seinem Besuch, das weiß er. Jetzt weiß es bestimmt die ganze Rue des Cigales. Er zieht immer engere Kreise um mich. Von Daniel hat er mir keine Nachricht gegeben.

»Haben Sie neue Nachrichten von meinem Mann? Ich ... ich möchte ihm eine Botschaft schicken. Könnten Sie ...?«

»Nein, ich kann nichts von Ihnen an ihren Mann, nichts von ihm an Sie übermitteln. Er ist in Einzelhaft. Ich weiß nur, dass Ihr Gatte noch am Leben ist. Gefällt es Ihren Kindern auf dem Land, Madame?«

Mein Bauch schlägt Alarm. Er weiß, dass Marie und Nicolas nach Paillant zu meiner Mutter gefahren sind. Mit seiner harmlosen Frage erinnert er nur an seine Allgegenwart in meinem Leben, an seine Macht über unsere Leben. Plötzlich bekomme ich Angst, er weiß auch, dass ich ihm allein im Haus ausgeliefert bin. Der Staatssekretär macht Anstalten zu gehen, ich atme auf. Er steht auf und ich auch. Aber er wendet sich nicht zur Tür, steht mir gegenüber, seine rechte Hand kommt hoch, um sich von mir zu verabschieden, legt sich jedoch auf meinen Nacken, ich spüre seine Finger über meine Kopfhaut gleiten. Mein ganzer Körper spannt sich zu deutlicher Abwehr gegen die Berührung dieses Mannes, seinen Schweiß, seinen Geruch. Sein Gesicht nähert sich dem meinen. Ich versuche zurückzuweichen. Er hält meinen Hals fest im Griff, ich fühle schon seinen Atem auf meiner Wange. Da verzerrt sich ihm auf einmal der Mund zu einer Grimasse, er schließt die Augen und fällt mir ganz plötzlich vor die Füße. Wäre der Blitz ins Haus eingeschlagen, mein Schrecken wäre nicht größer gewesen.

Verblüfft sehe ich, wie der Staatssekretär sich auf den Fliesen des Salons windet wie ein Huhn, dem Yva soeben den Kopf abgeschlagen hat. Beim Sturz kam sein angewinkeltes linkes Bein unter dem Gesäß zu liegen. Sein Kopf ist eingeklemmt zwischen dem Sessel und dem Tisch daneben. Unter dem offenen Jackett wird eine riesige Pistole sichtbar, von der ich niemals eine Ahnung gehabt habe. Immer heftigere Krämpfe schütteln seinen Körper, während sich ihm Schaum vor dem Mund bildet und in die Mundwinkel fließt. Mein Herz wird stehen bleiben, ich werde einen Schlaganfall, einen Infarkt bekommen, ich sterbe vor Angst. Ich muss handeln. Hilfe holen. Aber ich möchte keine Männer des Staatssekretärs in meinem Haus haben, auch nicht Auguste oder Yva mit ihrer Neugier. Ich versuche, sein angewinkeltes Bein zu befreien. Es ist schwer und steif, lässt sich nicht lösen. Die verschleierten Pupillen des Staatssekretärs sehen mich an, ohne mich zu sehen. Bei jeder Körperbewegung schlägt der Lauf seiner Waffe auf den Boden, tack, tack, tack. Und wenn die Pistole losgeht? Wasser, ich muss ihn mit Wasser besprengen, ich habe das in jungen Jahren bei meiner Kusine Alberte gesehen, die an Epilepsie litt. Ich laufe ins Büro und bringe eine große Karaffe mit kaltem Wasser, besprenge damit kräftig Gesicht und Brust des Staatssekretärs. Ein Krampf, noch heftiger als die anderen, und er kommt ganz allmählich zur Ruhe.

Immer noch verstört ist er gegangen. Alles hat nur ungefähr zwanzig Minuten gedauert. Ein unwirklicher Moment. Für sein durchnässtes Hemd habe ich ihm ein Unterhemd von Daniel geliehen, weil er vor Kälte zitterte. Während der Staatssekretär sich anzog, wich er meinem Blick aus, und ich habe den Kopf abgewandt. Bis er ging, haben wir kein einziges Wort gewechselt.

16

Sie stand sicherlich unter einem Schutz. Bestimmt hatte sie einen Schutzengel oder einen Talisman, sonst konnte er sich den Stromschlag, als er sie mit der Hand berührte, nicht erklären. Energien, die aufeinander trafen, hatten ihn niedergestreckt. Eine Erfahrung, die unweigerlich mystischen Ursprungs war. Niemand konnte ihm weismachen, dass nur ein Hitzschlag ihn überwältigt hatte. So etwas hatte er im ganzen Leben noch nie empfunden. Die Berührung mit Nirvah Leroys Haut öffnete ihm die Welt der Toten und der Lebenden zugleich. Während der ganzen Zeit in dem Haus hatte eine allgemeine Schwerfälligkeit versucht, seine Gedanken zu verkleben und seinen Willen zu überwältigen. Er hatte einen stillen Kampf gegen Kräfte geführt, die ihm den Kopf zusammenpressten. Ob diese Kräfte von der Frau selbst ausgingen oder aber Remanenzen von Daniel Leroy zu einem letzten Angriff auf ihn ansetzten, hätte er nicht sagen können. Ob nun er oder sie, etwas hatte sich seiner Anwesenheit grimmig widersetzt. Es war ein Kampf auf Leben und Tod gewesen, er hatte geglaubt, sein Herz werde jeden Moment aussetzen. Aber das Verlangen nach Nirvah hatte ihn über seinen Überlebensinstinkt hinaus im Haus gehalten. Er war bereit, dem Tod ins Auge zu sehen, um sie zu besitzen. Welchem Geist diente sie? Bossou, dem schrecklichen *Iwa* mit dem blendenden Blitzstrahl? *Marinette*, der mächtigen, brutalen Frau von *Ti Jean Petro*? Eher *Baron* ... oder den *Guédés*, den Geistern der Toten, diesen gefürchteten *lwa petro*, Wächter der Friedhöfe, weil er bereits in ihre Vorhölle gestürzt war. Etliche dieser intellektuellen Mulatten, die gebildet und gute Christen waren, verkehrten ebenfalls mit den *houngans* und den *manbos*. Der Staatssekretär war geradezu berufen, es zu wissen, denn diese Priester und Priesterinnen leisteten den Nachrichtendiensten wertvolle Amtshilfe. Sobald irgendjemand, eine Gruppe, ganz gleich welcher sozialen und politischen Herkunft, ihre Dienste anforderte, um *pwens*, Macht oder Schutz für ein Unternehmen, auch wenn es nicht näher bezeichnet war, zu erhalten, wurde diese Information nach oben gemeldet. Die Agenten des Büros für Sicherheit interessierten sich dann sehr genau für diese Personen, und bei Verdacht auf subversive Machenschaften stürzten sie sich auf sie, ohne dass diese verstehen konnten, wie ihnen geschah. Der Staatssekretär wusste auch, dass ihn die stickige Hitze dieses Salons, wenn er zu lange darin verweilte, krank machte, auch wenn er regelmäßig seine Medikamente nahm. Allerdings waren die Ärzte mit seiner sogenannten Epilepsie überfordert, denn er wusste, dass sie nicht allein medizinischer Natur war. Etwas Angeborenes, eine ererbte Macht, die sich manchmal gegen ihn wandte. Er hatte nicht vergessen, dass er schon vor über einem Jahr eine Opferzeremonie für Sogbo hätte veranstalten sollen. Er musste in das Dorf Chardonnières zu den Seinen zurückkehren, zum Ursprung seiner Kraft. Der Umfang seiner politischen Ämter hielt ihn fern von seinen mystischen Pflichten. Er wurde verwundbar. Alle diese Umstände hatten sich in einer Niederlage ausgewirkt. Der Staatssekretär kochte vor Wut, vor Ärger über sich selbst, über Nirvah Leroy. Bestimmt lachte sie ihn aus. Jetzt, da sie von seiner Schwäche wusste, würde sie sich einbilden können, Macht über ihn zu haben. Er nahm sich vor, härter mit ihr umzugehen, ihr zu zeigen, was die Stunde geschlagen hatte.

Immerhin hatte sie ihn mit Wasser besprengt. Ohne ihre Geste wäre er aus dem Schattenreich nicht zurückgekehrt. Dieses Wasser, das ihn wieder lebendig gemacht hatte, besiegelte zwischen der Frau und ihm einen Pakt auf Gedeih und Verderb. Ahnte sie die Folgen ihrer Tat? Dadurch, dass sie seine Lebensgeister mit dem Wasseropfer auf seinen Körper zurückgerufen hatte, hatte sie selbst ihn gesucht und gefunden. Wie beim ersten Mal, als sie im Ministerium in sein Büro gekommen war und ihn um Hilfe gebeten hatte. Für ihn gab es keinen Zweifel mehr. Die Zeichen waren eindeutig. Etwas entstand zwischen ihnen beiden, etwas, das seltsam und schrecklich aufregend war. Es ließ ihm keine Ruhe mehr. Seine Gefühle für Nirvah Leroy erschreckten ihn. Auch sein Gefühl der Dankbarkeit erschreckte ihn. Papa Doc, dem Oberhaupt der Republik der freien Neger, galt jede Dankbarkeit als Feigheit. Er schärfte es jedem ein, der es hören wollte. Dankbarkeit ist nichts als Schwäche, denn wir ärgern uns über den, der uns aus einer misslichen Lage hilft, in die wir zunächst nicht hätten geraten dürfen und für die dieser gute Nächste bestimmt mitverantwortlich war. Warum sollte er uns übrigens helfen, wenn nicht, um sich von dem Schuldgefühl, das ihn belastete, zu befreien? Der Überlebensgrundsatz des Duvalieristen bedeutet, dem, der einem hilft, in die Hand zu beißen, ihm, wenn nötig, sogar den ganzen Arm aufzufressen. War er feige, wenn ihn der Gedanke rührte, Nirvah

Leroy das Leben zu verdanken? Ja, weil er sich, indem er ihr dankbar war, selbst bemitleidete, ein Zustand, der ihn schwächte. Er beschloss, ihr ein Schmuckstück zu schenken, etwas sehr wertvolles Kleines, wie es Frauen mögen. Einen Schmuck, um ihre Schönheit hervorzuheben, Gold, damit es auf ihrer warmen, duftenden Haut ruhte und Edelsteine, damit sie unter ihren Lidern Funken sprühten und Sterne an den Himmel ihrer Träume hefteten.

17

»12. Dezember 1962 – Die Regierung hat die Asphaltierung der Grand-Rue, die jetzt Boulevard Jean-Jacques Dessalines heißt, großspurig unter ihren Errungenschaften verbucht. Als wären diese Investitionen ein persönliches Geschenk des Staatsoberhaupts an sein Volk. Dabei weiß ich, wie viele andere auch, dass diese Arbeiten mit Staatspapieren finanziert worden sind, die der Industrielle Kurt Bloomfeld unter massivem Druck hat kaufen müssen. Dieselbe Inszenierung wie bei Duvalier-Ville. Der Bau dieser modernen Stadt ohne wirtschaftlichen oder strategischen Nutzen war nur ein Vorwand für maßlose Bereicherung. Der »freiwillige Beitrag« ist ein genialer Einfall der eifrigen Ratgeber des Präsidenten. Man presst den Kaufleuten und Unternehmern Geld ab. Andernfalls droht man den Haitianern mit Plünderung ihrer Läden, den Ausländern mit Ausweisung und Beschlagnahmung ihres Besitzes. Und als Bonus müssen sie in der Presse offene Briefe mit Glückwünschen und Danksagungen an den Arzt im Präsidentenpalast richten. Die berühmten Huldigungsschreiben. Einige Leute beeilen sich, sie zu verfassen, um in Ruhe gelassen zu werden, ohne Rücksicht auf ihr Gewissen, das die Diktatur bereits untergräbt, andere lavieren, behaupten alles andere, nur nicht, was sie wirklich fühlen, tanzen mit dem Teufel, um nicht aufgefressen zu werden. Letzten Endes wollen sie alle leben. Wir alle wollen leben.

Jeder Familienvater, jede Mutter Haitis unterhält privilegierte Beziehungen mit ihrem *macoute*, ihrem Beschützer, der, vorausgesetzt, dass man seine Macht nicht in Frage stellt, nicht bösartiger ist als ein anderer. Wie kommen die Intellektuellen mit ihrem Gewissen zurecht? Wer weiß noch in zehn oder zwanzig Jahren, dass wir uns im Herzen vor ohnmächtiger Wut verzehrten? Ohne es zu merken, entwickeln wir eine Toleranzschwelle, die sich allmählich unserem Abstieg in die Höllengründe anpasst. Wir werden vertraut mit der Hölle, lernen, uns mit ihr zu arrangieren. Wir versuchen sie mit Gebeten und Reue zu beschwören. Erbärmlich sind wir. Ist das Monstrum denn nicht zu bezwingen? Viele sind in diesem Kampf gefallen, wir aber müssen klüger, ausdauernder, mutiger sein als sie. Sind etwa meine Landsleute, wenn sie zu Dutzenden auswandern, mutiger? Gehen oder bleiben? Welches ist die schlechtere, welches die bessere Wahl? Wie aber soll man nicht ausreisen, wenn darin der einzige Weg besteht, dem sicheren Tod zu entkommen? Ich jedenfalls gehe nicht, denn wohin ich auch ginge, mein Gewissen ginge mit mir. Die Duvaliersche Doktrin und ihre Ideologie sind bis ins Mark verrottet, sind nur noch grobe Opportunismen. Die Ideen haben nicht lange vorgehalten, weil sie auf keinen gesunden Boden gefallen sind, auf dem sie hätten gedeihen können. Duvalier und seine verruchten Seelen sorgen dafür, dass die allgemeine Verwirrung über das wahre Gesicht dieser faschistischen Macht erhalten bleibt, deren Ziel darin besteht, Macht um ihrer selbst willen und durch diese zu erhalten.«

»18. Dezember 1962 – Nirvah glaubt felsenfest, dass Dominique und ich eine Liebschaft gehabt haben. Vorigen Donnerstag habe ich Dominique besucht. Ich musste mit ihr reden. Wenn Weihnachten naht, bin ich immer etwas missmutig. Es wäre an der Zeit, diese groteske Tradition abzuschaffen. Hier Weihnachten zu feiern ist einfach schändlich. Nur gut, dass Marie und Nicolas schon lange nicht mehr an diese Farce glauben. Innenstadt und Hafenviertel erstrahlen in tausendfachem Lichterglanz, die Schaufenster der Läden sind brechend voll mit verlockenden Artikeln, durch die überfüllten Straßen quetscht sich die Menge fiebernder Käufer. Die große Masse der Bettelarmen trägt jedoch unter dieser oberflächlichen Euphorie nur noch schwerer an der Last ihres Elends. An Weihnachten Bettler zu sein, ist noch schmerzlicher.

Blut muss fließen, damit die Finsternis weicht. Schuldiges wie unschuldiges Blut. Wenn es mir manchmal auch an Entschlossenheit mangelt, so zweifle ich doch nicht an meinem Willen und meinem Mut. Dominique versteht mir zuzuhören, und manchmal gelingt es ihr sogar, meiner Wut Luft zu machen. Mich wieder auf beide Füße zu stellen. Ich frage mich, ob sie am Ende nicht vielleicht lesbisch oder schlichtweg frigide ist. Seit ihrer Scheidung ist mir nichts von Liebhabern bei ihr bekannt. Es sei denn, dass sie mir gewisse Winkel ihres Lebens sorgsam verborgen hält. Wer weiß, vielleicht unterhält sie zeitweilig Beziehungen zu einigen ihrer Studenten an der Fakultät für Ethnologie? Sie lebt von den Zinsen ihres Vermögens, unterrichtet zu ihrem Vergnügen. Dominique bewohnt das ererbte große Haus der Familie allein und kann das freizügigste Leben führen, ohne dass jemand davon weiß. Das wäre ja auch ihr gutes Recht. Neulich habe ich sie als ungewöhnlich zurückhaltend empfunden. Sie bereitete mir ein Glas Martini mit Eiswürfeln und einer Zitronenscheibe, wie ich es mag, und überließ mir dann das Gespräch. Sie war abwesend. Sie sagte nichts, sah mich aber viel eindringlicher an als sonst. Ihr Blick glühte von einem geheimen Feuer, vielleicht aus Erschöpfung oder Mangel an Schlaf. Oder aus Verlangen? Dominique schien in meiner Seele lesen zu wollen, was mich ein wenig verlegen machte. Da es Nacht wurde, beschloss ich, nach Hause zu gehen. Ich nahm mit mir das gleiche schmerzliche Gefühl. Sie begleitete mich zum Tor, ohne etwas zu sagen. Ich war durcheinander. Bin gegangen und war frustriert. Hätte sie nur eine Geste, eine einzige gemacht, ich hätte alle Frustration, die mich drangsalierte, in ihren Körper ausgeschöpft.«

18

Gegen Ende des letzten Jahres ist mir aufgefallen, dass Daniel immer häufiger allein sein wollte, manchmal blieb er bei der Arbeit bis zum Morgen in seinem Büro. Auch entfernte er sich immer häufiger von Port-au-Prince. Angeblich, um in Provinzschulen kostenlosen Geschichtsunterricht zu erteilen. Erst einmal habe ich angenommen, er sei hinter einer neuen Liebschaft her. Offenbar hatte ich nichts verstanden. Bei diesen Reisen ging es um seine revolutionären Aktivitäten und die Vorbereitung eines Aufstands gegen die Duvalierdiktatur, während ich sie einem Verhältnis außerhalb der Hauptstadt zuschrieb. Wäre es nicht besser gewesen, wenn es sich um eine Frauen- und Bettgeschichte gehandelt hätte? Das hätte gewiss harmlosere Folgen gehabt. Und warum dachte Daniel, ich könne mich nicht für sein politisches Leben interessieren? Hielt er mich für so oberflächlich? Niemals hat er meine Standpunkte zu dem hiesigen Geschehen verstehen und annehmen wollen. Ich kenne aber eine andere Seite des Lebens, bin unter Entsagung aufgewachsen, musste heucheln, um zu bestehen, um meinen Platz in dieser Gesellschaft zu finden. Das ganze Land lebt in Heuchelei. Ich konnte mir den Luxus zu träumen nicht erlauben. Zwar weiß ich nicht, was uns aus der Mentalität von ehemals Kolonisierten, die wir immer noch mit uns herumtragen, befreien könnte, aber der Kommunismus scheint mir nicht die Lösung zu sein. Am Ende wäre es besser gewesen, wenn ich diese Aufzeichnungen Daniels niemals entdeckt hätte. Es gibt Dinge, die man besser nicht weiß. Ich schwanke zwischen dem Wunsch, das Tagebuch ins Feuer zu werfen oder aber die Lektüre fortzusetzen, die mir den geringen verbliebenen Schlaf raubt. Ich bin weit mehr in Gefahr, als ich annahm. Jetzt verstehe ich, warum Dominique zwei Tage nach Daniels Inhaftierung gegangen ist, obwohl sie erst zwei Monate später abreisen sollte. Das Haus ohne Daniel musste ihr so leer erscheinen wie ihr eigenes Leben. Als sie mir riet, mit den Kindern das Land zu verlassen, fand ich ihre Reaktion übertrieben. Daniel hatte nichts als ein paar Artikel in der Zeitung verfasst, man hatte ihn inhaftiert, um ihn einzuschüchtern. Aber da war viel mehr als das. Warum hat sie mir nichts davon gesagt? Wusste sie nicht, dass ich nichts von Daniels

Plänen wusste? Was wird aus mir? Soll ich mich auf die Avancen des Staatssekretärs einlassen?

»20. Dezember 1962 – Ich sage zu Dominique: ›Findest du, dass ich Recht habe, wenn ich das Übel mit der Wurzel ausreißen will?‹ Mir waren wieder einmal meine Zweifel gekommen. Vor den jungen Genossen hatte ich wieder und wieder gesagt, dass eine Revolution nicht mit einer Handvoll Intellektueller und Journalisten zu machen sei. Die Revolution müsse Sache des Volkes sein, das seine Aufklärung durch die Gewerkschaften, die politischen Parteien und die bäuerlichen Organisationen erhält. Das sind die Waffen für den friedlichen Kampf einer Welt, die das Recht auf das Wort, auf Sprache hat, die uns vom Tier unterscheidet. Das Problem Haitis besteht und bestand nie in einem einzelnen Mann, einem Staatschef, auch wenn er ein noch so schändlicher Diktator ist. Dennoch war ich drauf und dran, meine Überzeugungen über den Haufen zu werfen, um den Teufel mit dem Belzebub auszutreiben. Ich weiß noch, dass Dominique mir geantwortet hat: ›Hast du Angst?‹ Und dann noch: ›Hast du Angst zu scheitern oder es zu schaffen, Daniel?‹ ›Ich habe Angst vor dem Blut, Dominique. Duvalier hält sich durch Blut an der Macht. Seine Macht ist auf Blut gegründet.‹ Dominique hat kurz überlegt und dann gesagt: ›Man kann einen Kranken nicht vom Fieber heilen, wenn eine seiner Adern offen ist.‹ Ich habe sie angeschaut. Eine ganze Ladung Zärtlichkeit hat mich gepackt. Sie ist geeigneter als ich, Menschen zu führen. Immer aufs Neue erstaunt mich ihr Scharfblick. Sie vermag Zweifel in Energie umzuwandeln. Dominique, diese waschechte Bürgerliche, in deren soziologischer Doktorarbeit es um Bewegungen ging, die zum Zustandekommen einer haitianischen Linken beigetragen haben, hat mich immer wieder daran erinnert, was einen linken Kämpfer in unserem Land ausmachen muss. Fern von Polemik und Vortragssälen. Sie hat mich daran erinnert, dass ich Werkzeuge wie das Kreolische, den Voodoo, den Geruch der Erde, die Mondphasen, die Raupen, die die Maiskolben zerstören, die Tierchen, die sich in die Fußsohlen der Bauern einfressen, die Regenzeiten habe, um die Masse zu erreichen, die bewirken kann, dass alles anders wird. Sie hat mich an das Erbe linker Theoretiker wie Christian Beaulieu erinnert, der seit den dreißiger Jahren die Unterrichtssprache Kreolisch für die Landbevölkerung gefordert hat. Dabei dachte ich an meine Universitätsjahre. An meine Pariser Gespräche mit Genossen, Studenten wie ich. Die Welt veränderte sich, die Völker ehemaliger Kolonien erwachten. In gewisser Weise nahmen wir an dieser Veränderung teil, aber noch behinderten Ketten unser Denken. Ich fand meinen Traum für Haiti und eine Kraft wieder, die aus der Reinheit meiner Liebe zu diesem Land hervorging. Jahre waren vergangen und mein Traum blutete. Die Welt hatte sich nicht geändert, denn es gab mehrere Welten. Zu viele Welten.

Dominique hat mir heute ihren Entschluss mitgeteilt, das Land in wenigen Monaten zu verlassen. Sie hat sich bei einigen kanadischen Universitäten beworben und wartet auf ihre Antwort. Die sicherlich positiv ausfallen wird in Anbetracht ihrer Qualifikationen und der aggressiven Einwanderungspolitik, die Quebec seit einigen Jahren betreibt. Ich wusste nicht, was ich fühlen, was ich denken sollte. Warum hatte sie mich von diesem wichtigen Entschluss für ihr Leben nicht unterrichtet? Jetzt verstand ich, warum sie sich bei unserer letzten Begegnung so seltsam verhalten hatte. Ich durfte sie bei ihrer Absicht nicht entmutigen, das wäre reiner Egoismus meinerseits gewesen. Ich hatte eine Stütze in meiner Familie, Dominique hatte niemanden. Vielleicht war es darum besser so. Sie würde mir fehlen. Ich würde aber diesen Verlust zum Anlass nehmen, härter zu werden, alle Gefühlsduselei abzulegen. Ich muss Bewegungsfreiheit um mich herum schaffen. Nirvah und die Kinder werden im nächsten Jahr am Ende des ersten Trimesters abreisen, sobald der geheime Waffentransport zustande gekommen ist …«

19

Maggy betrachtet das Geschmeide, holt die Ohrringe aus der Schmuckkassette und hält sie sich vor die Augen.

»Verdammt! Das ist schön! Man kann's nicht anders sagen, das ist verflixt schön! Hat er es dir hierher geschickt?«

»Ja ... durch Jocelyn ... seinen Chauffeur.«

Wir verstummen einen Moment lang. Maggy und mir geht es wie Alice, als sie den Weg in ein erschreckendes Wunderland entdeckt. Der Staatssekretär hat die Rue des Cigales asphaltieren lassen, damit der Staub ihn nicht belästigt, wenn er mich besucht. Das ist mir bereits klar. Ich kann aber beteuern, nichts damit zu tun zu haben, dass der Staat eine schon lange fällige Arbeit ausgeführt hat. Wir haben tatsächlich, als er das letzte Mal hier war, kein Wort zu diesem Thema gewechselt. Dieser Vorfall sollte der Beginn einer Folge von Ungesagtem werden, das sich zwischen uns aufbaut. Heute aber zerstören diese Juwelen das prekäre Gleichgewicht der Unschuld, das bisher bestanden hatte. Sie sprechen mich direkt an, fordern mich heraus, suchen meinen Hals, meine Ohrläppchen, mein Handgelenk, um sich wie die Fangarme eines gefährlichen Tiers festzuklammern. Jetzt spricht ein Mann mit einer Frau in einer Sprache der Begehrlichkeit, der Inbesitznahme. Der Staatssekretär sieht ab von allem, was uns trennt, er vergisst Daniel, lässt meine Kinder, die Politik, die Feinde, die Mulatten außer Acht. Er setzt sein Siegel auf die Akte Madame Leroy und nimmt sie in Beschlag. Derart kostspielige Schmuckstücke als Geschenk an eine Frau, die man zu der Seinen machen will, lassen einen entscheidenden Schritt bei seiner Eroberung, besser gesagt, bei seinem Beutezug erkennen. Der Staatssekretär weiß, was Geld wert ist. Er gibt es nicht leichtfertig aus; mit Geld kauft man das Unmögliche, Träume, das größte Vergnügen. Diese Schmuckstücke enthalten auch das Versprechen auf weitere Schätze, eine gewisse Großzügigkeit, prophezeien mir einen beruhigenden materiellen Wohlstand. Der Staatssekretär will das Spiel nach den Regeln der Kunst spielen. Jede Mätresse hat ihren Preis, ihren Status. Ich bin ein hochkarätiges Objekt. Er schmeichelt mir, indem er es mir mit diesen kostspieligen Nippes sagt. Der Schmuck brennt mit einem kalten Feuer, dem Glanz der Diamanten, verbunden mit dem blauen Geheimnis der Saphire. Die Ohrringe, die Kette, das Armband und der Ring scheinen als eine neue Lichtquelle, die das Morgenlicht absorbiert, das ganze Bett in Anspruch zu nehmen. Ist es zu spät, kehrtzumachen? Kann ich mit einem Handstreich die letzten Wochen meines Lebens hinwegwischen? Alles, was von diesem Mann kommt, ist mit einer verwirrenden Autorität befrachtet.

Wie ich sehe, ist Maggy hingerissen von dem Zauber, der von den Juwelen ausgeht. Ich habe dasselbe empfunden, als ich dieses in gewöhnliches Papier verpackte Paket öffnete. Der Staatssekretär ist ein Meister der Diskretion. Seit Daniels Abwesenheit kommt Maggy jeden Sonntag zu mir zum Mittagessen. Ich hatte schon ungeduldig auf sie gewartet, um ihr diese Dinge zu zeigen. Die Geschichte, die ich ihr erzählte, hat ihr die Sprache verschlagen: der Staatssekretär, wie er zu meinen Füßen hinstürzte, als er versuchte, die Schwelle meiner Lippen zu überwinden. Sie hätte an einen Spaß geglaubt, wenn da nicht dieser Schmuck gewesen wäre, von dem sie die Augen nicht lassen kann. Er bestätigt ihr besser als jeder andere Beweis diese schnurrige Geschichte von einem Prinzen, den kein Kuss vom Zauber seiner Hässlichkeit erlösen wird. Ein Märchen ohne abschließende Entzauberung. Die Kröte bleibt Kröte, die Edelsteine und das Gold können meine grässliche Lage nicht fortzaubern.

Maggy ist eine schöne Schwarze, eine Klassefrau. Sie ist meine beste Freundin, zum großen Ärger meiner Schwägerin, die unsere Freundschaft nicht versteht. Mehr als einmal hat sie mir meinen Umgang vorgeworfen. An derartig kleinen Einzelheiten misst Arlette mein Niveau hinsichtlich Raffinesse und Herkunft. Für sie bin ich nur eine kleine vulgäre Mulattin ohne Klasse und Aussteuer, die ihren Bruder verhext hat. Ohne seine kommunistischen Ideen hätte Daniel niemals Interesse an meiner Person gefunden. Ich beherrsche nicht die Etikette des Bürgertums, die Anstandsregeln und die Scheinheiligkeit der Oberschicht. Ich gehöre zu jener abgestiegenen Klasse, die die Kehrseite des Glücks kennen gelernt und politisch auf das falsche Pferd gesetzt hat, oder schlimmer noch, Mesalliancen eingegangen ist. Jener Klasse des Bürgertums, die nur einen Namen hat, reichlich Hochmut, manchmal eine große altmodische Villa und Frauen auf der Suche nach Ehen, die ihnen wirtschaftliche Sicherheit verschaffen, wenn sie ihnen schon keinen neuen Glanz verleihen. Es herrscht kein Mangel an guten Partien in der schwarzen Mittelklasse, die diese höchste Erfolgsetappe, eine Heirat mit einer Mulattin, erstrebt, auch wenn sie mittellos sein sollte. Kurz gesagt, ich habe außer der Hautfarbe alle Mängel des Volks. Ich weiß durchaus, wer ich bin, kenne meinen Wert, auch wenn ich nicht zu den Cocktailpartys der geschlossenen Klubs der Bourgeoisie gehe. Maggy riecht immer gut. Ihre Tolle, ihr Büschel falscher Haare, sitzt immer oben auf ihrem Schädel und hüpft bei jeder Kopfbewegung. Für ihre sehr langen Fingernägel verwendet sie gewöhnlich dasselbe Karminrot wie für die Lippen. Maggy wird nicht lange Witwe bleiben, wenn der Tod von Henri im letzten Jahr sie auch schrecklich mitgenommen hat. Sie ist nicht die Art Frau, die ohne Mann leben kann. Den Tag über arbeitet sie hart, hantiert mit heißem Eisen und Glättungshaube in ihrem Schönheitssalon. Nachts braucht sie im Bett die raue Zärtlichkeit eines Mannes und seine Härte, gut verkeilt an ihrer Gesäßspalte.

»Und nun?«, frage ich sie.

»Hm ...«

Sie entnimmt der Sendung die kleine, rechteckige Karte aus weißem Bristolkarton. Nur zwei Worte stehen darauf in winzigen Buchstaben: *in Dankbarkeit*. Kein Datum, keine Unterschrift, keine Spur. Das Geschenk eines Mannes aus der Dunkelheit, eines unbekannten, mächtigen Wesens, das mich für sich beansprucht.

»Wofür ist er dir denn dankbar?«, fragt Maggy.

»Ich nehme an, für das Wasser, mit dem ich ihn an dem Abend besprengt habe, während er auf meinem Parkett krepierte ... Das ist aber zugleich ein Vorwand. Und was nun?«, frage ich wieder.

»Nun ja ... du kennst meine Begeisterung für Schmuck, Nirvah ... ich gäbe viel darum, solch tolle Stücke zu besitzen, aber das Ganze beunruhigt mich etwas ... was will er wirklich?«

»Wir sind erwachsene Mädchen, Maggy. Du weißt genau, was er will. Er will Ansprüche auf mich und auf das da«, sage ich und weise auf meinen Unterleib.

»Und Daniel bei alledem?«

»Das ist in der Tat mein Problem. Ich will mir gern die Nase zuhalten, um die Medizin des Staatssekretärs zu schlucken, aber das garantiert mir immer noch nicht, dass es Daniel nützt.«

»Und wenn Daniel jemals herauskommt«, sagt Maggy nachdenklich, »wird er sicher erfahren, dass du ... den Staatssekretär zu Hause empfangen hast. Gehört Daniel zu der Sorte Männer, die einen solchen ... Kompromiss eingehen? Würde er dir das nicht verübeln?«

Daniel wird lernen müssen, Kompromisse zu machen. Mit Raoul Vincent zu schlafen oder nicht ist für mich kein naiver Entschluss. Es ist die blanke Not, und ich muss darüber befinden, wie nützlich er uns ist, damit ich und die Kinder überleben können.

»Ich werde ihm sein Geschenk zurückschicken«, sage ich zu Maggy als Antwort auf ihre Frage.

Sie wirft mir einen ihrer Blicke mit Lichtgeschwindigkeit zu und schaut dann wieder auf die glitzernden Steine.

»Ja ... vielleicht hast du Recht ...«, seufzt sie. »Die Situation beginnt aus dem Ruder zu laufen. Dieser Staatssekretär glaubt, alles zu dürfen. Er kreuzt uneingeladen bei dir auf und maßt sich Rechte an. Er lässt, wie wir jedenfalls annehmen, deine Straße asphaltieren. Aber dieser Schmuck, damit geht er etwas zu weit. Ein anständiger Mann wüsste, dass man einer verheirateten Frau keine solchen Geschenke macht.«

»Liebe Maggy, halten wir uns nicht bei Grundsätzlichem auf. Ich stecke in einem eher ungewöhnlichen Schlamassel, wie du zugeben musst. Ich begreife sehr wohl, dass der Staatssekretär Raoul Vincent auf dem besten Wege ist, meine Gunst zu erkaufen. Und ich sehe auch, dass er bereit ist, teuer dafür zu zahlen. Es ist die Frage, ob ich nach seiner Pfeife tanzen soll oder nicht, und in beiden Fällen sind die Konsequenzen zu bedenken. Im Augenblick ist mir der Gedanke unerträglich, mit diesem Kerl zu vögeln. Ich habe mich aber an ihn gewandt, um Daniel zu retten, und irgendwie wusste ich, dass ich an des Teufels Pforte klopfte ...«

Meine Freundin macht große Augen, sie kannte diese pragmatische Seite an mir noch nicht. Ich muss schnell erwachsen werden, Maggy. Jeder Tag entfernt Daniel von mir, von meinen Kindern. Jeder Tag, der vergeht, zerstört ein wenig von dem, was wir bisher aufgebaut haben und was schon ziemlich anfällig war. Mir bleiben sehr wenige Waffen, um zu kämpfen. Ich habe nur meine Haut, meinen Körper, mein Geschlechtsteil. Ich kann sie aber immer danach waschen, dann werden sie, wie Fayence, noch schöner sein.

20

Das Verlangen nach Daniel frisst mich buchstäblich auf. Ich kann es nicht mehr aushalten, allein zu sein. Meinem Körper fehlt etwas Wesentliches, wie Salz oder Wasser. Beklemmung und Angst haben die Regungen meines Fleisches abgetötet, während mich in den ersten Tagen, als Daniel fort war, eine ständige Sehnsucht nach ihm quälte. Sie ließ mich nachts nicht mehr schlafen. Jetzt esse ich ohne Hunger. Ich brauche mich nicht mehr schön zu finden. Daniel wird meinen Körper neu kennenlernen, mit seinen Händen und seinem Mund meine Haut und mein Geschlecht wieder entflammen müssen. Aber in welchem Zustand wird er zu mir zurückkehren? Ich bin ärgerlich auf ihn, aber ich weiß, dass ich nicht lange nachtragend sein werde. Er konnte machen, dass ich das Leben liebte. Die Augenblicke inniger Harmonie waren die Tage wert, an denen wir wie zwei gestrandete Fremde auf einer verlassenen Insel erwachten. Mit ihm war alles viel intensiver, viel aufrichtiger. Sein Enthusiasmus verlieh den einfachsten Dingen eine Art Tiefe. Und unser verständnisinniges Lachen ließ uns die düstersten Tage leichter nehmen. Dennoch habe ich nie diese Wut, die in ihm tobte, verstehen können, seine Weigerung, den Dingen ihren Lauf zu lassen, um einfach mit seiner Frau und seinen Kindern zu leben, statt zu versuchen, mit erbärmlichen Waffen das absolut Böse zu bekämpfen. Wo er doch sah, wie andere fielen, zugrunde gerichtet wurden. Warum tust du uns das an, mir und den Kindern? Wenn du wieder kommst, Daniel, hüte ich dich, verberge dich, fessele dich, falls nötig, um diese Worte, die uns entzweien, zum Schweigen zu bringen. Der Staub ist aus der Rue des Cigales gewichen, aber er ist noch auf meinem Gesicht, tief unten in meiner Kehle, in den Hohlräumen meines Körpers. Ich fühle mich grau, verdorrt. Die Angst weicht nicht von mir, die Zeit besteht nur noch aus Warten, nichts als Warten. Ich verwehre mir jede Art von Erholung, gehe nicht ein auf Einladungen der Freunde, die mir Luftveränderung bereiten, mich zum Strand nach Arcachon, nach Montrouis oder zum Wandern nach Kenscoff mitnehmen wollen, wo man es sich gut gehen lässt. Solange Daniel nicht zurückgekehrt ist, solange er leidet und verzweifelt, will ich mich ganz meinem Unglück hingeben.

Ich denke an den Staatssekretär. An den Staatssekretär, wie er sich in Krämpfen auf meinem Fußboden krümmt. Wie ungebührlich. Wie soll ich ihm wieder in die Augen sehen? Ein Henker, der an Fallsucht leidet. Ein Henker, der hier in Haiti die Wärme nicht erträgt. Welcher Hohn! Jedes Mal, wenn ich an ihn denke, überkommt mich ein unbeschreiblicher Abscheu. Wird er mich spüren lassen, dass ich Zeugin seiner Schwäche geworden bin? Er macht mir Angst und widert mich an. Er ist aber meine einzige Rettungsboje. Ob er wiederkommt? Natürlich kommt er wieder. Ich bin nicht stark genug, ihm zu widerstehen, ihn zu manipulieren, seine Absichten zu durchkreuzen. Ich besitze etwas, was er braucht, bin etwas, das er begehrt. Das Kräfteverhältnis spricht indessen für ihn, er ist allmächtig. Wenn es aber nur eine Chance gibt, muss ich sie nutzen. Für Daniel, für Marie und Nicolas. Den Schmuck habe ich ihm nicht zurückgeschickt; in größter Not kann ich ihn immer noch bei einem Trödler gegen schnelles Bargeld eintauschen.

Das Lachen von Solange hat sich in die Luft erhoben, ist wie ein Gewitter angerollt, um in kleinen, ungleichen Zuckungen zu verschwimmen, und ich bekam Lust, wieder bei ihr zu sein. Mit Solange muss ich mich nicht verstellen, brauche nicht die Starke zu spielen, brauche nicht einmal zu reden, und ich glaube, ich könnte weinen, ohne mich zu schämen. Bei ihr empfinde ich nicht das Bedürfnis zu verstehen, habe keine Fragen mehr. Mit Solange weiß ich, dass es das Leben gibt und man es leben soll.

»Hmmm ... die Rue des Cigales hat sich eine neue Jugend zugelegt, Nachbarin. Bist du glücklich darüber?«

Ich antworte ihr nicht. Ihre Frage ist nur eine Einleitung zum Rest ihres Gedankens. Sie zieht hinter dem Ohr eine halbe Hühnerfeder mit nur noch ein paar Fasern am Ende hervor, steckt sie sich in den Mund, um sie einzuspeicheln, schiebt sie sich dann in den rechten Gehörgang, und mit einer schnellen Drehung des Instruments zwischen Daumen und Zeigefinger bereitet sie sich ein intensives Vergnügen. Eine gute Minute lang höre ich das Knirschen der Feder, die das Ohrenschmalz umrührt. Dieselbe Prozedur für das linke Ohr. Zufrieden lässt Solange aus der Kehle ein paar Quieklaute heraus, die sie wie eine Pute klingen lassen. Die Hühnerfeder kehrt anschließend an ihren Standort zurück.

»Die Muschis der Frauen«, sagt sie dann, »die sind wie Fayence. Einmal gewaschen sind sie wie neu. Wir behalten keine Spur, kein Zeichen in unseren Körpern zurück. Verstehst du mich?«

Ich bin ergriffen, dass Solange erwähnt, was ich einen Augenblick zuvor gedacht hatte. Ich verstehe ihre Anspielung nur zu gut, lasse sie aber meine Zustimmung nicht wissen. Ich schaue mich auf dem Grundstück um. Mein Blick verweilt bei den Eichen, den Mahagonibäumen, dem riesigen Mombinpflaumenbaum mit seinen winzigen gelben Früchten. Sie scheinen während des kräftigen Regens über Nacht gewachsen zu sein, ihre Blätter frei von Staub glänzen in der Sonne. Bei meinem ersten Besuch hatte ich all das Geflügel, Hähne, Hühner und ihre Küken, nicht bemerkt, die fast überall in den Kräutern picken. Abseits, ganz hinten auf dem Grundstück, zankt sich mit metallischen Schreien eine Perlhuhnfamilie. Der Anblick ihrer weißen bläulich schimmernden Gesichter, ihrer roten Kehllappen, ihrer nackten Hälse lässt mich schaudern. Ich finde diese kurzbeinigen Vögel trotz ihres schönen mit weißen Perlen besetzten grauen Federkleids abstoßend hässlich. Die *macoutes* tragen das Abbild dieses abscheulichen Tiers auf ihrer Uniform. Sie sind genauso reizbar und nicht zu greifen. Man sagt, dass die wilden Perlhühner in Kolonialzeiten symbolisch die *marrons*, die flüchtigen schwarzen Sklaven, darstellten. Aber welchem Herren gehen wir jetzt, eineinhalb Jahrhunderte später, aus dem Weg? Wann hört unsere Nation auf, vor sich selbst zu fliehen? Ich frage mich, ob sich Solange die Tiere aus Solidarität zum Regime hält oder ob sie sie manchmal mit kreolischer Soße zubereitet.

»Als du das letzte Mal bei mir warst, fraß uns der Staub die Pupille aus den Augen. Heute ist alles sauber und frisch. Wunder geschehen nicht für Hunde, sondern für lebende Christenmenschen ... Stimmt's nicht, Nachbarin?«

Solange sagt mir ihre geheimnisvollen Sätze auf und betrachtet mich durch den Rauch ihrer frisch angezündeten Zigarette. Sie lauert auf meine Reaktionen. Weiß Sie? Sie weiß natürlich von den Besuchen des Staatssekretärs, auch vom Asphaltieren der Straße. Sie ist ein Instinktmensch. Sie muss annehmen, dass ich mit ihm schlafe. Ihre Meinung fürchte ich nicht. Ich möchte nur, dass sie weiß, dass ich in diesem Moment meines Lebens keine Grenzen kenne, die ich nicht überwinden kann, um meinen Mann wieder lebendig zurückzubekommen.

»Er ist nicht mein Liebhaber, Solange. Noch nicht. Ich brauche schon mehr als Asphalt ...«

Solange lacht, ihr Lachen steigt auf zum Rand der Wolken.

»Du bist ja sehr viel stärker als du aussiehst, Nachbarin. Die Anwohner der Rue des Cigales sind alle zufrieden; die Häusermiete wird bestimmt steigen, aber jetzt schon beschimpfen sie dich. Wer von ihnen hat dir seine Hilfe angeboten?«

Sie wissen also Bescheid. Sie verurteilen mich. Ich hätte nicht geglaubt, dass mein Unglück so viele Formen annehmen, mich mit so vielen Spitzen verfolgen würde, ich muss jetzt mit der Meinung der braven Leute der Straße, bald mit der der Stadt rechnen. Solange versteht meine stille Bestürzung.

»Ich habe ihn gekannt ... damals«, fügt sie hinzu. »Als er noch niemand war. Hüte dich, Nachbarin ... er ... der Staatssekretär ist ein Mann ... der besondere Vergnügungen liebt.«

»Was soll das heißen, Solange?«

Ich höre eine Alarmglocke in meinem Kopf.

»Er liebt Frauen ebenso wie Männer. Ich bin sicher, dass du das nicht wusstest.«

Das Blut weicht aus meinem Körper und stürzt sich wieder dröhnend hinter meine Stirn. Also bin ich erst am Anfang meiner Höllenfahrt.

»Nein ... ich wusste es nicht.«

»Ich weiß nicht, ob er sich seither geändert hat ... schon möglich ... aber weißt du, solche Leute ändern sich nicht ...«

Solange geht zu anderen Gesprächsthemen über. Sie erzählt mir von ihrer Nacht mit Déméplè, von jenem Kunden, der den *lwa* mit seinen maßlosen Ansprüchen verärgert hatte, vom Ball mit dem Ensemble Webert Sicot im Palladium, bei dem *macoutes* sich beschossen und ein junges Mädchen getötet hatten. Ich aber bin in einem schwarzen Loch und strecke die Hände nach einer Wand aus, die meine Angst aufhalten könnte.

Ein ausgemergelter Mann mit buschigen Brauen und dreieckigem Backenbart tritt durch die kleine Holztür, die zu Solange führt. Er sieht verdächtig aus und scheint nicht erbaut zu sein, mich im Gespräch mit der *manbo* zu sehen. Er trägt eine Brille mit fast schwarzen Gläsern und an der Seite eine Pistole.

»Gut, ich lasse dich allein, Nachbarin ... ich muss eine Arbeit erledigen ... in den nächsten Tagen muss ich dir ein Blätterbad bereiten. Das mache ich, wenn Déméplè in meinem Kopf ist.«

Ich sehe sie erstaunt an. Beim Weggehen zwinkert sie mir zu.

»Ja ... ein Bad, um das Pech, die *pichons* zu verjagen ... die schlechte Luft. Für dich ist es gratis ...«

21

Maggy hat mich ins Kino Paramount mitgeschleppt. Sie hat mich schließlich überzeugt, sie zu begleiten, und mich glauben lassen, dass ich ihr einen Gefallen tue und nicht sie mir. Es ist Sonntag. Ich habe mir die Lippen rot geschminkt, ein unauffällig elegantes Baumwollkleidchen mit weißen Seidenfäden übergestreift, an den Ohren den Schmuck vom Staatssekretär. Ich habe in einer plötzlichen Eingebung Lust verspürt, diese Ohrringe anzulegen. Mein Haar habe ich zu einem Knoten hochgesteckt, um es besser zur Geltung zu bringen. Ich sagte mir, der Glanz der Edelsteine würde mich aus der Finsternis holen, in der ich allmählich versinke. Oder wollte ich mich womöglich bereits an mein anderes Gesicht gewöhnen, an die Frau, die sich anschickte, ihr Haus und ihren Körper dem Staatssekretär Raoul Vincent zu öffnen? Maggy warf einen kurzen erstaunten Blick auf die funkelnden Juwelen zu beiden Seiten meines Gesichts, machte aber keine Bemerkung. Ich war ihr dankbar dafür. Das elektrische Kribbeln des Schmucks kroch mir unter die Haut wie ein Virus. Auf der Straße habe ich mich als eine andere Frau gefühlt und darauf gewartet, dass jeder, dem ich begegne, das Verlangen des Staatssekretärs auf meinem Gesicht liest. Ein Gefühl, das mich in tiefster Seele beunruhigte. Ich habe mit Maggy die Fünf-Uhr-Vorstellung gewählt, um nicht zu spät nach Hause zu kommen. Es gab *Fahrstuhl zum Schafott*, einen Film, der schon einige Jahre gelaufen war. Eine eindrucksvolle Geschichte. Ein fast perfektes Verbrechen, das sich nach und nach in Horror auflöst. Eine bedrückende, gut dosierte Spannung. Ich bin begeistert von Jeanne Moreau. In Erwartung der Nachrichten von ihrem Geliebten bin ich mit ihr durch die Pariser Straßen geirrt. Ich habe ihre Angst, ihre Zweifel gefühlt, als die Sekunden, die Minuten, die Stunden vergingen und er nicht zu ihrer Verabredung kam. Wie sie habe ich die Schaufenster der Läden betrachtet, ohne sie zu sehen, meine Augen suchten wie ihre nur ein Gesicht, meine Ohren warteten nur auf eine Stimme, um wieder richtig leben zu können.

Maggy hat der Film nicht gefallen, weil er schwarzweiß ist und den Verstand zu sehr anspricht. Ihr sind lustige Geschichten oder große Abenteuer lieber, etwa *Vom Winde verweht*. Im Gymnasium war Maggy die Freundin meines Bruders Roger. Unsere Freundschaft hat die Prüfungen der Zeit überdauert. Dank dem Tratsch der Frauen, die ihr Schönheitsstudio besuchen, kennt sie sich in den Schlafzimmern von ganz Port-au-Prince aus. Ihr Mann ist im vergangenen Jahr an einer merkwürdigen Krankheit gestorben, man munkelt, er sei von seinem Teilhaber nach und nach vergiftet worden. Aber in Haiti stirbt buchstäblich niemand eines natürlichen Todes. Ohne die Eifersucht oder die Bosheit des Anderen wären wir alle unsterblich. Maggy arbeitet hart, um ihre Tochter aufzuziehen. Sie versteht meine Lage. Sie kennt gut die Ehefrau des Staatsekretärs, die regelmäßig zum Haarefärben in ihr Studio kommt. Eine stets mit Goldschmuck behängte, jedoch sehr fromme Frau, wie sie mir sagte. Sie beschenke oft die Armen. Zum ersten Mal, seit ich Maggy kenne, habe ich sie angesichts meiner Lage ratlos gesehen. Sie hat Angst um mich.

Als wir aus dem Kinosaal traten, war es zwar nicht mehr Tag, aber auch noch nicht Nacht. Ich liebe die langen, endlosen Tage der Jahresmitte. Die Luft war mild. Ich war überrascht, so viele Leute vor dem Paramount zu sehen, glückliche Frauen in ihren ausgeschnittenen Kleidern am Arm ihrer frisch rasierten Partner, junge Leute bei ihrem ersten Rendez-vous, tobende Kinder, Verkäufer von Süßigkeiten, Taxis mit ihren am Rückspiegel baumelnden roten Kordeln. In der Kinohalle roch es nach einer Mischung aus berauschendem Parfum und Pfefferminzbonbons. Ich fand es eigenartig, dass das Leben weitergeht, die Neonleuchten gelbe und grüne Streifen auf Dinge und Menschen werfen, die gekommen sind, um sich zu entspannen. Während Daniel im Fort-Dimanche dahinvegetiert. Maggy hat vorgeschlagen, im Café Rex etwas zu trinken, aber ich wollte lieber nach Hause.

Wir stehen auf dem Bürgersteig, warten auf ein Taxi. Ein Windstoß hebt Maggys weiten Rock, als zwei junge Burschen dicht an uns vorbeigehen. Sie pfeifen. Wir lachen los. Ich fühle, wie ein Blick schwer auf meinem Gesicht lastet, suche nach diesem Blick, treffe auf ihn, und er bremst mich mitten im Lachen. Raymond, Daniels Bruder, und seine Frau Marlène tauchen vor mir auf, beobachten mich mit vorwurfsvollen Augen. Ich tue so, als sähe ich sie nicht. Ein Taxi hält und ich springe mit meiner Freundin hinein.

22

»10. Januar 1963 – Dominique kommt seltener zu uns, und ich war nicht wieder bei ihr. Ich nehme bereits den Moment vorweg, an dem ich ganz im Untergrund untertauchen werde. Untätigkeit und Anspannung bringen mich allmählich um. Dieses Jahr 1963 wird zu Duvaliers Großoffensive auf die höchste Machtbefugnis, die Präsidentschaft auf Lebenszeit. Und das trotz der Abkühlung seitens der Amerikaner, die ihre Hilfe für das Land um mehr als die Hälfte gekürzt haben. Man braucht nur zu sehen, wen Duvalier sich im letzten Ministerkabinett zur Seite gesetzt hat, um sich davon zu überzeugen. Harte, fanatische Ideologen, Propagandakanonen wie Maurice Robert Badette für Erziehungswesen, Jean-André Colbert für Soziales und Simon Porsenna für Information und Koordination. Raoul Vincent leitet weiterhin das Ressort öffentliche Sicherheit, mit anderen Worten die politische Polizei. Es wurden Handelsabkommen mit der Tschechoslowakei und Polen unterzeichnet. Man pfeift auf Onkel Sam.«

»13. Januar 1963 – Ich traute meinen Augen nicht, als ich im *Nouvelliste* den Brief las, in dem Yvonne Hakime einen Artikel öffentlich dementiert, der vor einer Woche in einer Nummer von *Paris Match* erschienen ist. Sie hat geleugnet, jemals von den Häschern der Regierung vergewaltigt und fast zu Tode geprügelt worden zu sein. Sie hat geleugnet, dass man sie mit ihrem Pass erpresst hat, damit sie schweigt. Sie hat geleugnet, dass ihre Tochter ins große Hauptquartier bestellt und von einem ebenjener Militärs bedroht worden sei, die sie an jenem berüchtigten Januarabend 1958 heimgesucht hatten. Yvonne Hakime hat alles geleugnet. Daraufhin hat es keine allgemeine Empörung gegeben, weder von der Linken noch von der Rechten noch von irgendwo. Die geistige Korruption ist vollkommen. Der französische Journalist, der die Geschichte dieser Frau aufgestöbert hat, ahnte nicht, was er ihr damit antun würde. Vier Jahre danach wurde diese Unglückliche in ihrer Vereinsamung immer noch von der Regierung verfolgt. Ich werde noch heute Abend in einer Antwort meine Solidarität mit dieser Frau bekunden.«

»21. Februar 1963 – Meinem Gesuch um ein Ausreisevisum für Nirvah und die Kinder ist immer noch nicht stattgegeben worden. Wird es wahrscheinlich auch nicht. Solange meine Familie hier ist, sind mir Hände und Füße gebunden. Wenn ich diese Visa nicht vor Ende April erhalte, wird der Gang über die Grenze zum letztmöglichen Ausweg.«

»3. März 1963 – Mein Informant ist ganz sicher. Michel-Ange Lefèvre arbeitet für die Regierung. Er gehört dem Geheimdienst an, den Raoul Vincent leitet. Die Nachricht hat mich nicht überrascht, denn seit einiger Zeit nahm ich seltsame Signale von dem Mann wahr. Er hat seine Rolle gut gespielt. Jetzt muss ich herausfinden, was genau er weiß. Ich habe die Nachricht über alle Drähte verschickt. Wir haben alles heruntergefahren. Völliger Stillstand aller Aktivitäten. Ich warte die Folgen ab, die nicht ausbleiben werden. Sonst arbeite ich wieder weiter als Professor und Direktor der Oppositionszeitung. Mein Leben ist unsicher, und dennoch verstärken sich meine Kraft und Überzeugung im Angesicht der Gefahr, die mir droht.«

»8. April 1963 – Über einen Monat lang habe ich kein Wort in dieses Tagebuch geschrieben, eine Virushepatitis hätte mich beinahe hingerafft. Doktor Xavier hat mich mit Kompetenz und Hingabe behandelt. Dieser unserer Familie vertraute Mann ersetzt mir den Vater, dessen bester Freund er war. Es geht mir jetzt viel besser, obwohl ich noch etwas schwach bin. Marie, meine kleine Krankenschwester, hat manchmal die mütterliche Aufsicht umgangen und ist entgegen den ärztlichen Vorschriften, die mich in meinem Zimmer unter Quarantäne gestellt hatten, an mein Krankenbett gekommen. Nirvah ist erschöpft, sie braucht ausgiebige Erholung. Ich mache mir Vorwürfe, meine Familie zu vernachlässigen, wünsche mir nur, sie alle weit weg von hier ganz in Sicherheit zu wissen.«

»11. April 1963 – Noch ein missglückter Staatstreich durch das Militär. Drei der Verschwörer haben Aufnahme in einer Botschaft gefunden. Ein vierter Soldat, offenbar unbeteiligt am Komplott, ist von einem beflissenen Kollegen umgebracht worden. Ich muss gestehen, dass mir dieses ganze Durcheinander zustatten kommt, da es die Aufmerksamkeit der Regierung auf andere bedrohte Bereiche richtet. Meine Kontaktperson in der Armee ist immer noch auf ihrem Posten. Konsulate und

Botschaften sind überfüllt von Bürgern, die sich, auch ohne bedroht worden zu sein, freiwillig in Sicherheit bringen. In dieser Zeit ist es nicht gut, wenn man mit X oder Y entfernt verwandt oder befreundet ist. Die Beziehungen der Regierung Duvalier zur Kennedy-Administration sind auf dem Tiefpunkt. Es hält sich hartnäckig das Gerücht von einer baldigen Absetzung Duvaliers durch die Amerikaner.«

»17. April 1963 – Der Schock. Das hätte ich allerdings wirklich nicht erwartet. Der Kabinettschef des Staatssekretärs für Information und Koordination ist gestern Morgen in mein Büro gekommen, um mir den Posten des Chefredakteurs der Tageszeitung *Le Palmiste*, des offiziellen Organs der Regierung, anzubieten. Sie haben nicht lange gefackelt. Eine eigenartige Falle. Welche Rolle mag Michel-Ange darin spielen? Ich weiß immer noch nicht, ob sie mein Netzwerk entdeckt haben. Ist dies nichts weiter als ein Versuch, mich zu vereinnahmen, wie Duvalier es so gut versteht? Weil ich erkläre, dieser kommunistischen Scheinpartei anzugehören und mich so lange völlig ungestraft äußern konnte, ist für mich der Zeitpunkt gekommen, mich dankbar zu erweisen. Der Arzt im Nationalpalast verfügt über eine eigene Linke, in die er mich am liebsten eingliedern würde. In einen linken populistischen Flügel dieser durch die Klassen- und Machtkämpfe des Jahres 1946 korrumpierten Linken. Einer reaktionären Linken, die zu einer proletarischen Rechten geworden ist, Gefangene einer todbringenden Farbenideologie. Glaubt Duvalier wirklich, dass ich mich von seinen populistischen antibürgerlichen Reden einwickeln lasse? Nein, das glaube ich nicht. Es ist etwas anderes. Es ist sehr viel mehr dahinter. Ich muss schnell überlegen, meine Basis befragen. Ich muss Dominique davon unterrichten.«

»23. April 1963 – Der Kabinettschef hat mir für sein Angebot acht Tage Bedenkzeit gegeben. Durch ein seltsames Zusammentreffen läuft die Bedenkzeit in zwei Tagen, am 25. April, ab. Die Genossen sind sich sicher, dass etwas gegen uns im Gange ist. Die kommenden Tage werden uns zeigen, welche weiteren Entscheidungen zu treffen sind. Dominique ist der Meinung, ich solle den Posten entweder annehmen oder noch vor dem gesetzten Termin das Land verlassen. Binnen weniger Stunden wie die anderen ins freiwillige Exil gehen. Ab dem 25. April dieses Jahres ist François Duvaliers Regierung illegal. Trotz der Wiederwahl durch die Abgeordneten im letzten Jahr, trotz dieser Farce endet nach

Verfassung und Recht sein Sechsjahresmandat an diesem Tag. Mein nächster Leitartikel wird das haitianische Volk und die Welt daran erinnern und zugleich meine Antwort auf das Angebot der Regierung sein.«

23

Der bereits installierte Generator schnurrte leise, als ich vom Zahnarzt nach Hause kam. Die Sonne brannte heiß, wie gelegentlich zur Regenzeit, eine Sonne mit einer Aureole aus winzigen Wasserteilchen, die den ganzen Weg über an meiner Haut haftete. Die riesige Maschine schien zu leben, mit Blut, Nerven und Fangzähnen. Im Schuppen legte ein Techniker letzte Hand an sie. Im Haus traf ich auf zwei Männer in Arbeitsanzügen, die auf Trittleitern standen und mit Zollstöcken oben an den Wänden Maß nahmen. Ich war mit einem Blick im Bilde. Der Kleintransporter vor dem Haus hatte mich gewarnt. Vier unausgepackte Klimaanlagen warteten im Schatten des Mandelbaums vor den Nebengebäuden. Darum also war der Staatssekretär nicht gekommen, er traf Vorbereitungen für sein Vergnügen, um sicherzustellen, dass ihn die Hitze nicht noch einmal unter meinen Augen auf die Bretter warf. Ich ahnte das alles, aber die Formen, die diese langsame Eroberung annahm, brachten mich aus der Fassung. Die Falle schloss sich um mich, ich verlor die Nerven. Ich spürte einen stechenden Schmerz im Kiefer, weil die Wirkung der Narkose nachließ. Auguste betrachtete mich mit einem Schimmer von Verständnis, Yva wartete ab, wie ich reagieren würde, und ging ihrer Arbeit nach. Ohnmächtige Wut hob mich an wie eine Welle. Ich brüllte und schrie »Verdammt! Scheiße! Schweinerei! Kacke!« Ich begann alle in Reichweite zu beschimpfen. Nichts konnte mich bremsen. Ich erstickte vor Wut, musste sie herauslassen, um nicht mit zusammengebissenen Zähnen zu Boden zu stürzen. Ich war wütend auf Auguste wegen dieser Fremden in meinem Haus, wegen meiner schlaflosen Nächte, wegen des Staatssekretärs, wegen Daniel. Er hatte mir den Schlamassel eingebrockt, er war derjenige, der beim ersten Mal den Staatssekretär wie einen Wurm in die Frucht meines Lebens eingelassen hatte. Wer weiß schon wirklich, warum er hier ist? War er nicht als Spion bei uns? Ein verkleideter *macoute*? Mir hat sein heimtückischer Ausdruck nie gefallen. Mein Gott, hilf mir! Ich bestimme nicht mehr über mein Leben. Andere entscheiden für mich. Und alle diese sogenannten Techniker, wer waren sie wirklich? Wie konnten sie ohne meine Erlaubnis in mein Heim, in meine Privatsphäre eindringen? Was aber werden die Kinder bei ihrer Rückkehr aus Paillant denken? Papa ist im Gefängnis, und wir schlafen im Kühlen. Papa wird vom Ungeziefer aufgefressen, und wir haben nicht mehr unter Stromsperren zu leiden. Wer soll den Brennstoffverbrauch bezahlen? Die Instandhaltung dieser Geräte? Wie sollen diese Veränderungen, die unsere Mittel übersteigen, Daniel erklärt werden, wenn er zurückkehrt? Was führt er nur im Schilde, der Staatssekretär? Zuerst die Rue des Cigales, dann der Schmuck und jetzt Generator und Klimaanlagen in meinem Haus. Er lässt mir nicht einmal die Wahl, abzulehnen. Er bricht ein in meinen Lebensraum und befindet über meine Bedürfnisse. Die asphaltierte Straße, schön und gut, sie gehört allen, auf dieses Allgemeingut habe ich keinerlei Sonderrecht. Sie nützt einer ganzen Gemeinde. Der Schmuck ... könnte noch Verehrung eines Bewunderers und eine gewisse Dankesgeste bedeuten. Aber hier geht er zu weit, vergreift sich an meiner unmittelbaren Umgebung, an meinem Haus, meinem Zufluchtsort, meiner letzten Verschanzung. Der Staatssekretär spinnt wie eine böse Spinne sein Netz um mich. Weiß er, dass Daniel nicht zurückkehrt? Das ist es, Daniel ist tot, sonst würde er sein Haus nicht schamlos in Besitz nehmen. Es ist mir jetzt zum Weinen, aber die Tränen kommen nicht. Seit Wochen merke ich, dass die Tränen meinen Körper vergiften, mir die Kehle zerfressen, mir eine Erleichterung gnadenlos verweigern. Ich muss glauben, dass Daniel lebt, dass ich ihn am Leben zu halten vermag, wenn ich mich auf diesen Mann einlasse.

Erst als ich Auguste brutal entlassen hatte, habe ich mich beruhigt, Die Folgen meiner Handlung hatte ich nicht bedacht, dieser Mann war wie ein Tumor, den ich loswerden musste. Es war eine Frage des Überlebens. Sicherlich beging ich einen schweren Fehler, einen Vater von neun Kindern arbeitslos zu machen, aber in meiner Erregung konnte ich keine Vernunft annehmen. Die Techniker beobachteten mich mit wachsamer Miene, während sie weiterarbeiteten. Mein hysterischer Anfall hatte sie wahrscheinlich beeindruckt. Ich habe den, der der Chef des Trupps zu sein schien, gefragt, wer sein Auftraggeber für diese Arbeiten sei. Er wusste es natürlich, der Staatssekretär Vincent, hat er erwidert, dabei aber trotzdem seinen Auftragsschein überprüft und sich vermutlich gefragt, welches Spielchen ich spielte. Natürlich war meine Meinung ihm ziemlich gleichgültig; er konnte nicht anders als diese Apparate einzubauen. Ich finde keinen Ausweg, weder in meinem Kopf, noch um mich herum.

24

Arlette ist als Kundschafterin gekommen. Nach unserem letzten Wortwechsel hätte ich nicht gedacht, dass sie mir so schnell wieder ins Haus schneien würde. Sie erschien unverhofft am Spätnachmittag mit Nicole und Ghislaine, ihren besten Freundinnen. Sylvie hatte sie vermutlich nicht zu diesem Aufklärungsbesuch überreden können. Was wusste sie? Hatte sie schließlich von Raoul Vincents Besuchen hier Wind bekommen? Kaum im Haus hielt sie bereits Ausschau nach möglichen Veränderungen, nach etwas Neuem, das den Tratsch bestätigen konnte, der bestimmt schon in der Stadt umlief. Der grellgrün gestrichene Generator entging ihr gewiss nicht, wenn sie auch so tat, als bemerke sie die große Maschine nicht, die unter dem Schuppendach ruhte. Arlette war nicht besonders an meinem Schicksal interessiert. Ein wenig denn doch, weil es mit dem von Daniel verbunden war. Ihr war aber vor allem daran gelegen, andere Gründe zu finden, mir Vorwürfe zu machen und ihr Misstrauen gegen mich zu rechtfertigen.

Einen Moment haben wir über die herrschende Hitze gesprochen. Hier in Port-au-Prince erscheint die Sommerhitze jedes Jahr heißer als im Jahr davor. Wie werden wir sie überstehen? Indem wir die schlimmsten Wochen auf dem Land oder in den Bergen verbringen. Anschließend haben wir über Modetendenzen gesprochen, über die Prinzesskleidchen, die das Erscheinungsbild schlanker machen, und die immer häufiger von Frauen getragenen langen Hosen. Auch dieses Schuhgeschäft Vitiello in der Rue du Centre wurde erwähnt, das gerade neue italienische Modelle hereinbekommen hatte. Die Ledersandalen und die leichten Lackschuhe mit Pfennigabsätzen musste man gesehen haben. Der letzte Schrei. Yva hat uns frischen Orangensaft serviert. Es bahnten sich jedoch andere, ungeduldige, listige Worte an, die nur auf den günstigen Augenblick warteten, um sich zwischen uns zu schleichen.

»Ich weiß, wer den Auftrag für die Asphaltierung der Straße erteilt hat, Nirvah ... Ein Freund im Ministerium für Öffentliches Bauwesen hat mir bestätigt, wer den Staatssekretär Philibert gebeten, besser gesagt, wer ihm befohlen hat, diese Arbeiten zu veranlassen.«

Da haben wir's endlich. Ein Frontalangriff. Arlette fackelt nicht lange.

Danach macht sie einen langen Zug an ihrer Zigarette, stößt den Rauch aus und legt dabei den Kopf zurück. Nervös rollt Nicole die Perlen ihrer Kette zwischen Daumen und Zeigefinger. Ghislaine schlägt die Beine über- und wieder auseinander und beklopft ihren Haarknoten. Als ich ihnen vorher angeboten hatte, auf dem überdachten Patio Platz zu nehmen, hatte ich mir geschworen, mich weder aufzuregen, noch auf ihr Spiel einzulassen. Ich werde eine freundliche, geduldige Gastgeberin bleiben. Und ich werde unverschämt, schamlos, gewissenlos lügen. Von heute ab lerne ich das Gegenteil von dem zu sagen, was ich denke, einen Schutzschild um mein Leben aufzubauen, hinter dem ich vor Vögeln vom Typ Arlette abgeschirmt bin.

»Du bist wirklich gut informiert, Arlette. Ich weiß immer noch nicht, wem ich dieses verfrühte Weihnachtsgeschenk verdanke, und du weißt es schon. Hm ... Soll ich annehmen, dass du während der ganzen Zeit über Mittel und Kontakte verfügtest, die Rue des Cigales asphaltieren zu lassen? Und du hast nichts unternommen? Auf jeden Fall sind die Anwohner der Straße diesem ... dieser Person ewig dankbar ...«

»Möchtest du nicht wissen, um wen es sich handelt?« Arlette tut so, als verstünde sie meine Anspielungen nicht, und beobachtet mich äußerst aufmerksam.

»Ich weiß, du brennst darauf, es mir zu sagen, Arlette. Wer ist es?«

»Der Staatssekretär Raoul Vincent. Kennst du ihn?«

»Oh!«, ruft Nicole zusammenzuckend, als habe sie den Namen Beelzebubs nennen hören. Was für eine schlechte Schauspielerin.

Ruhig gebe ich Arlette zur Antwort:

»Ich kenne ihn dem Namen nach ... wie alle Leute.«

»Er ist der Chef der politischen Polizei Duvaliers, das heißt, einer der mächtigsten Männer im Moment. Findest du nicht seltsam, dass er jetzt, wo Daniel im Gefängnis ist, die Rue des Cigales asphaltieren lässt?«

Ich gebe mir den Anschein, über die Frage nachzudenken.

»Das mag seltsam erscheinen, in der Tat ... aber warum willst du beide Tatsachen in Verbindung bringen? Der Staatssekretär ... Vincent ... hat sicher persönliche Gründe, sich für diese Straße zu interessieren.«

»Wie etwa ... eine neue Mätresse?«, lässt Ghislaine sich perfide sanft hören.

»Warum nicht?«, antworte ich ruhig und schaue sie eine nach der anderen an. »Die Möse, wenn man sich ihrer zu bedienen weiß, ist manchmal nützlich ...«

25

Der Staatssekretär setzt im Salon eigenhändig die Klimaanlage in Betrieb. Er überprüft ihre Installation, blickt dem Weg des elektrischen Kabels vom Apparatausgang bis zur Steckdose nach und nickt zufrieden. Ich habe in den drei Tagen, seit dieser Kasten an der Wand hängt, weder diesen noch die anderen in den Schlafzimmern angerührt. An den Hebeln zu hantieren, um die Apparate in Gang zu setzen, käme einem Verrat an meinem Stolz gleich, und dennoch hat mir gefallen, dass er sich um den Komfort aller Familienmitglieder kümmert. Danach setzt sich der Staatssekretär und schließt die Augen, als genieße er das leichte Schnurren des Motors der Apparatur, die die Raumtemperatur senkt. Als vergesse er meine Anwesenheit. Sein Atem geht langsamer, regelmäßiger. Er hat keine Anspielung auf sein Unwohlsein beim letzten Besuch gemacht, fast so, als wäre nichts geschehen. Wenn er denkt, ich werde ihn fragen, wie es ihm geht, dann kann er lange warten. Die kühle Luft im Salon weiht eine neue Etappe in meinem Verhältnis zu diesem Mann ein. Ich habe die Woche damit zugebracht, sein nächstes Kommen zu befürchten und zugleich zu erhoffen. Es gab keinerlei Zweifel mehr daran, dass er in dieses Haus zurückkehrt, ich fragte mich nur, worin sein neuer Sieg bestehen würde. Heute ist Samstag. Zum ersten Mal sehe ich den Staatssekretär in Hemdsärmeln und einer Leinenhose. Ohne die Tarnung des Sakkos wirkt er noch unansehnlicher. In seinem Gürtel steckt eine kleinkalibrige Pistole. Das Missverhältnis zwischen Ober- und Unterkörper ist grotesk. Sein Bauch drückt gegen die Hemdenknöpfe, seine Knie berühren einander, er ist *kounan**.

»Und wenn wir Freunde würden, Sie und ich, Madame Leroy?«

Obwohl er die Augen noch geschlossen hält, spricht er jetzt mit mir, als würde er mit zunehmender Kälte neu geboren. Es ärgert mich, dass er mit mir redet, als befände ich mich nicht im Raum, als wären seine Worte eine reine Formalität. Diese Worte lösen bei mir auch im Magen eine dumpfe Panik aus. Sie bringen mich unweigerlich an einen Punkt, von dem es kein Zurück gibt. Was für eine Art Freundschaft schlägt er mir da vor? Hat er nicht den Mut, die Dinge beim Namen zu nennen?

Ich weigere mich, mit ihm die Spielchen von Liebe und Zufall zu spielen. Er muss mir klipp und klar sagen, was er mit seiner Absicht bezweckt. Ich akzeptiere kein Verhältnis, dessen Bedingungen nicht eindeutig abgesprochen sind. Das zumindest bin ich mir schuldig. Dieser Mann soll mir sagen, dass er mich in meinem Haus, das auch Daniels Haus ist, besitzen will, während mein Mann, gefangen im Fort-Dimanche, ihm ausgeliefert ist. Es muss klar zwischen uns sein, dass ich mich seinem Wunsch füge und zulasse, dass mein Heim entweiht wird, wenn das der Preis für Daniels Rettung ist. Ich werde ihn nicht mit der Illusion einer Eroberung beschenken. Er wird mich nicht zwingen müssen, das wäre verlorene Liebesmüh, denn ich bin ihm nicht gewachsen. Aber mein Einverständnis hat er nicht.

»Sind wir es nicht schon, Exzellenz?« Kühnheit und Tonfall meiner Antwort holen den Staatssekretär aus seiner Apathie. Ich füge gleich hinzu: »Wie sollte man sonst ... gewisse Veränderungen in meiner Umgebung erklären? Das ... maßlos kostbare Geschenk? Sind Sie mit den Frauen aller inhaftierten Oppositionellen so großzügig?«

»Eine Frau mit Temperament ...«, sagt er lächelnd. Er beobachtet mich bei fast geschlossenen Lidern. »Glauben Sie das nicht, Madame, Sie sind im Augenblick die einzige Dissidentenfrau, die dieses ... Vorrecht ... meiner Großzügigkeit genießt.«

»Ich fühle mich geschmeichelt, Exzellenz.«

Der Staatssekretär ignoriert meine Ironie.

»Nennen Sie mich Raoul, Madame.«

»Wenn Sie es wünschen ... Raoul.«

Der Staatssekretär steht auf und geht langsam zum Ecktisch, auf dem unser Plattenspieler steht. Er wählt aus der Plattensammlung eine Dreiunddreißiger, die er auf den Plattenteller legt. Anschließend bringt er den Tonarm in Stellung, und die Nadel setzt mit leichtem Zischen auf dem Vinyl auf. Chopin. Die Lieblingswalzer von Daniel. Ich möchte entfliehen, aber plötzlich sind die Wände dieses Raumes Gefängnismauern.

»Ich liebe temperamentvolle Frauen, Nirvah. Man muss um sie nicht wie die Katze um den heißen Brei schleichen. Ich sage es Ihnen gleich, ich will Sie. Ich wollte Sie bereits, kaum dass Sie den Fuß über die Schwelle meines Büros im Ministerium setzten. Ich traute meiner Chance nicht. Ihr Mann ist ein Tor, lässt sich in Fort-Dimanche einsperren, obwohl er eine Frau wie Sie besitzt. Ein Tor, der gegen Windmühlen kämpft. Er hat Ideen ... hm ... der arme Irre.«

Der Staatssekretär überlegt kurz, und als er weiter spricht, ist seine Stimme von metallischer Härte.

»In wenigen Monaten wird François Duvalier zum Präsidenten auf Lebenszeit ernannt. 1964 wird das Jahr seines vollkommenen Sieges. Die Rechtsspezialisten im Parlament arbeiten für diesen Zweck an der Änderung der Verfassung des Landes, und wem das nicht gefällt, der hat Pech gehabt. Er wird vom Volk in einem Referendum gewählt ... eine Formalität ... und es wird sich keine Feder in diesem Land rühren, verzeihen Sie den Ausdruck, Madame. Sie fallen nicht ins Gewicht, diese eingeschleusten Kommunisten. Sehen Sie ... die UCH, diese Union der haitianischen Kommunisten, der Ihr Mann angehört ..., ein Schwindel, ein Labor zur Kontrolle der Opposition, nur Theater. Ihr Generalsekretär, Michel-Ange Lefèvre, ist unser Mann, wir haben ihn zurückgewonnen. Diese kommunistische Partei ist aus dem Boden gestampft worden. Gute Arbeit. Sie erhält regelmäßige Subventionen aus meinem Ministerium. Daniel Leroy und andere mit ihm, Jugendliche, Minderjährige, sind ihren Überzeugungen bis zur Aufopferung treu geblieben, umsonst. Sie haben nur ein gefährliches Illusionsspiel gespielt. Sie haben sich schön ficken lassen, diese Naivlinge. Im Augenblick sind Sie eine der wenigen Personen, die davon wissen, und ich wäre Ihnen dankbar, wenn Sie diese Information geheim hielten, denn sie bringt Sie in Lebensgefahr. Ihr lieber Mann glaubte uns zum Besten zu halten. Er meinte, sich hinter der UCH verstecken zu können, um eine Verschwörung gegen die Regierung anzuzetteln, junge Menschen zu bewaffnen, das Hinterland aufzuwiegeln. Ich muss zugeben, sein Plan war klug. Lange Zeit hat er uns getäuscht. Sein Vorhaben hätte aber nicht gelingen können. Wir kontrollieren alle, von denen Unruhen ausgehen könnten, Schulen, Universitäten ... Kirchen ... Gewerkschaften ... Wir haben unsere Agenten in den Hahnenkampfarenen, den Stadien, den Bordellen. Jeden Tag treten weitere Männer und Frauen aller sozialen Schichten in die Ränge der VSN ein, um sich in Haushalte, Schlafkammern, Krankenstationen und sonst wo einzuschleichen. Sie arbeiten Tag und Nacht. Wie ein Schwarm Perlhühner ziehen sie kreuz und quer durch das Land, nehmen schon aus der Ferne jeden ungewohnten Laut, jede verdächtige Bewegung wahr. Man sollte ihre Leistung nicht unterschätzen. Wie diese Vögel mit den gedrungenen Körpern, die trotzdem so schnell laufen, sind sie die wahren Wachtposten der Revolution. Der Widerstand wird so einfach wie ein Strohhalm weggefegt. Wir haben vor nichts Angst, nicht einmal vor den Amerikanern. Duvalier hat diesen Botschafter aus den Staaten rausgeworfen, der gewagt hatte, ihm eine Million Dollar zu bieten, damit er das Land mit seiner Familie verlässt. Er hat gerade einmal vierundzwanzig Stunden gehabt, um selbst abzuhauen. So ein Flegel! John Kennedy ist mit seinen Zerstörern in unseren Gewässern vor Anker gegangen, eine Taktik, die im Lauf unserer Geschichte schon andere angewendet haben. Es muss schon mehr kommen, um uns, die Söhne Dessalines', einzuschüchtern. Eine Frau wie Sie, Madame, macht die Männer verrückt, verrückt nach Ihnen. Es macht mir Spaß, unter Ihrer durchsichtigen Haut dem Verlauf ihrer Adern zu folgen. Ich stelle mir Ihre seidigen Haare vor, aufgewühlt in Liebesglut. Ihre Lippen sind dafür geschaffen, sich um den Orgasmus eines Mannes zu schlingen, Ihre Augen hinterlassen Feuerspuren auf meiner Haut. Ich sehne mich nach Ihren Händen. Die Wölbungen Ihres Körpers erregen mich aufs Höchste. Sie sind eine Frau, von der ich noch nicht einmal zu träumen gewagt hätte, eine Frau, die einen Mann wie mich kein zweites Mal ansieht. Und nun fallen Sie mir freiwillig in die Hände wie Manna vom Himmel. Ich werde Ihnen nichts tun, Nirvah. Solange sie mich nicht dazu zwingen ...«

Die Erregung und der Zynismus des Staatssekretärs erschüttern mich. Michel-Ange Lefèvre ... Er ist seit Daniels Inhaftierung nicht mehr zu uns gekommen. Ein Mann, mit dem er oft stundenlang im Patio hinter dem Haus diskutierte. Ein Mann, den Daniel respektierte, den er wie einen Vater liebte. Ich habe ihn manchmal von der Zeit vor zwanzig Jahren reden hören, als Männer wie Etienne Charlier und Anthony Lespès in der ersten sozialistischen Partei Haitis die von Jacques Roumain begonnene Arbeit fortführten. Damals kämpften Männer aus Überzeugung mit offenem Visier gegen die Regierungen und die Korruption der Handelsbourgeoisie. Heute nicht mehr, jammerte er. Zwar waren auch damals die Beziehungen zwischen der Macht und den Kommunisten nicht ungetrübt, sie machten manchmal Bekanntschaft mit dem Gefängnis, aber sie stellten zu der Zeit eine Kraft dar, die sich schwerlich einen Maulkorb hätte anlegen lassen. Lefèvre berichtete uns von Zeitungsartikeln, erschienen in *La Nation*, die wahre Klassiker für eine Anthologie waren. Bei der Gelegenheit rezitierte er einige Verse von Anthony Lespès. Daniel verschlang seine Worte. Warum aber, habe ich ihn einmal gefragt, hatte er seine eigene Partei gegründet, statt sich jener Linken anzuschließen, die sich als Erbin der ersten kommunistischen Bewegung Haitis, der

Bewegung Roumains und der Seinen, verstand?« »Weil ich für Offenheit und einen Dialog mit der Regierung eingetreten bin und nicht für diesen Hang zur Untergrundarbeit und zum *marronage*, den die Politiker der haitianischen Linken nicht ablegen können«, antwortete er mir. Ich verstehe jetzt, von welcher Offenheit er sprach. Was kann einen Mann so verändern? Nach der Inhaftierung Daniels habe ich einen ganzen Haufen Bücher und Zeitschriften verbrannt: *Herr über den Tau*, *Das Kapital*, *Les Clés de la lumière*, *Es brennt wie Dornen im Blut*, die Daniel auf den geheimen Regalbrettern seiner Bibliothek aufbewahrte. Es gibt also gar keine Hoffnung, die Wurzeln der Diktatur dringen jeden Tag noch weiter in die haitianische Erde ein. Es fällt mir schwer abzuschätzen, wie tief der Abgrund der Situation ist, in dem ich mich befinde. Dieser Mann begehrt mich mit blinder Heftigkeit. Mit mir wird er sich endlich seinen sehnlichsten Wunschtraum erfüllen, eine Mulattin zu beherrschen und zu besitzen. Er wird die Bourgeoisie ficken, wird mit seinem Geschlechtsteil und seiner Macht alle Barrieren der Verachtung und des Ausgeschlossenseins zu Fall bringen. Wird er jemals wollen, dass Daniel zu mir zurückkehrt? Welche Art von Leben kann ich mit meinem Mann wieder aufnehmen, wenn der Albtraum vorüber ist?

»Und Daniel bei alledem, Exz... Raoul? Ist er noch Herr in seinem Haus? Haben Sie ihn schon umgebracht? Aus welchem Grund sollte ich dann bereit sein, Ihnen meine Gunst zu erweisen? Aus nackter Angst vor Ihrer Rache, wenn ich mich verweigere?«

Der Staatssekretär wird von heftigem Ärger erfasst. Sein harter erboster Blick lässt nicht ab von mir. Ich mache mich auf einen Zornesausbruch gefasst. Mir fällt auf, dass bei ihm jede Anspielung auf Daniel einen Zustand von Nervosität auslöst, den er nur schlecht unter Kontrolle hat. Er stellt sich hin und beobachtet mich, ich bleibe sitzen, ohne die Augen unter dem Druck seines Blicks zu senken. Der Staatssekretär zieht seine Brieftasche aus einer Hosentasche. Er sucht ein wenig und holt ein gefaltetes Papier, eine Nachricht heraus, die er mir überreicht. Ich verstehe nicht, nehme den Zettel und falte ihn mit leicht zitternden Händen auseinander. Ich muss ihn mir dicht vor die Augen halten, um auf einem leicht beschmutzten Blatt aus einem Schulheft einige mit Bleistift geschriebene Wörter zu entziffern. Es ist Daniel, ich erkenne seine Buchstaben, seine wohlgeformten Worte. Daniel, der leidet, der am Leben ist. Ich rate mehr, als ich lese, das Herz klopft mir zu heftig: »Liebste ... denke an dich ... unsere Kinder ... alles tun, um bald herauszukommen ... meine geschwächte Gesundheit ... hoffe dich wiederzusehen ... schöpfe Mut ...« Endlich ein Schluck frische Luft, endlich Wasser für meinen Durst! Ich möchte lachen und zugleich weinen. Ich möchte allein sein, um diesen Augenblick auszukosten. Der Staatssekretär steht vor mir, kratzt sich am Hals. Eine Minute lang habe ich vergessen, dass er da ist, dass es ihn überhaupt gibt. Ich höre ein Geräusch wie von Metall und hebe den Kopf. Mein Gesicht ist auf der Höhe seines Unterleibs. Sein Gürtel ist geöffnet, und er löst mühsam die Knöpfe seines gewölbten Hosenschlitzes. Ich suche sein Gesicht, sein Auge ist starr, sein Speichel fließt reichlich, seine Mundwinkel sind nass, Hose und Unterhose fallen wie ein Urteilsspruch zu seinen Füßen nieder. Es besteht nicht der geringste Zweifel darüber, was er von mir erwartet. Mit dem Staatssekretär ist es ein Geben und Nehmen. Daniels Leben gegen den Genuss meines Körpers. Sein ungeduldiges Verlangen sucht schon den Weg zu meinem Mund. Ich vernehme sein Hecheln durch das *Allegro appassionato* von Chopin. Ich erkenne die heisere Stimme des Staatssekretärs nicht wieder, als er mir sagt: »Auf die Knie ... Nirvah.« Es bleibt mir nichts übrig. Ich gleite auf die Knie. In dem Moment kommt mir das Bild von Solange auf Knien vor Déméplè in ihrem Traum in den Sinn. Ich aber, ich befinde mich nicht in einem Traum.

26

An diesem Morgen war er erschöpft, vollständig ausgepumpt, mit schlotternden Beinen und großen Lichtflecken im Kopf. Er war so glücklich wie noch nie im Leben. Als er frühmorgens nach Hause kam, ging er nicht in sein Schlafzimmer, die Atmosphäre seines Arbeitszimmers war ihm lieber, wo er in einem Fensterwinkel sehen konnte, wie die Morgenröte heraufzog. Sein Bett, seine Ruhe, seine Körpertemperatur, seine intimsten Geheimnisse, seine Schluchzer gehörten nicht mehr an diesen Ort. Sie waren in der Rue des Cigales, bei Nirvah Leroy. Seine Frau und er schliefen seit einigen Jahren in getrennten Zimmern. Gern würde er heute die Trennung von Haus oder Leben herstellen. Die Zuckungen seines erschöpften aber hartnäckig begehrenden Glieds hielten in ihm die Bilder seiner Nacht lebendig. Drei Mal hatte er mit ihr geschlafen. Sie hatte seine Kraft, seine Jugend geweckt. Ihm wurde heiß bei der Erinnerung an ihre Lippen, feucht von seinem Sperma, als er in ihrem Mund gekommen war, als er in ihrem Mund gestorben und wieder zum Leben erwacht war. Er fühlte noch unter seinen Händen die von der Liebe feuchten Poren ihrer Haut. Er hörte noch die Wehklagen, die er ihr am Ende der Nacht entrissen hatte, so heftig hatte er sie liebkost. Auf diesen Moment hatte er gewartet, als Nirvahs Körper vor Erschöpfung keinen Widerstand mehr leistete und gegen ihren Willen dem Stachel der Lust nachgab. Blitzartig ging es ihm durch den Kopf, als ihm Nirvahs Füße einfielen. Er musste ihre Füße beschützen. Sie sollte sie nicht mehr ramponieren, wenn sie durch die staubigen Straßen von Port-au-Prince ging, Einkäufe in Taxis machte, wo man ihr auf die Füße trat. Er würde ihr ein neues Auto schenken, eins von diesen kleinen japanischen, die gerade ins Land gekommen waren. Alle bürgerlichen Frauen waren wild danach. Einen Hino Contessa. Ein Schmuckkästchen für ihre Schönheit. Die Revolution hatte ihr das Fahrzeug geraubt, da wäre es nur recht und billig, wenn er ihr ein anderes aus der Ministeriumskasse besorgte.

Indes scholl ab und zu ein Warnruf in seinen Ohren. Er versuchte, ihn zu überhören, ihn abzuwehren. War er nicht Raoul Vincent, allmächtiger Staatssekretär der allgewaltigen Regierung von Duvalier? Ein Mann, dem das Staatsoberhaupt volles Vertrauen schenkte? Der über Tod und

Leben eines jeden Bürgers dieses Landes verfügen konnte? Die Frau gebührte ihm von Rechts wegen, weil er sie wollte. Er hatte sie verdient. Für alle die Male, die er vergessen hatte, dass er ein Mann war. Für alles Übrige würde er sich schon arrangieren. Noch nie hatte ihn ein Hindernis aufgehalten, wenn es darum ging, die Sicherheit des Landes und seines Oberhaupts zu gewährleisten. Sobald es galt, das Bestehen der Macht zu sichern, kannte er keine Skrupel, keine Gewissensbisse, keine Zweifel. Aus seiner Sicht hatte ein Menschenleben vor dem obersten Interesse des Staates nicht die geringste Bedeutung. Warum sollten sich die Dinge ändern? Es ging jetzt um seine physische und seelische Standfestigkeit. Es war Zeit für ihn, an sich selbst zu denken. Seit er Nirvah Leroy begegnet war, verstand er, dass ein Leben, ein einziges, den ganzen Unterschied ausmachen konnte. Ein Leben war im Begriff, ihm seine Kraft, sein Misstrauen, seinen Zynismus zu rauben. Dieses Leben hatte ihn gerade vom Glück kosten lassen. Raoul Vincent wusste, dass das Leben solche Geschenke nur um einen hohen, einen blutigen Preis vergab. Daniel Leroys Blut. Das Blut der Männer, die er noch würde ermorden müssen, um seine Macht zu behalten, um die Angst zu schüren, um die Diktatur zu stützen. Um Nirvah zu behalten. Sein eigenes Blut vielleicht. Nirvahs Blut. Nein! Er würde niemals zulassen, dass man ihr etwas antat, ihr auch nur ein Haar krümmte. Sollte ein Mann sie nur ein zweites Mal anschauen, er würde ihn eigenhändig erwürgen. Er wollte Nirvah lebendig und alles, was schön ist, um sie noch schöner zu machen. Sie würde gewiss Daniel Leroy langsam vergessen. Blumen, Parfums, Musik und Früchte würde er ihr schenken. Auch Bücher, sie hatte ihm gesagt, dass sie gern las. Er würde alles tun, um ihr unentbehrlich zu werden. Um ihr Vertrauen einzuflößen und Schutz zu gewähren. Sie war eine intelligente, willensstarke Frau, die sich nicht scheute, zu nehmen, was sie zum Leben brauchte. Eine Überlebenskünstlerin, genau das war sie. Die Art von Frauen, die ihm gefiel, die keine Zeit hatte, sich das Leben zu komplizieren. Eine Frau, die sich nichts vormachte, die keine Angst hatte, dem Leben in die Augen zu schauen. Eine Frau, wie ein Mann sie braucht, um nie schwach zu werden, um unerschöpfliche Ressourcen in sich zu erschließen. Die Zeit, seine Verbündete und Helferin, war ihm gewogen. Er würde sich vergewissern, dass es ihren Kindern gut ging. Er würde dafür sorgen, dass alle ihre Bedürfnisse, vom kleinsten bis zum größten, erfüllt wurden. Er müsste Geld, viel mehr Geld für sie auftreiben, um all ihren Ansprüchen zu genügen. Er würde es schon einrichten. Zu Geld zu kommen war ihm nie wichtig gewesen, es hatte ihm genügt, gut zu leben und die ihm anvertrauten Mittel zum Besten der Interessen seiner Regierung zu verwalten. Er bewohnte im Viertel Peu-de-Choses immer noch das Einfamilienhaus, das er hatte befestigen lassen, im Unterschied zu einigen seiner Kollegen, die sich fürstliche Wohnsitze auf den Anhöhen von Port-au-Prince errichten ließen. Allerdings liebte seine Frau das Geld und verlangte immer öfter immer höhere Summen von ihm. Er musste bereits bei der Verwaltung seines Ministeriums kleine Eingriffe machen, um sie zufrieden zu stellen, um seine Ruhe zu haben. Jetzt sollten die Dinge anders laufen. Er würde sich in Zukunft die Dienste, die er der Sache leistete, angemessen vergüten. So, wie es fast alle anderen machten. Was hatte er am Ende von all seiner Macht ohne das Geld? Und wovon sollte er leben, wenn er morgen in Ungnade fiel? Was würde aus Nirvah? Er würde Bestechungsgelder verlangen, Provisionen für die Erleichterung von Geschäftsabschlüssen, er würde seine Gunst verkaufen, in Zukunft sollte sein Schutz etwas kosten, er würde zum Schein Projekte erfinden, um an Geld zu kommen. Er war ein alter Hase. Er würde Mittel und Wege finden.

27

Mich waschen. Mich lange und gründlich waschen, diesen Schmutz loswerden, der nicht nur an meinem Körper, sondern auch an meiner Seele haftet. Klares, frisches Wasser über die Ohnmacht und die Wut meiner Hände fließen lassen. Mein Gedächtnis reinigen von den Gesten, den Gerüchen und Geräuschen der Nacht, die mich nicht verlassen wollen. Mich reinwaschen von dieser meinem Körper gewaltsam entlockten Lust. Ein Bedürfnis, das zur Zwangsvorstellung wird. Ich ertrage es nicht mehr, in meinem Körper Atem zu holen. Solange ... Ja, ich muss zu Solange. Wider alle meine Überzeugungen, wider jede Vernunft erwächst in meiner Seele das Bedürfnis, mich von dieser Frau berühren, mit dem Wasser übergießen zu lassen, das mein Leben braucht, um wieder zu ein wenig Gelassenheit zurückzufinden.

Ziemlich rasch habe ich verstanden, dass Déméplè gerade an diesem Morgen Solange besuchte. Ein roter Seidenschal war fest um ihren Kopf geschlungen, sie trug einen blauen Bäuerinnenkittel mit bunter Litze an Ärmeln und Saum, und ihre honigfarbenen Augen lächelten nicht, als sie mich kommen sahen. Sie ging irgendwelchen Tätigkeiten nach und rauchte Zigarette um Zigarette. Ab und zu nahm sie einen kräftigen Schluck aus einer Flasche *trempé**, die direkt auf dem Boden stand. Es erschien mir auch, als bewegte sie sich langsamer als sonst, als folgte sie dem Diktat einer nur für sie vernehmbaren Stimme. Sie gab der kleinen Ginette Befehle und fuhr sie derb an, als das Kind ihre Anweisungen nicht genau befolgte. Krémòl, ihr Bruder, streute im Hühnerhof Körner aus. Ich bin eine ganze Weile stehen geblieben und habe sie beobachtet, denn ich wusste nicht, wie ich Solange den Grund für meinen Besuch benennen sollte. Schließlich drehte sie sich ruhig zu mir um und fragte mich rundweg:

»Du kommst zum Bad, Nachbarin? Weißt du, dies ist ein guter Tag, die ... die Person ist nämlich bei mir.«

Spioniert Solange mich aus? Hat sie ein Mittel, herauszufinden, was im Innern meines Hauses geschieht? Kann sie in meinem Kopf lesen? Entnimmt sie meiner Haut den Geruch des Mannes, der sich die ganze Nacht hindurch in mich gezwängt hat? Vermag sie die Spur seiner

Raubtierzähne auf meinem Körper zu sehen? Ich möchte wieder nach Hause gehen. All meine Willensstärke schwindet unter dem Eindruck, ringsum von lauernden Blicken umstellt zu sein. Ich habe mein Leben nicht mehr in der Hand, eine Empfindung, die langsam panisch wird. Ich bringe kein Wort heraus.

»Hab keine Angst. Ich tu dir bestimmt nicht weh. Aber du musst selbst wollen. Möchtest du das Bad?« Solange verliert ein wenig die Geduld. Déméplè ist ungeduldig, sie hatte es mir gesagt.

»Ja ...«, antworte ich schließlich.

»Gut ... dann warte hier auf mich, ich mache Wasser heiß.«

Ich sitze auf einem niedrigen Stuhl in einem kleinen Raum mit einem Fußboden aus festgetretener Erde, einem *badji*. An die gute Wirkung des Bades, das ich gleich nehmen werde, glaube ich nicht. Ich fühle mich ganz erbärmlich in Erwartung der Gesten einer Frau, die weder lesen noch schreiben kann, die Heilkräuter zubereitet und die *macoutes* mit *pwens* versieht. Solange lebt von der Gutgläubigkeit ratloser Männer und Frauen. Dennoch sitze ich untätig da und warte auf sie, bestrafe ich mich auf diese Art? Habe ich jede Achtung vor mir verloren? Ich habe wieder dieselben Angstgefühle, die mich schreckten, wenn ich als kleines Mädchen zur Beichte ging. Die Wände des *badji* von Solange schmücken heilige Bilder, Jungfrauen schwarzer und andere weißer Hautfarbe. In allen vier Ecken des Raumes brennen Kerzen. Aus einer großen Wanne neben mir steigt starker Duft auf, eine Mischung aus Basilikum, Zitronenmelisse, Orange, *zèbaklou** und vielen anderen Blättern, die Solange eins um das andere mit einer brennenden Kerze in einer Hand im Innenhof gepflückt hat. Am Ende ihrer Vorbereitungen schüttet sie in das Badewasser den Inhalt eines Flakons, den sie einem Regal mit Flaschen und Votivfigürchen entnommen hat.

»Der *tafia**, der ist für Déméplè«, sagt sie mir allen Ernstes. Er wird ihn aus deinem Körper trinken. »Zieh dich aus, Nachbarin«, sagt sie noch. »Zieh alles aus.«

Ich gehorche und setze mich wieder auf den Stuhl, dessen Stroh mir in die Pobacken piekt. Solange nimmt einen Trinkbecher aus Aluminium, taucht ihn in die Wanne und gießt mir ganz langsam die Flüssigkeit über den Kopf. Das Wasser läuft über meinen Körper und versickert unter meinen Füßen im Boden. Der Duft der Blätter, das Licht der Kerzen, der Geruch des *tafia*, die Bilder der schwarzen und weißen Madonnen. Die Hand von Solange, die über mein Haar, mein

Gesicht, meinen Hals streicht, die Blätter, die sie auf meine Schultern, meine Brüste, meinen Bauch legt. Zwischen meine Schenkel. Solange und ihr Gesang, der das Wasser Becher um Becher über meiner Haut begleitet. Auf einmal geschieht etwas Seltsames. Nicht mehr Solange, sondern Déméplè berührt mich, es ist Dantòr, die schwarze Madonna, Fréda, die weiße Madonna, es ist der liebe Gott mit allen Heiligen und allen Engeln. Die Erlösung. Wie beim Neugeborenen, das sich endlich nach vielen Schmerzen zum Licht herausdrängt, sind die Tränen aus meinem Körper geflossen. Eine Tränenflut. Eine Springflut, die mich überraschte, die ich aber weder zurückhalten konnte noch wollte. Das Wasser meiner Augen, vermengt mit dem würzig duftenden Blätterwasser als Opfergabe an den Schmerz. Schluchzer durchrüttelten mich, wurden immer heftiger. Ein Orgasmus der Seele, der mich für kurze Zeit von den um meinen Kopf angesammelten Schatten befreite. Ich habe zum ersten Mal geweint, seit Daniel nicht mehr da ist.

28

Seite um Seite habe ich verbrannt. Selbst die unbeschriebenen Seiten und den grauen Leineneinband. Wie um die Abwesenheit zu tilgen. Das Verschwinden zu bannen. Einige Minuten lang, während die Papierblätter sich unter dem Biss der Flamme wanden, ist das Leben wieder wie früher, reizlos vorhersehbar und wunderbar geworden. Eine Reihe von Tagen im Rhythmus des Hahnenschreis am frühen Morgen, der Ernte von Früchten aus meinem Garten, der Zubereitung des Mittagessens, der Gesundheit von Marie und Nicolas und der Gespräche mit Daniel, bei denen wir wie zwei Sterne um dieselbe Sonne kreisten, ohne uns je zu berühren. Es hat dieses kleine Heft niemals gegeben, ich habe diese Worte nicht gelesen, die jemand anderem als mir die Gründe für das Undenkbare zu erklären versuchen. Worte, die wie ein schweres Unwetter auf mein Leben gefallen sind und ein hartnäckig schlechtes Wetter zurücklassen. Ich schaue in die Baumkronen, es ist doch ein schöner Tag, das Licht öffnet mir die Arme, ich lasse mich in seine Unermesslichkeit gleiten, fern, sehr fern von hier. Seit Daniel nicht mehr da ist, lebe ich in zwei Dimensionen gleichzeitig, in Licht und Schatten. Vom einen in das andere zu fallen erschüttert mich oft. Ein physischer Schock, den ich zu beherrschen lerne, ein großer Schauder, ein plötzlicher Atemstillstand. Die Blätter der Mahagonibäume, gestreichelt vom Windhauch, zeichnen lichte Bewegungen auf den Boden. Eine Bewegung, so unaufhörlich wie in einem Fluss. Der Rauch hat mir etwas die Augen gereizt. So war es auch, wenn Daniel im Haus seine Zigarre rauchte. Er war schließlich bereit gewesen, nur noch draußen zu rauchen. Mir fehlen die Kinder. Sie haben sicher Spaß in Paillant. Ich hoffe es. Ich wünschte, auf ihren Lebenshunger fiele kein Schatten.

Damit hört Daniels Geschichte auf. Seine gesamte Geschichte ist in diesem Häufchen Asche auf dem Boden eines Blechnapfs beschlossen. Ich falle in die Dimension, in der Dunkelheit herrscht. Das Licht schwindet, man könnte meinen, jemand habe an einem Schalter gedreht. Daniels Begräbnis. Ich habe gerade Daniel beerdigt. Sein Körper ist zu Staub zerfallen, sogar seine Knochen haben der Feuersglut nachgegeben. Seine Asche macht mich zur Witwe. Ich bin Witwe und verachtet.

Arlette hat es passend gesagt, ich habe in das Leben ihres Bruders nichts als Unglück gebracht. Und dafür würde ich büßen müssen. Mir diese Asche aufs Haupt streuen und mich auf demselben Scheiterhaufen verbrennen wie Daniel, wie die Witwen in Indien. Wie gut wäre es doch, ein Ende zu machen, nichts mehr zu fühlen, keine Angst mehr zu haben, von der Welt zu lassen mit ihren Problemen, ihrem Leidwesen. Ich bin aber keine Inderin, dieser Lichtstrom, der über meine Haut rinnt, ist nicht der Ganges. Alles, was mir in diesem Moment unter die Augen kommt, ruft mir zu, zu leben, durchzuhalten für Marie und Nicolas.

29

»Marie! Marie! Guck mal! Da ist ein Apparat, der die Luft in meinem Zimmer kühlt!«

Nicolas sucht seine Schwester, um ihr seine Entdeckung zu zeigen. Marie lässt sich mitziehen, begeistert und verblüfft zugleich. Meine Kinder sind gebräunt aus Paillant zurückgekehrt, im Blick noch die große heitere Weite, die zirpenden Zikaden und den Nebel am Abend in den Kiefernwäldern. Nach nur zehn Wochen Abwesenheit kommen sie mir größer vor. Sie haben gestaunt, die Rue des Cigales im neuen Teerbezug zu sehen. Als sie zur Tür hereinkamen, habe ich bei aller Freude, sie wiederzusehen, im ganzen Körper eine riesige Müdigkeit verspürt. Sie waren da, um wieder dasselbe Warten, dieselbe gesichtslose Angst zu erleben. Ich habe ihnen einige Tage vor dem Ende ihres Aufenthalts bei meiner Mutter vorsorglich in einem Brief mitgeteilt, dass Daniel noch immer nicht nach Hause zurückgekehrt ist, um auf diese Weise die Enttäuschung bei der Rückkehr in ihr Heim zu dämpfen. Das Gefühl, sie zu betrügen und zu verraten, habe ich bei ihnen mehr noch als bei Daniel. Daniel könnte die unvermeidlichen Umwege verstehen, die mein Leben in seiner Abwesenheit nehmen muss, aber was soll ich diesen Unschuldigen anderes erzählen als Lügen, womit sonst soll ich sie beschützen? Bei Tisch hat mir Marie die Frage gestellt, die ich kommen sah und für die ich meine Antwort bereit hatte.

»Woher haben wir all diese Sachen, *Manman?*«

»Oh ... du meinst ... die Klimaanlagen und den Generator?«

»Und auch das kleine Auto. Es ist neu, nicht wahr?«

Marie erwartet meine Antwort mit großen Augen und leicht zusammengekniffenem Mundwinkel.

»Ja ... es ist neu. Ein schönes Auto, nicht wahr? Sie sind uns von einem Freund der Familie geschenkt worden ... von jemandem, der deinen Vater kennt. Er meint, die gekühlte Luft werde uns Erleichterung verschaffen. Er hat auch bei der Behörde erreicht, dass man uns ein neues Auto liefert ... um das andere zu ersetzen, das man uns ...«

Marie sieht mich an, ohne mich wahrzunehmen, als stünde meine Antwort auf der Wand hinter mir. Ich spüre den Schrecken in ihrer

Seele, das Unbehagen, wenn sie auch ihre aufgeregten Gefühle nicht in Worte kleiden könnte. Ich empfange sie an ihrer Stelle. Was durchschaut dieser fast fünfzehn Jahre alte Blick bei dem plötzlichen Wohlstand, der ihn umgibt? Brauchten wir das? Wer wird mit diesem neuen Komfort umgehen können? Warum scheint alles gut zu gehen, obwohl ihr Vater nicht da ist? Ich kann auf ihre Fragen nicht antworten, ich kann Marie nicht klarmachen, dass das Leben uns manchmal Prüfungen auferlegt, die unsere Kräfte zu übersteigen scheinen. Dass ich eine Prüfung erlebe, die fast über meine Kräfte geht, ich aber alles mir nur Mögliche tun werde, damit man Nicolas und ihr nicht durch sinnlose Verbitterung die Unschuld raubt. Ich möchte Marie in die Arme, wieder zurück in die Kindheit nehmen, ihr aus meinen Brüsten zu trinken geben, sie mit meinen Worten und der Wärme meines Körpers nähren. Wie damals, als es keine Zweifel gab, als wir glaubten, das Leben liefe dahin wie ein langer, ruhiger Fluss, ohne Krankheit, ohne Gewalt und ohne *macoute*-Diktatur. Ich werde mit Marie reden müssen, möchte nicht, dass uns diese Prüfung gerade jetzt entfremdet, wo sie sich langsam zur Frau entwickelt. Ich werde ihr sagen müssen, dass das Leben manchmal zulässt, dass ein Vater von einem Tag auf den anderen nicht mehr da ist, dass er tot ist, wenn er auch noch atmet, dass ein Stück von der Sonne abbricht und es urplötzlich auf einer Seite der Tage dunkel wird, dass ein Staatssekretär diesem Zwielicht entsteigt und die Zeiger unserer Uhren in die andere Richtung laufen lässt.

»Er muss sehr reich sein, dieser Herr«, bemerkt Nicolas.

»Ist es ein Mann?«, fragt Marie noch. Dabei habe ich doch deutlich von diesem Wohltäter in der männlichen Form gesprochen.

»Ja ... es ist ein Staatssekretär der Regierung ... er ist einmal hier gewesen ... ihr habt ihn gesehen ... er erwartete mich im Salon.«

»Ah! Dieser Herr ... ich erinnere mich an ihn, er hat Augen wie eine Kröte ...« Nicolas reißt die Augen groß auf.

»Was ist das, ein Staatssekretär, *Manman*?«

»Eine wichtige Persönlichkeit, die sich um die Angelegenheiten des Landes kümmert.«

»Du sagst, dass er Papa kennt?«

»Ja ... er hat mir sogar Nachricht von ihm gebracht, denn er hat ihn persönlich gesehen, dort, wo ... im ...«

»Im Gefängnis!«, sagt Nicolas, um es kürzer zu machen.

Die zynische Unschuld von Nicolas verletzt mich zwar, und doch begrüße ich diese Arglosigkeit, die ihn wie eine Rüstung schützt. Eine ziemlich schwache Rüstung. Ich wünsche mir so sehr, mein Sohn, dass du die Dornen des Lebens niemals zu spüren bekommst, wie aber sollst du den Geruch von Blut erkennen, wenn du nie verletzt wurdest? Mein Sohn spricht vom Gefängnis wie von einem vorübergehenden Ärgernis. Ein Gefängnis, das ist sicherlich ein Ort, an dem man eine gewisse Zeit lang sein Zuhause und seine Familie vermisst, weiter nichts. Das Gefängnis ist eine Bestrafung, wie auf Knien in eine Ecke zu rutschen oder keinen Nachtisch zu bekommen.

»Wird er uns Papa im Gefängnis besuchen lassen?«

Marie schließt im Kopf schon Kompromisse, sie kalkuliert. Ein so wichtiger Mann, der sich freundschaftlich zu uns verhält, muss doch zumindest das Verlangen unserer Augen stillen. Dabei hatte sie bisher noch nie den Wunsch geäußert, ihren Vater im Gefängnis zu besuchen. Marie versteht viel mehr, als ich annehme.

»Ich hoffe es ... meine Liebe, eines Tages ... politische Gefangene zu besuchen ist aber schwierig für die Familien ...«

»Hast du ihn vorher gekannt, diesen Herrn?«

»Nein ... Marie, aber er und dein Papa kannten sich ...«

»Heißt das, dass sie Freunde sind?«

Freunde ... Hmmm. Marie, Marie ... die Worte haben heute von ihrem Sinn eingebüßt, sie sind nur noch Hülsen. Du wirst sie neu erlernen müssen, und ein jedes wird dich zutiefst verletzen. Es ist an dir, sie mit deiner Kraft und deiner Liebe zum Leben neu zu erfinden.

»Sie sind es ... ein bisschen ... ja«, antworte ich meiner Tochter, wobei ich ihrem Blick ausweiche.

»Was ist das, ein politischer Gefangener?« Nicolas beißt kräftig in eine reife Mango, und der Saft läuft ihm über die Ellbogen.

»Jemand, den man einsperrt, weil er nicht einverstanden ist mit der Art der ... Chefs, das Land zu regieren. Ich habe es dir schon gesagt, mein Engel. Pass auf, Nicolas, du machst alles schmutzig! Und ich möchte vor allem nicht, dass du diese Dinge draußen weitersagst. Die Angelegenheiten unserer Familie gehen nur uns an. Vergiss das niemals. Hast du mich verstanden, Nicolas?«

Nicolas nickt bejahend.

»Kommt er wieder hierher, der ... Staatssekretär?«

»Bestimmt, Marie ... um uns Nachricht von Papa zu bringen. Er hat es mir versprochen ...«

30

Und dann gingen die Sommerferien zu Ende. Marie und Nicolas sind aus Paillant gerade noch vor dem Wirbelsturm Flora zurückgekehrt. Ein Orkan von einer Stärke, wie ich sie nie für möglich gehalten hätte. Port-au-Prince, derart vergewaltigt, hat sich stundenlang wie eine Gebärende gewunden, aber nur Leichname und Verwüstung hervorgebracht.

Jedesmal, wenn ich an Daniel im Gefängnis dachte, in diesem Chaos aus Regen und Wind, erstarrt und allein auf das verrückte Heulen der Natur horchend, musste ich mich beherrschen, nicht mit dem Kopf gegen die Wände des Hauses zu schlagen. Flora ist abgezogen. Weihnachten und auch Neujahr sind vorüber. Der Karneval ist da mit seinen teuflischen Litaneien, in denen man für den Herrscher die Macht auf Lebenszeit fordert. Das Volk hat nur darauf gewartet, dass sein Chef auf Lebenszeit, gar auf ewig ernannt wird, weil er sich als unsterblich und als der Vertreter Gottes auf Erden darstellt. Volkes Wille ist Gottes Wille. Alles Übrige kommt von allein. In den letzten Monaten hat über dem ganzen Land ein Sturm des Wahnsinns getobt. Entführungen, Inhaftierungen, Zwangsverschleppungen, Hinrichtungen. Tag für Tag, Nacht für Nacht. In größter Heimlichkeit, unter größtem Schweigen. Niemand ist sicher, nicht einmal die aus dem Serail. Von Zeit zu Zeit verschlingt die Revolution einen ihrer Söhne, sät im Kreis der Nächsten Aufregung und Verwirrung. Dann müssen die anderen ihre Untertänigkeit mit noch mehr Grausamkeit belegen. Man übertrifft sich an blutigem Eifer, verrät seine Freunde. Die Schmähreden im Radio haben die politische Richtung vorgegeben. In den Zeitungskolumnen war nur die Rede vom nächsten erdrutschartigen Triumph, vom größten Sieg. Während die Helfershelfer der Macht das Land von unerwünschten Elementen reinigten, putschte die Propaganda die Geister der Anhänger auf.

Der Staatssekretär hatte Recht, François Duvalier ist in einem Referendum zum Präsidenten auf Lebenszeit ernannt worden, bei dem die Stimmzettel nur eine einzige Entscheidung, eine einzige Option zuließen, das Ja als einen langen Angriffsschrei. Dreitägige wüste Volksgelage quittierten den Sieg der Revolution.

Daniel Leroy ist von *tontons macoutes* entführt worden, weil er Artikel schrieb, in denen er Verletzungen der Persönlichkeitsrechte, Verletzungen der Verfassung, *kadejak** an Frauen, Kindern und fremden Gütern verurteilte. Man hat ihn ins Fort-Dimanche gesperrt, wo jeden Tag Männer an Entbehrung, Folter, Krankheit und Verzweiflung sterben. Dieser Schmerz, dieser Mangel, dieser Kummer haben sich meinem Blut beigemischt, sind zu Inhaltsstoffen geworden. Sie sind in mir, ich kann sie nicht loswerden, sie nehmen mir das Recht zu leben, ruhig zu schlafen, zu lachen und ans Ende meiner Verstörung zu gelangen. Ich erlebe eine kalte Verzweiflung, die sich in Zellen meines Körpers verwandelt hat. Mein Leben ergibt ein trübes Bild, ich warte, dass es sich wieder klärt, wenn Daniel frei ist. Die Diktatur verschlingt das gesunde Leben wie ein Krebsgeschwür, scheint unsterblich, ewig zu sein, nimmt täglich an Kraft, an Kühnheit zu und berauscht sich an der eigenen Macht. Hier ist jeder Mann ein Chef, und die Gesellschaft ist gefangen in den Maschen eines Netzes von Chefs aller Schichten, die auch noch den Atem der Bürger überwachen.

Ich bin die Frau von Daniel Leroy und die Mätresse eines *macoute*-Staatssekretärs. Hätte man mir vor kurzer Zeit gesagt, dass eine mir bekannte Frau in meiner Lage einen Kompromiss wie ich eingegangen sei, ich hätte sie sicherlich feige, käuflich und noch schlimmer genannt. Ich bin ja wirklich feige, hätte mich wehren, mich verweigern, Zeter und Mordio schreien können. Dann wäre ich aber allein, vollkommen allein gewesen. Allein im Angesicht der Angst. Ich hätte verschwinden, gefoltert und vergewaltigt werden können wie vor einigen Jahren diese Journalistin, eine Mutter von fünf Kindern, ganz zu Beginn der Diktatur. Daniel hat von ihr in seinem Tagebuch gesprochen. Sie ist unter den Augen ihrer Kinder von Kapuzenmännern aus dem Haus gezerrt, geschlagen und vergewaltigt worden, dann hat man sie als vermeintlich tot auf dem Ödland jener Gegend, die Delmas genannt wird, liegen lassen, auf einem abgelegenen Gelände, umgeben von *bayahondes**, wohin sie die Leichname ihrer Opfer werfen. Sie verdankt ihr Leben einem Wunder. Ich bin nicht so tapfer wie diese Frau. Ihre Tapferkeit hat ihr auch nichts genützt. Wir mussten uns aber beide mit unterschiedlichen Waffen der Angst stellen. Die Angst schläft jetzt in meinem Bett, ich bumse mit ihr, verschaffe ihr Lust, mache mir ihre Großzügigkeit zunutze. Indem ich mich dem Staatssekretär unterwerfe, erhalte ich Daniel am Leben. Wie es ansonsten weitergeht, was morgen kommt, weiß ich nicht. Ich bin sicher nicht die Einzige in dieser Lage, aber die anderen sind mir egal. Zu wissen, dass andere ein gleiches Schicksal erfahren wie ich, erleichtert mich weder, noch verschafft es mir Genugtuung. Es geht um mich allein. Ich werde an manchen Tagen verrückt. Ich muss meine Augen, meine Haut, meine Ohren vor der Verurteilung durch die öffentliche Meinung verschließen. Ich öffne meine Beine und meinen Mund dem Vergnügen des Staatssekretärs, einem Vergnügen, das im Lauf der Tage und der Wochen immer anspruchsvoller, immer gieriger wird. In der eiskalten Finsternis meines Schlafzimmers kommt der Staatssekretär mit seinem Appetit über mich, verschlingt mich. Diese Situation ist für ihn ein göttliches Aphrodisiakum, das er nach Lust und Laune dosieren kann. Mein Geschlechtsteil ist jedoch aus Fayence, es bewahrt keine Spur der Schande, sobald ich es gewaschen habe, ist es wieder wie neu.

31

Ziky ... bist du's? Bist du es wirklich, Ziky? Komm! ... ich habe gespürt, dass du da bist! ... du bist da ... ich träume doch nicht. Du schleichst dich immer in den duftenden Hauch von Orangenblüten. Aber woher kommst du? Es ist schon so lange her ... weißt du, unsere kleinen nächtlichen Spiele haben mir gefehlt. Du hattest Angst wie die anderen, zu uns zu kommen? Aber du kannst mich doch besuchen, wann du willst, Ziky, nur ich allein kann dich sehen. Du hast nichts zu befürchten, beim geringsten Geräusch versteckst du dich in meinem Kopf, wie früher. Nein ... ich schlafe nicht. Ich schlafe nicht mehr viel. Es ist so viel geschehen. Komm ... leg dich hier hin, neben mich, ich möchte dich ganz dicht bei mir spüren, ist dir kalt? Ja ... stimmt ja ... die Luft in meinem Zimmer ist jetzt kälter. Eine lange Geschichte. Ich verstehe nichts mehr, Ziky, die anderen haben Angst, zu uns zu kommen, und wir, wir haben Angst, zu Hause zu sein. Dinge gehen um im Haus wie Schatten, Hände, Rascheln. Überall, wo ich bin, folgen mir Blicke. Es ist wie eine Drohung im Stimmengewirr auf der Straße, in einem platzenden Autoreifen, im Knarren des Tors, wenn es sich öffnet oder schließt, in jedem kleinsten Ding, das jetzt eine Erscheinung, etwas Abscheuliches zu bergen scheint. Daniel ist überall und nirgends. Mir ist manchmal noch, als sei er in seinem Arbeitszimmer, als atmete ich den Geruch seiner Zigarre, die er jeden Abend auf der Veranda raucht. Mama spricht nicht viel, sie glaubt vielleicht, ich verstünde nicht, was vorgeht. Yva hat mir das Leben in den Gefängnissen geschildert. An dem Tag habe ich nachts kein Auge zugetan. Vorgestern bin ich fünfzehn geworden, bereits vor drei Jahren hatte ich meine erste Regel. Ziky, ich bin kein kleines Mädchen mehr. Wohl zum ersten Mal hätte ich am liebsten an meinem Geburtstag geweint. Ich wollte keinen Kuchen haben, Mama hat trotzdem einen gekauft, als wenn dieser Kuchen die Tage wieder an ihren früheren Platz rücken könnte. Ich musste zwar die Kerzen auspusten, aber lieber hätte ich ihr meine Wut entgegen geschrien, dass sie mich verstehen solle. Ich möchte, dass sie mir von Daniel erzählt, vom Gefängnis, von seiner Angst. Ich möchte wissen, ob er wirklich leidet, ob er an uns denkt. Ob Daniel sterben wird? Ob er zu uns zurückkehrt? Sie soll mir sagen, was dieser Staatssekretär wirklich bei uns zu suchen hat. Warum nimmt dieser Wohltäter Daniels Platz ein? Ich will keinen anderen Vater, er wird niemals Daniel sein. Mama glaubt, er sei ein großer *zotobré*, wird er uns Daniel wirklich im Gefängnis besuchen lassen? Ich habe ein Recht darauf, es zu erfahren. Aber sie erzählt mir lauter Zeug, das mich nicht interessiert, Geschichten für kleine Mädchen, als wenn alles gut ginge. Ich will die Wahrheit wissen, die Wahrheit, die sie oft im Flüsterton mit Erwachsenen bespricht. Ansonsten wälzt sie in ihrem Kopf Gedanken, bei denen sie einen abwesenden Blick bekommt. Komm, schlüpf unter die Decke, ganz dicht neben mich.

Du hast mir gefehlt, mein Freund. Ich glaubte schon, auch du hättest mich verlassen. Mir tut das Herz weh. Es ist hart wie Stein in meiner Brust, mein Herz. Warum? Weil Daniel fort ist. Ziky, er ist im Gefängnis. Und die Mädchen in der Schule haben mich gemieden, als wenn ich schlecht rieche. Nicht alle, aber viele haben mich so angesehen, ihre Blicke ließen mich im Boden versinken. Mama hat einen guten Einfall gehabt, uns, Nicolas und mich, die Schule wechseln zu lassen. In meinem neuen Collège sind Mädchen und Jungen. Zu den Jungen habe ich einen besseren Draht, sie bringen mir auch allerhand bei. Daniel hat doch nichts getan, er hat nicht gestohlen, niemanden getötet. Warum behalten sie ihn dann so lange im Gefängnis? Aber du kannst mir ja nicht antworten, Ziky. Ich nehme es dir nicht übel. Ich gehe nicht mehr zu Fuß durch die Rue des Cigales. Dir kann ich es ja sagen, ich schäme mich. Warum schäme ich mich? Ich weiß es nicht so richtig ... ich habe keinen Vater mehr, und im Bett meiner Mutter schläft ein Mann. Eines Abends ist Daniel nicht heimgekehrt, und seitdem bin ich nicht mehr dieselbe. Das ist die ganze Geschichte. Und seit jenem Abend sind eine Menge Abende angebrochen. Ich warte. Aber mit jedem Tag, der vergeht, verliere ich ein bisschen mehr an Zuversicht, ich sage mir, Daniel kommt vielleicht nicht wieder, und dann hasse ich die ganze Welt. Außer Nicolas und dir. Ich bin sauer auf die Lehrer, wenn sie Mitleid mit mir haben, sie bringen mich zum Weinen. Ich bin ärgerlich auf meine Freundin Alice, weil ihre Eltern ihr verbieten, zu mir zu kommen. Ich bin meiner Mutter böse. Sie ist wie ein Gespenst, hat keine Tatkraft mehr, wandelt im Haus, als sei sie auf der Suche nach etwas, findet aber regelmäßig nichts. Sie redet mit mir, als ginge alles gut, als sei nichts geschehen. Neuerdings schminkt sie sich. Aber nichts, Ziky, geht gut! Ich möchte weg, weit weg von hier. Ich kann aber nicht. Und so lebe ich auf meine

Art in meiner Welt für mich. Ich will keine Lügen mehr hören. »Daniel wird bestimmt wiederkommen ... Alles wird gut gehen ... hab Geduld, Marie. Du musst für deinen Vater beten, Marie.«

Es ist merkwürdig, Ziky, ich fühle mich wie eine Schiffbrüchige auf einer Insel. Selbst wenn Leute um mich sind, bin ich allein, und niemand merkt es. Ich lasse sie nicht auf meine Insel kommen. Wenn ich dort bin, kann ich alles, was um mich herum passiert, besser verstehen. Von dort sehe ich die Lügen deutlicher. Ich nehme sie zur Kenntnis und verwende sie selbst. Ich sage, dass es mir rundum gut geht, obwohl das nicht stimmt. Ich sage, ich gehe in die Schule, schwänze aber oft den Unterricht. Ich habe vor nichts mehr Angst. Als habe eine große Freiheit Besitz von mir ergriffen, als hätte ich das Recht zu denken, wie ich will, zu leben wie ich will, auf meiner Insel ist nichts verboten. Seit Daniel nicht mehr da ist, ist mir alles erlaubt. Angst habe ich nur vor mir selbst, weil ich alles Mögliche tun kann, ganz allein auf der Straße spazieren gehen, mich von Jungen anfassen lassen, die ich nicht kenne, abends, bevor ich schlafen gehe, Rumlikör von Mama trinken. Alles ist leer und voll zugleich. Vielleicht verstehst du mich, Ziky. Du kannst mir vielleicht sagen, warum ich mich so fühle, wie ich mich fühle. Vom Staatssekretär nehme ich Geld an, ohne dass Mama davon weiß, das sage ich nur dir allein. Er gibt mir viel Geld, damit du mit deinen Freunden Spaß hast, wie er mir sagt. Aber erzähl es nicht deiner Mutter, sagt er und sieht mich dabei seltsam an. Ich weiß, dass das schlecht ist, aber ich nehme es trotzdem. Das ist mein kleines Geheimnis, so wie die Geheimnisse, die Mama mir nicht sagt. Er hat Daniels Platz eingenommen. Er gibt uns alles, Geld, Nahrungsmittel, Möbel, das Auto. Meine Ex-Freundinnen platzen vor Neid, wenn sie mich in Mamas kleinem Auto vorbeifahren sehen. Ich habe mir neue Freunde zugelegt. Der Staatssekretär hat uns belogen. Wir sind Daniel in seinem Gefängnis niemals besuchen gegangen. Er mag Daniel nicht. Ich aber nehme Geld von ihm und lächle ihn dabei an. Scheußlich ist er, der Staatssekretär. Er macht mir Angst, aber ich zeige es ihm nicht. Ich erzähle ihm Lügen. Er betatscht meine Mutter. Wenn er sie anfasst, sucht sein Blick mich. Anfangs brodelte in mir eine Art Zorn, und ich sah weg. Oder aber ich fühlte, wie mir das Blut schneller in den Adern floss, mir wurde heiß und kalt. Jetzt aber fühle ich nichts mehr, ich halte seinem Blick stand, wenn er ihr die Hand auf den Po drückt. Wenn er Spaß daran hat, sie anzufassen, ist mir das egal. Nur soll sie hinterher nicht ihre kleine Leidensmiene aufsetzen. Das sind Lügen, Ziky. Einmal habe ich durchs Schlüsselloch geschaut. Sie ficken andauernd. Sobald er ins Haus kommt, stürzen sie sich ins Schlafzimmer. Er hat es immer eilig zu kommen und zu gehen. Ich weiß, was sie machen. Nicolas hat mich gefragt, warum sie sich im Schlafzimmer einschließen, ich habe ihm gesagt, dass sie für Daniel beten. Mein kleiner Bruder glaubt nämlich alles, was man ihm sagt. Ich muss ihn beschützen. Seit Daniel fort ist, macht er ins Bett, ich sage es nicht seinen Vettern, damit sie ihn nicht auslachen.

Wir haben ein neues Auto, ich hab es dir schon gesagt, nicht wahr? Das von Papa ist am selben Tag wie er verschwunden. Manchmal fährt Mama uns am Nachmittag spazieren. Einmal, als sie über den Boulevard fuhr, habe ich sie weinen sehen. Ich fahre gern in der Abenddämmerung ans Meer. Dann riecht man es im Auto. Und dann ist auch Daniel da, er nahm uns oft in die Cité de l'Exposition mit. Und er gab uns Rätsel zu raten. Und dann lachte meine Mutter und legte ihm den Arm um die Schulter. Mir gefallen die vielen Lichter am Meeresufer. Ich neige den Kopf auf den Fensterrand des Autos und sehe oben die Laternen und ihre Lichter vorübergleiten, es sieht aus als wenn sie zu einem einzigen Lichtband würden, das immer weiter und weiter läuft, es könnte in den Himmel aufsteigen und mich mitnehmen. Sie machen mich schwindlig. Und ich fühle auch das Meer und all sein schlafendes Blau. Ich stelle mir meine kleine Insel vor, irgendwo verloren auf dieser großen wogenden Weite.

Manchmal, wenn wir Angst hatten, haben Nicolas und ich die Nacht mit Mama verbracht. Wir gehen nicht mehr hin. Jetzt schläft er mit ihr, Ziky. Wenn ich nicht einschlafen kann, trinke ich Rumlikör; eine Flasche, die ich ganz ausgetrunken hatte, habe ich ersetzt. Mama hat nichts gemerkt. Sie hat uns gesagt, wir sollen uns keine Sorgen machen, der Staatssekretär beschützt uns. Er ist sehr mächtig, hat immer eine Waffe bei sich. Sie hat uns gesagt, dass, wenn er das Haus für immer verließe, uns die *macoutes* vielleicht ins Gefängnis sperren würden. Ich will nicht ins Gefängnis, Ziky. Lieber würde ich sterben. Aber heute Abend bist du da, und ich habe solche Lust zu leben. Komm. Leg deine Hand da hin, zwischen meine Schenkel, wie du es früher machtest. Berühre die Stelle, bei der ich zittere. Deine Hand brennt mich wie ein kaltes Feuer. Bleib nicht mehr so lange von mir weg. Ich erwarte dich in jedem Mondstrahl. Ja ... Ziky ... mach weiter ... hör nicht auf ...

32

Raoul geht in meinem Haus ein und aus. Die ganze Stadt weiß es. Deshalb habe ich die meisten meiner Freunde verloren und aus demselben Grund viele neue gewonnen. Neue Freunde, die den Komfort meines Heims, meinen gedeckten Tisch genießen, die mir manchmal ins Ohr flüstern, ein Wort für sie einzulegen, um einen Verfolger loszuwerden, einen widerspenstigen Mieter *manu militari* hinauszuwerfen, oder zugunsten eines Liebhabers, eines Sohnes oder eines Vaters im Gefängnis. Daniels Festnahme hat unsere Familie in eine besondere soziale Klasse versetzt. Wir sind bei weitem keine Anhänger des Duvalierismus, eher wären wir seine Opfer, aber über einen jener folkloristischen Umwege des Schicksals überleben wir dank dem Beistand eines Paladins des Regimes. Dieselbe Diktatur, die mein Heim zerstört hat, bietet mir Schutz und Hilfe gegen die Willkür, die systematischen Repressalien, unter denen die Verwandten von Oppositionellen zu leiden haben, die nächtlichen Durchsuchungen, die die Bürger terrorisieren. Port-au-Prince ist eine Stadt mit zwei Gesichtern, eine Betrügerin. Sie ist schön, verschmitzt, strahlend unter den Farbspritzern der Anlagen mit Bougainvillea und Lorbeerbüschen, heiter nach den überraschenden Regengüssen am Mittag, sie bietet ihre Balkone und ihre Schaukelstühle dem sanften Licht des einschmeichelnden Nachmittags dar. Sie verschlingt auch gierig ihre Menschenbeute, Raubtierstadt, die jeden Abend im Herzen des Nationalpalasts brüllt, um die Sperrstunde, die Stunde aller Schrecken, zu verkünden.

Ich bin dem Klub der *macoute*-Mätressen beigetreten, die eindeutige Privilegien genießen, jedoch auch wissen, wie prekär ihre Lage in diesem Haiti ist, wo die Macht unaufhörlich eine makabere Reise nach Jerusalem spielt. Nachdem ich Phasen schmerzlicher Angstzustände durchgemacht habe, schäme ich mich nun nicht mehr, weiche dem Blick der anderen nicht mehr aus, peinige und verurteile mich nicht mehr. Schließlich habe ich meine Wahl zwischen Not und Komfort getroffen. Jedem das Seine. Raoul ist der typische Liebhaber *par excellence*, seine Macht und sein Reichtum sind am Wohlergehen seiner offiziellen Mätresse abzulesen. Mehr konnte ich angesichts meiner Lage nicht verlangen. Eine Mulattin in Not verwelkt schnell und muss sich über kurz oder lang billig verkaufen. Jedenfalls gibt es kein Zurück. Gegen das seelische Elend kann ich nichts tun, aber das nackte Elend, das will ich nicht mehr. Ich habe festgestellt, dass ich Gefallen an der Herausforderung, sogar an der Provokation finde. Ich stehe zu mir. Ich bin nicht mehr die kleine vornehm-gediegene Nirvah, die in Daniel Leroys Schatten dahin lebte. Ich lasse hinter mir einen Hauch berauschenden, aufreizenden Parfüms. Die Frauen, die mich verurteilen, machen sich bestimmt phantastische Vorstellungen über meine Beziehungen zu Raoul-der-Bestie. Und ich bin sicher, auch gewisse Mannsbilder gäben viel darum, trotz ihres angeblichen Abscheus und ihrer Verurteilung, die auszuprobieren, der es gelungen ist, die Gunst eines der mächtigsten Männer des Landes zu gewinnen. Ich habe die Umstände, unter denen ich mich jetzt befinde, nicht gewählt. Ich würde sogar sagen, Daniel ist in gewisser Weise verantwortlich für das, was uns widerfährt. Hatte er in seinem Eifer, die gerechte Sache zu verteidigen, in Betracht gezogen, wie ausgeliefert wir sind? Hatte er erfasst, wie groß diese Macht ist, die vor keinem Hindernis Halt macht? Sind wir, die Gören und ich, heute nicht Opfer von Daniels Anmaßung, seiner Leichtfertigkeit? Aber ich liebe ihn zu sehr, um ihm etwas nachzutragen. Entscheidungen, die unsere Kräfte übersteigen, haben darüber bestimmt, wie unser Leben verläuft. Wir sind unerhört gewaltsam getrennt worden, Daniel, du bist von einem Tag auf den anderen ohne Abschied aus unserem Leben verschwunden. Ich habe mich wehren, meinen Überlebensinstinkt einsetzen müssen.

Auch Daniels Verwandte sind in Bezug auf mich in zwei Lager gespalten. Die einen, die mich abgeschrieben haben, und die anderen, die sich aus Freundschaft oder aus Eigennutz eines Urteils enthalten. Man kann ja nie wissen, es ist immer gut, Zugang zur Obrigkeit zu haben, letztlich eine Frage des Überlebens. Arlette setzt gottlob keinen Fuß mehr in die Rue des Cigales. Das ist das einzig Gute, was mir seit längerer Zeit geschehen ist. Sie erzählt überall, dass ich in Daniels Bett mit einem *macoute* schlafe. Leicht gesagt. Erstens hat Raoul auf meine Bitte das Bett und die Schlafzimmermöbel auswechseln lassen, und zweitens hat sie nicht den kleinen Finger gerührt, um ihren Bruder aus der Hölle zu holen. Ihr Geliebter, der Major, scheint das Exil gewählt zu haben. Am härtesten haben mich die Worte meines Bruders Roger getroffen. Er hat mich nicht verurteilt, mir sogar gesagt, er verstehe meine Situation, werde aber nicht mehr zu mir kommen, solange der Staatssekretär mein

Gast ist. Ich gehe ihn ab und zu besuchen und nehme Marie und Nicolas mit. Meine Lebensumstände dürften mich vor allem nicht von meinem einzigen nahen Verwandten entfernen.

Der Staatssekretär hat sich wie der Regen durch ein offenes Fenster in unser Zuhause Eingang verschafft. Wie hätte ich ihn hinauswerfen können? Materiell geht es uns besser. Sogar besser als vorher, als Daniel für unsere Familie sorgte. Der Staatssekretär kommt für all unsere Bedürfnisse auf, lässt an jedem ersten Montag des Monats auf meinem Frisiertisch einen Umschlag, immer mit Bargeld. Ich weiß seine Diskretion zu schätzen. Die Hypothek von der Bank wird jeden Monat bedient, das Schulgeld der Kinder regelmäßig gezahlt. Meine Schmuckkassette ist im Lauf der Wochen schwerer geworden. Und zudem lässt er keine Gelegenheit aus, uns kleine Geschenke als Zeichen der Aufmerksamkeit zu machen, Naschereien, um unsere Tage zu versüßen. In unserem Unglück haben wir nicht noch zusätzlich an Mangel und Erniedrigungen zu leiden. Pech für die, die denken, wir müssten überdies noch an Hunger krepieren.

Daniel wird in einem oder zwei Jahren oder vielleicht noch später freikommen. Laut Raoul. Er mag mit mir immer noch nicht über Daniel sprechen, ich muss ihm jede Auskunft gewaltsam oder durch Überredung entreißen. Er wäre der Glücklichste auf der Welt, wenn er durch ein Zauberkunststück meine Erinnerung an ihn auslöschen könnte. Hat er aber manchmal Gewissensbisse? Was empfindet er, wenn er meine Kinder ohne ihren Vater aufwachsen sieht? Wie bringt er es fertig, in dieses Haus einzudringen und von der Familie eines Mannes zu profitieren, der jeden Tag mehr verlernt, ein Mann zu sein? Nirvah ... Nirvah, kann ein Individuum wie Raoul, ein Folterknecht, ein Zyniker, der einer blutrünstigen Sache ergeben ist, Gefühle wie Mitleid, Mitgefühl, Schuld empfinden? Nein, das weißt du genau. Wenn du seine wahre Natur vergessen willst, damit du eine Spur von Vernunft in deinem Kopf bewahren kannst, nur zu, mach nur. Aber gib dich nie dem Glauben hin, Raoul sei ein guter Mensch geworden, weil er gut zu dir ist. Deinem Mann gegenüber hat er keine Skrupel. Daniel kann ruhig im Kittchen krepieren, der Staatssekretär wird keinen Finger rühren, um ihn daran zu hindern. Er hat dich gekauft, du bist sein kostbarster Gegenstand, und er wird alles beseitigen, was seinem Wohlbefinden im Wege steht. Bis zum heutigen Tage habe ich Daniel in Fort-Dimanche nicht besuchen können. Diese Gunst wird ihm verweigert, und wie Raoul mir gesagt hat, kann er nichts gegen diesen Beschluss ausrichten. Ein einziges Mal, das war noch zu Beginn unserer Beziehung, hat er sich bereit gefunden, einen Brief von mir zu übermitteln. Hätte er es riskiert, mich vor Daniel zu bringen? Sicherlich nicht. Wer weiß, welches Geständnis ich meinem Mann in der Aufregung gemacht hätte? Wäre er das Risiko eingegangen, mir einen lebenden, zum menschlichen Wrack herabgesunkenen Gewissensbiss vor Augen zu führen? Unwahrscheinlich. Mir fehlt jeder Kontakt, ich habe nur sein Wort, mit dem er mir versichert, dass mein Mann noch lebt. Selbst der Klatsch scheint bereits seine Existenz vergessen zu haben. Raoul hat versprochen, einen Telefonanschluss bei uns einzurichten.

An manchen Tagen wache ich mit der Gewissheit auf, dass Daniel tot ist, dass Raoul mich all diese Monate lang in ein großes Lügennetz hüllt, um seinem Vergnügen Dauer zu verleihen, um zynisch von mir zu profitieren. An solchen Tagen erwacht die ehemalige Nirvah, die keinem Mann der herrschenden Macht vertraut, die keinen fadenscheinigen Kompromiss eingehen würde. Ich weiß, dass Raoul sein falsches Spiel mit mir treibt. Aber sofort findet meine Vernunft Argumente, um mein passives Dulden zu rechtfertigen. Es lässt sich gut leben in Port-au-Prince. Die Rue des Cigales, überschwemmt von einem Blütenmeer, ist schön geworden, der Staub verflogen. Musik, Sonne, Meer und Liebe erreichen die Herzen. Raoul führt mich manchmal in schicke Restaurants aus, zu *Dan Allen* oder zum *Vert Galant*; das Personal reserviert für ihn immer unauffällige Tische. Es ist wundervoll, in den Gärten des Hotels *Beau Rivage* zu tanzen. Ich schwärme für das Orchester von Issa El Saieh, die Rumba bringt mich zum Träumen. Raoul tanzt gut, und wenn er mich in seinen Armen hält, geht ein Beben durch seinen Körper, das sich auf mich überträgt. Warum sollte ich das Gleichmaß der Tage stören? Warum meinem Lebensdurst kostbare Lebenstropfen vorenthalten? Warum Raoul aufregen? Und wenn er doch die Wahrheit sagt? Es gibt eine Menge politischer Gefangener, die seit Jahren in den Kerkern der Diktatur vegetieren. Und wenn Raoul mein Gejammer leid wäre und mich verlässt? Er will mich stark, den Prüfungen meines Lebens gewachsen. So viele Male war ich kurz davor, ihn zu fragen, ob Daniel noch lebt. So oft habe ich ihm meine Zweifel zurufen, ihm sagen wollen, dass ich keinerlei Vertrauen zu ihm habe, dass es mir graut vor ihm. Jedes Mal habe ich mich beherrscht. Im Innersten fürchte ich, dass er mir womöglich eines Tages Ja sagt. Ja, er ist tot, dein Daniel, eine Kugel im Nacken. Man hat ihn auf dem großen freien Gelände hinter dem Fort-Dimanche in ein Loch, ein Massengrab geworfen. Nur die Zicklein leisten ihm Gesellschaft und meckern ihm ein paar Gebete. Er ist tot und lässt dich zurück mit deinen beiden Gören, die aufzuziehen sind, mit deiner schönen Marie und ihrem Frauenkörper, den es zu ernähren und vor der Gier der Raubtiere zu bewahren gilt, mit deinem hochbegabten Sohn, dem du keine angemessene Schullaufbahn bezahlen kannst, mit deinem Kummer, der sich in die Abschweifungen der Wollust verirrt hat, und mit der Meinung der braven Leute, unter der auch du begraben wirst. Ich haue jetzt ab, meine Schöne. Ich habe deine Gewissensbisse und dein Gewinsel satt. Was täte ich dann? Ich lebe auf Warteposten, in ruhiger Erwartung und möchte nicht daran rühren. Ich möchte es lieber nicht wissen, nicht jetzt. Solange Daniel aus unserer Beziehung herausgehalten wird, bekomme ich von Raoul, was ich will. Und wir bleiben am Leben.

Unauffällig habe ich aus meinem Schlafzimmer alles entfernt, was an Daniel erinnert. Schließlich habe ich begriffen, dass die Taktik dieser Regierung darin besteht, Opponenten durch das Vergessen aus dem Weg zu räumen. Wenn sie vollkommen verschwinden, ruft das manchmal Protesthandlungen oder Artikel in ausländischen Zeitungen hervor. Man hält sie so lange wie möglich im Gefängnis, um ihre Flügel zu stutzen, sie zu Zombies zu machen, damit ihnen bei ihrer Befreiung jede Lust vergeht, rückfällig zu werden. Raoul hat mir glaubhaft versichert, er habe im vergangenen Monat zwei befreundete Dissidenten, die fast vier Jahre lang inhaftiert waren, befreien lassen. Aber auch er muss aufpassen, wenn er seine unbeschränkte Macht ausspielt, muss Vorsichtsmaßnahmen ergreifen, um nicht als Abtrünniger zu gelten. Feinde, Missgünstige, Rivalen beneiden ihn um seine Allmacht und warten nur auf einen Fehlgriff. Er bewegt sich im Geflecht einer Welt aus Intrigen und Tiefschlägen. Weder für Anhänger noch für Feinde liegen die Dinge einfach. Denunziation ist zum Nationalsport geworden. Außerdem folgt der Verrückte an der Macht oft okkulten Eingebungen oder einfachen Launen und kann seinen treuesten Diener von heute auf morgen verschwinden lassen. Raoul kann immerhin sicherstellen, dass Daniel relativ gut behandelt wird. Er hat mir gesagt, er sei, weil er in Hungerstreik getreten sei, zweimal ins Krankenhaus eingeliefert worden. Der Gedanke ist mir unerträglich.

Die Kinder sind eigentlich keine Kinder mehr. Marie ist ein schönes, sechzehnjähriges Mädchen; sie hat die üppigen Formen meiner Mutter und die frische Gesichtsfarbe von Daniel geerbt. Mit ihren langen zimtfarbenen Haaren macht sie stets den Eindruck, aus der Sonne zu kommen. Ich kann es nicht fassen, dass sie sich in nur zwei Jahren so verändert hat. Sie geht gern aus, tanzt und vergnügt sich. Ich lasse sie gewähren, sie muss vergessen können. Unser Haus ist zum Treffpunkt einer kleinen Mädchen- und Jungengruppe von Maries Kameraden geworden. Zum größten Teil Sprösslinge aus duvalieristischen Familien. Bei uns gibt es Fernsehen, Klimaanlagen, Sammlungen von Illustrierten, die neuesten Platten von den Beatles, Johnny Hallyday oder Dick Rivers, Musik, die die Jugend zum Träumen bringt. Marie spricht fast nie mehr von ihrem Vater. Ich weiß aber, dass sie ihn nicht vergisst. Sie wartet wie ich auf seine Rückkehr. Sie fürchtet wie ich seine Rückkehr. Ich würde ihr so gern näher sein, wissen, was ihr Herz bewegt, welche Hoffnungen, welche Zweifel sie hegt. Gelegentlich sehen wir uns an, und dabei ist in unserem Blick ein Anflug von Angst. Zu viel Ungesagtes staut sich zwischen uns auf. Worte, die ich ihr gern sagen würde, sind Glasscherben, die mir die Zunge zerschneiden. Werden wir nie wieder zu unserem früheren Leben zurückfinden, uns wie früher zusammengehörig fühlen? Kann sich diese Wunde nie wieder schließen?

Nicolas ist gewachsen, ohne dass ich es bemerkt habe. Ich weiß nicht viel von ihm, aber die Liebe zwischen uns bedarf keiner Verständigung. Eine Art stille, instinktive Liebe, die nichts mit den alltäglichen Kümmernissen zu tun hat. Fremden gegenüber ist er immer noch schüchtern. Er ist immer noch so anhänglich, und seine Zärtlichkeiten überraschen mich in Augenblicken, in denen ich sie am wenigsten erwarte. Er hat viel weniger Freunde als seine Schwester. Lange Zeit habe ich das Urteil meiner Kinder gefürchtet, aber ihre Liebe zu mir übertrifft die Grausamkeit des Lebens. Niemals haben wir offen über Raoul oder seine Anwesenheit in unserem Haus gesprochen. Als es hätte geschehen müssen, hielt ich sie noch für zu jung, um zu verstehen, zumindest habe ich für mich diesen Vorwand gefunden, um meine Feigheit zu entschuldigen. Jetzt, wo sie größer sind, würde es nicht mehr viel bringen. Wir können, was geschehen ist, nicht ungeschehen machen, zur Vergangenheit nicht mehr zurückkehren. Mein Sohn zeichnet. Wahnsinn, wie begabt er ist. Urplötzlich begann er eines Tages zu zeichnen und hörte nicht mehr auf. Raoul bezahlt ihm Zeichenstunden, Kenner werden bereits aufmerksam auf ihn. Daniel wird stolz auf ihn sein. Raoul ist für Marie und Nicolas eine Art Onkel. Ich habe einen anderen Mann in ihm entdeckt. Er ist nicht das Raubein, als das er erscheint. Er verfügt über eine umfassende Allgemeinbildung, ist viel gereist. Vulgarität ist ihm zuwider. Ich mag diese Minuten nach dem Liebesakt, wenn er mir von seinen Reisen, von seinen Lebenserfahrungen erzählt. Dann bringe ich es fertig zu vergessen, wer er heute ist. Sein bevorzugter Zeitvertreib bleibt Lesen, obwohl er nicht mehr viel Zeit dafür hat. Auch ist er mit Leib und Seele Hellenist, alles, was die griechische Antike betrifft, begeistert ihn. Erst kürzlich hat er mir eine herrliche dreibändige illustrierte *Ilias* und *Odyssee* geschenkt. Marie kann ihn nicht leiden, sie verachtet ihn, verbirgt das zwar, kann mich aber nicht täuschen. Raoul hat ihr für diesen Sommer, wenn sie ihr Schuljahr besteht, eine Reise nach New York versprochen. Er hat eine Schwäche für Nicolas und verwöhnt ihn reichlich. Immer wieder bittet er mich, sorgfältig Acht darauf zu geben, mit wem die Kinder verkehren. Ich habe nicht vergessen, was mir Solange einmal zu Raouls geheimem Garten gesagt hat. Ich kann jedoch nicht glauben, dass dieser Mann, den ich kenne, sich zu Männern oder gar zu Kindern hingezogen fühlt. Er scheint von meinem Körper selbst nach dieser langen Zeit niemals genug zu bekommen. Sobald er das Haus betritt, meldet sich sein Verlangen nach mir. Raoul macht sich nicht breit in unserem Leben, er weiß sich diskret zu verhalten und ist trotzdem in unserem Heim überall zugegen, kümmert sich um alles, kommt sogar unseren Bedürfnissen zuvor. Manchmal, zu Beginn des Abends, nimmt er uns mit auf einen Ausflug zum *Bicentenaire**. Mir gefallen diese langen Spaziergänge auf dem Boulevard Harry Truman von La Saline bis zum Ortseingang von Carrefour. Die Meeresluft berauscht mich und trägt mich weit fort. Wunderschön ist das schmachtende Ballett der Kokospalmen. Immer sind das alte Port-au-Prince und das Hafenviertel voller Lichter. Jeden Abend öffnet das Casino seine Tore, die Restaurants kennen keine Verschnaufpause, *Africana ... Sunset Chalet*, wo wir Eiswaffeln essen gehen. Die Hotels nehmen fortwährend Scharen von Touristen auf, die herkommen, um die Sonne und die Strände von Haiti zu genießen. Ich erinnere mich noch an die Einweihung der *Cité de L'Exposition* unter der Regierung von Estimé, als ich ungefähr achtzehn Jahre alt war. Daniel und ich hatten gerade erst geheiratet. Wir liebten uns wahnsinnig. Raoul besucht uns zwei bis drei Mal in der Woche, an diesen Abenden schläft er mit mir. Mein Bett ist kalt, wenn er nicht da ist. Manchmal rede ich mir ein, dass doch alles zum Besten steht, und in solchen Momenten erlebe ich wieder, wie unendlich angenehm die Tage sind.

33

Die Männer verschlingen mich mit den Augen, besonders die alten, die in Daniels Alter. Sie schauen mir überall nach, wohin ich gehe, und unter ihren verliebten Blicken lebe ich intensiver. Mir wird es warm in meiner Haut. Ich möchte, dass mich die ganze Welt anbetet, wie Daniel mich anbetete. Ich möchte ein Filmstar sein und eine Horde verzückter Fans zu Füßen haben. In *Nous Deux* habe ich gelesen, dass BB in meinem Alter ihren ersten Film gedreht und schon Erfolg hatte. Warum nicht ich? Aber hier ereignet sich nichts, ist nichts los, vielleicht, wenn ich anderswo leben würde, in Paris oder in New York ... Die Mädchen in meinem Alter sind im Vergleich zu mir recht unscheinbar. Meine Kameraden aus dem Collège sehen in mir eine Mischung aus Engel und Dämon. Es ist wahr, ich bin wirklich schön, physisch gleiche ich meiner Mutter, aber da ist auch schon Schluss mit der Ähnlichkeit. Ansonsten gibt es nur Missverständnisse zwischen uns beiden.

Ich schlafe mit Raoul, seit ich fünfzehn bin. Das ist passiert an dem Tag, als ich mit Grippe das Bett hütete. Raoul kam zufällig ins Haus, Mama machte Einkäufe mit ihrem kleinen Auto. Er kam in mein Zimmer, um nach mir zu schauen, fragte mich, wie es in der Schule geht, und ging wieder. Dreißig Sekunden danach kam er mit wilden Augen und heißen Händen ins Zimmer gestürzt. Er hat sich wie ein Tier auf mich geworfen. Ich habe um mich geschlagen, habe ihn mit Zähnen und Klauen abgewehrt. Wir haben ohne ein Wort, ohne eine Klage miteinander gekämpft. Er schnaufte wie ein Ochse. Der Speichel tropfte von seinem Kinn. Zweimal hat er mich geohrfeigt, mein Kopf hat gebrummt wie ein Bienenkorb, zum ersten Mal habe ich Blut im Mund geschmeckt. Er hat mich überwältigt, und ich habe schließlich nachgegeben, weil ich keine Kraft mehr hatte. Er hat mir wehgetan, und ich habe geblutet. Danach bin ich erschöpft liegen geblieben, unfähig, mich zu bewegen. Blut und Schleim, die zwischen meinen Schenkeln liefen, hat er mit seinem weißen Taschentuch abgewischt und es sich in die Tasche gesteckt. Anschließend, er wirkte noch erschrockener als ich, hat er mich um Verzeihung gebeten. Alles geschah so schnell, ein brutaler, überraschender Angriff, ein blitzartiger Schmerz, dann nichts.

Einige Tage lang glaubte ich, man könne mir den Schmerz und die Scham vom Gesicht ablesen, alle Leute würden sie sehen und mich verurteilen. Wofür mich verurteilen? Seltsam, ich hatte wirklich den Eindruck, irgendwie schuldig zu sein. Raoul Vincent hatte mir wehgetan, und ich nahm es mir übel. Als hätte ich verdient, was mir geschah. Als verdiente ich, einen Vater im Gefängnis zu haben. Wenn nicht, warum all das Unglück in meinem Leben? Ein Strom trug mich fort, den nur ich kannte. Ich musste mich an etwas festhalten, gegen ihn anschwimmen. Ich habe mich an Raoul festgehalten. Ich bin nicht zu meiner Mutter gegangen, sie hat nichts gemerkt, nichts begriffen. Und ich war ihr böse, dass sie die Schreie meiner Augen nicht vernahm. Mama war mit sich selbst ins Gleichgewicht gekommen und hatte beschlossen zu glauben, das Leben sei nicht so schlecht, sie könne ohne allzu große Sorge im kühlen Schatten des Hauses der Rue des Cigales leben. Sie wendete den Grundsatz des *macoute*-Friedens an: Du läufst kaum Gefahr, Schaden zu nehmen, solange du diese Herren nicht durch Streiks oder Invasionen verärgerst oder Flugblätter verteilst. Daniel akzeptierte diesen Grundsatz nicht. Ich hörte von verschwundenen Schülern oder Studenten reden, hatte aber mein Teil an Schmerzen, erlebte sie ganz insgeheim in meinem Körper. Die Tage vergehen mit ihren kleinen Vergnügen, ihren nächtlichen Schießereien, man macht kein Aufhebens davon. Einstweilen, im falschen Warten auf Daniel, füllte Raoul ihr Leben aus. Warum sollte ich ihr sagen, dass der Staatssekretär mich vergewaltigt hat? Ich wollte nicht sehen, wie meine Mutter zusammenbricht, sie verbarg ihre Niederlage bereits so schlecht vor meinen Augen. Es wäre in unserem Umkreis zu viel Verwirrung entstanden. Sie lebte zwei Leben, eins, in dem sie auf Daniel wartete, und das andere, in dem sie es genoss, die Mätresse des Staatssekretärs zu sein. Ich befand mich im Schnittpunkt ihrer beider Existenzen, in einem neutralen Raum, in dem unser beider Gefühle ausgespart waren, in dem wir von Kleidern, Ausflügen, Schulzensuren und Sonntagsmessen sprachen und davon, dass man an Tagen mit Sperrstunden früh zu Hause sein muss. Ich wusste sehr gut über meine Lebenslage Bescheid und musste täglich kämpfen, damit sie nicht über mir zusammenschlug und mich zermalmte. Und die Zeit verging. Am Ende fragte ich mich, ob ich tatsächlich vergewaltigt worden war. Hatte ich mir die Szene eingebildet, wirklich dieses Keuchen gehört, das mir nahm, was mir an Unschuld geblieben war? Meine Unschuld ... mir scheint, ich habe sie vor Lichtjahren verloren. Ziky kommt nicht mehr wie ein Orangenbaumduft unter mein Fenster geschlichen. Dieser Freund, den ich mir als Kind ausgedacht hatte, scheint mir jetzt so fern und lächerlich. Ich habe lange Zeit in einer Art Nebel verbracht, mir unaufhörlich Fragen über mich gestellt. Mich gefragt, wie ich mich fühle, ob ich noch berechtigt bin, weiterzuleben, wie die Sonne nach dem, was mit mir geschehen war, jeden Morgen wieder aufgehen und am Abend schlafen gehen konnte. Jetzt aber war es vorbei. Die Tage vergingen, und die Sonne lief *manfoubin** ihre Bahn vom Morgen bis zum Abend. Ich war nicht mehr dieselbe und bin nicht daran gestorben. War es das, was man unter »eine Frau sein« verstand? Das große Geheimnis der Erwachsenen? Beim ersten Mal eher enttäuschend. Das zweite Mal war weniger schmerzhaft, ich habe mich nicht gewehrt, und Raoul hat mich wie ein Kind gestreichelt, wie ein Baby gehätschelt. Seine Anwesenheit, sein Geruch versetzten mir einen Schreck, aber wenn ich die Augen schloss, ging alles gut, ich lauschte lediglich dem Echo meines Körpers, wie es meinen Kopf füllte. Ein tiefer, befreiender Seufzer ist aus meinem Körper aufgestiegen. Und ich fand Gefallen an dem, was er mit mir machte; je öfter wir zusammenkamen, desto mehr kamen meine Hände seinen Wünschen zuvor. Ich war eine gute Schülerin, wie Lehrer sie mögen. Und dann habe ich herausgefunden, dass ich ihn mit meinem Körper kontrollieren konnte. Die Männer sind eigentlich gar nicht so schlimm. Dabei hatte ich solche Angst vor dem Herrn Staatssekretär. Der ganze Ruf, den man ihm zuschreibt, ich persönlich kann ihn nicht begründet finden. Wenn ich ihn zu einer unserer Verabredungen nicht aufsuche, ist er tagelang unglücklich. Wenn ich etwas von ihm haben will, rede ich eine Weile nicht mit ihm, schmolle, und am Ende gibt er immer nach. Manchmal bittet Mama mich, nicht gar so hässlich zu ihm zu sein, ein hübscher Witz. Er ist eifersüchtig auf mich, auf meine Kameraden, die ins Haus kommen. Von Zeit zu Zeit veranstalte ich kleine Feste, das missfällt ihm. Ich habe einen Freund, den er verabscheut, er warnt mich vor ihm, er kenne seine Familie, Emporkömmlinge, wie er mir sagt. Ich mag Anthony aber gern, er ist schön, heitert mich auf und amüsiert sich ebenso gern wie ich.

Manchmal denke ich an Daniel. Der Gedanke an ihn öffnet ein riesiges Loch in meiner Brust. Ich weigere mich, mir sein Leben vorzustellen. Leben wir wirklich im selben Land? Raoul hat mir versprochen, alles zu tun, was in seiner Macht steht, um ihn zu befreien. Ich glaube das nicht, er will uns für sich behalten, Mama, mich und Nicolas. Wir alle haben in unseren Körpern, unseren Gedanken, unseren Gesten Daniel verraten, sogar das Haus vergisst ihn jeden Tag ein kleines bisschen mehr.

34

Raoul Vincent mochte den Jungen nicht. Sein unruhiger Blick, sein schönes, ausdrucksloses Gesicht, seine Zurückhaltung, die man für Arroganz oder Geringschätzung halten konnte, gefielen ihm nicht. Auch mochte er seine spröde Pubertät nicht, seine langen, schmächtigen Glieder, sein maisfarbenes Haar: In Nicolas steckte kein richtiger Mann. Bei Marie hatte er von Anfang an gewusst, woran er war. Das trotzige Flämmchen in ihren Augen sagte viel aus über ihre wahre Natur. Eine von ihrem Vater verwöhnte Göre, zu der Nirvah, als das Unglück über sie hereinbrach, nicht zurückgefunden hatte. Marie ließ ihre Revolte an ihrer Mutter aus, die in ihren Augen alles Unrecht der Welt symbolisierte. Für Raoul war es einfach gewesen, diese zarte Saite anzuschlagen, um die Jugendliche für seine Ziele gefügig zu machen. Marie hatte etwas von einem Engel und einem Dämon, eine junge Aufmüpfige, die nicht unterzukriegen war, die Schläge abwehrte und zurückschlug. In gewisser Weise war sie ihm ähnlich. Sie regte ihn zu Kühnheit an und weckte erneut seine Eroberungslust. Seit er Marie gefügig gemacht hatte, war er obenauf. Nicolas dagegen blieb ihm ein Geheimnis. Er revoltierte innerlich. Asthmatisch und schmächtig, wie er war, schien er trotz seiner dreizehn Jahre die Kindheit nicht verlassen zu wollen. Das war vielleicht seine Art, vor seiner Wirklichkeit zu fliehen. Er lebte abgeschottet in einem geheimen Universum. Der Junge sah Raoul in enger Vertrautheit mit seiner Mutter, beobachtete ihn aus der Entfernung, wendete sich selten oder durch Vermittlung anderer an ihn, aber seit er regelmäßig das Haus in der Rue des Cigales aufsuchte, hatte es ein richtiges Gespräch zwischen ihnen nicht gegeben. Vor allem verunsicherte Raoul, dass er nicht wusste, was der Junge wirklich von ihm hielt. Einem Feind gegenüber konnte der Staatssekretär besser reagieren, er verstand Hassgefühle und wusste sie auszunutzen. Gleichgültigkeit aber störte und verwirrte ihn. Um Nirvahs willen hatte er sich bemüht, Interesse für Nicolas aufzubringen. Er hatte ihm ein Fahrrad geschenkt, das der wenig sportliche Junge niemals benutzte, und eine Armbanduhr, neuestes Modell, die er ebenfalls nicht trug. Nicolas reagierte nur, wenn man sich für seine einzige Leidenschaft, seine Skizzen und Zeichnungen, interessierte.

Sein Talent als Zeichner trat immer deutlicher zutage. Raoul Vincent bezahlte ihm den Unterricht bei einem bekannten, ziemlich exzentrischen Maler und versorgte ihn reichlich mit dem benötigten Material. Er tat es für Nirvah, die für Nicolas eine große Schwäche hatte. Sie liebte diesen Jungen übermäßig und überforderte ihn zugleich mit viel zu strengen Erziehungsvorstellungen. Sie erstickte ihn, hinderte ihn daran, ein richtiger Mann zu werden, dachte der Staatssekretär. Raoul Vincent war sich sicher, keinen Mann mehr zu begehren. Außerdem war Nicolas mit seinen gerade einmal dreizehn Jahren und seiner Jugendakne noch keiner. Dennoch erinnerte ihn der Junge auf seltsame Weise an den Heranwachsenden, als der er selbst dem Leben hilflos gegenübergestanden hatte. Auch wenn ihre Geschichten nur wenige Ähnlichkeiten aufwiesen, hatten sie eine der Grausamkeit und der Ungewissheit der Tage ausgelieferte Jugendzeit gemeinsam. Der Staatssekretär hatte einen Schlussstrich unter diese Zeit seiner frühen Jugend gezogen, in der Männer ihn fast gegen seinen Willen in die Sinnenlust eingeweiht hatten. Um seinem Vater einen Dienst zu erweisen, hatte ein Onkel ihn bei einer angesehenen Persönlichkeit der Gesellschaft von Port-au-Prince eingeführt und ihn gebeten, den jungen Burschen, ausgezeichnet in der Schule, aber durch Armut in seiner Laufbahn behindert, der er damals war, unter seine Fittiche zu nehmen. Die Persönlichkeit hielt Wort; Raoul Vincent durchlief die Klassen einer privaten Ordensschule der Hauptstadt und bestand erfolgreich die Abschlussprüfungen. Er bezahlte mit seinem Körper die Großzügigkeit seines Wohltäters, der ihn in einen geschlossenen Klub Homosexueller eingeführt hatte. Unter ihnen befanden sich Bestien und Perverse. Heute könnten diese nicht mehr von ihren Heldentaten mit dem jungen Halbwüchsigen, dem heutigen allmächtigen Staatssekretär, erzählen, denn ihre Lippen waren auf immer im Tod versiegelt. Die noch Lebenden, die sich dessen erinnerten, wählten Gedächtnisschwund und sahen zu, der Rachsucht von Duvaliers starkem Mann zu entkommen. Tatsächlich hatte er Männer geliebt, und bis zum Beginn seines zwanzigsten Lebensjahres bezog er fleischliche Lust nur aus dem zweideutigen Austausch mit Körpern wie dem seinen. Dank seinem Willen und seinem starken Ehrgeiz war es ihm gelungen, diese Neigung zu überwinden, diese Anfälle zurückzudrängen, die nicht zu seinen Zukunftsplänen und dem Bild von der Männlichkeit eines starken Mannes passten. Der junge, ungestüme, opportunistische Rechtsanwalt, der in der Revolution von 1946 die großartige Gelegenheit gefunden hatte, sich seine ersten Sporen zu verdienen und sich einen Platz in der Politik zu verschaffen, hatte gierig Geschmack an Frauen gefunden, wenn es ihn auch selbst verwunderte, dass er nur mit Gewalt zum Orgasmus gelangte. Nein, Raoul Vincent begehrte keine Männer mehr, er frönte dieser Praxis nicht mehr, deren beschämende Erinnerung er wie ein Stigma verbarg. Und eben, weil Nicolas noch kein Mann war, konnte die Hitze, die ihm in die Finger stieg, das Vibrieren, das ihm durch die Leistenbeuge lief, nicht von diesem ehemaligen Verlangen herrühren, das er vor so langer Zeit überwunden hatte. Er schob seine Reaktionen auf unbestimmte väterliche Gefühle, vermischt mit Neugier vor diesem jungen Bürgersöhnchen, das noch nichts wusste vom tatsächlichen Leben des kleinen Haitianers, der zur Welt kommt und dem alle Wege zum Erfolg versperrt sind. Irgendwie dauerten ihn seine kurzsichtigen Augen hinter ihren dicken Brillengläsern. Es konnte nur das sein und nichts anderes.

Alles begann, als Nicolas ihn eines Abends fragte, ob er ihm helfen könne, einen Text zu übersetzen, den er in Griechisch für den nächsten Tag aufhatte. Diese Bitte erwischte ihn unvorbereitet. Warum er? Warum jetzt? Das Kind wirkte wirklich verlegen, ihn darum zu bitten musste ihm schwer gefallen sein. Raoul blickte zu Nirvah, und sie lächelte ihm zu, ermutigte ihn, darauf einzugehen. Nirvah machte sich oft Vorwürfe, dass Nicolas Raoul die kalte Schulter zeigte. Die Geste ihres Sohnes war vielleicht ein Zeichen, dass er erwachsener wurde und sich von seinem unterdrückten Zorn gegen den Mann befreite, der aus ungeklärten Gründen den Platz seines Vaters einnahm. Diese Geste des Kindes erleichterte ein wenig ihr Gewissen. Nicolas brauchte so nötig einen Vater, ein Vorbild, sagte sich Nirvah; wenn Raoul sich etwas um ihn kümmern würde, könnte er vorübergehend diese Rolle übernehmen. Raoul schwärmte für Griechisch. Zur Zeit seiner akademischen Studien las er Latein und Griechisch im Original und hatte sich mit stolzer Freude in die antike Geschichte Griechenlands, seiner Götter und Mythen, seiner Helden und Philosophen gestürzt, mit denen er sich oft identifizierte.

Der Staatssekretär ging schließlich auf die Bitte des Jungen ein. Sie sonderten sich in einem kleinen Raum neben dem Salon ab, um fern vom Lärm des Hauses zu arbeiten. Raoul entdeckte wieder auf dem Untergrund verworrener Gefühle die ersten Begriffe dieser Sprache, die der abendländischen Kultur Philosophie, Kunst und Architektur, Musik, Medizin, Mathematik und Astronomie gebracht hatte. Ihm kam das

Zitat von André Chenier in den Sinn, das über dem ersten Kapitel seines griechischen Lehrbuchs der Sekunda stand: »Eine Sprache, erhaben und sanft im Klang, die schönste, die menschlichen Lippen entsprang.« Raoul erklärte Nicolas die Elemente der Grammatik. Geduldig und in einfachen Worten lehrte er ihn den Gebrauch von Realis, Irrealis, Eventualis, Potentialis und Repetitiv der griechischen Konjugation.

Der Junge versetzte ihn ahnungslos zurück in eine Zeit der Schrecken und des Staunens, der Entdeckungen und der Leiden. Nicolas war ein äußerst intelligentes Kind, nur behindert durch seine ängstliche Natur. Man brauchte lediglich sein Vertrauen zu gewinnen, um das Beste aus ihm zutage zu fördern. Raoul Vincent verstand ihn und ging sehr taktvoll zu Werke, um ihn nicht zu verstören. Und doch blieb Nicolas während des ganzen Unterrichts nervös und bemüht, sich so fern wie möglich von Raoul zu halten. Sie verbrachten fast zwei Stunden miteinander.

Eromenos ... Dieses Wort ging dem Staatssekretär nicht aus dem Kopf, während er Nicolas beobachtete, der, über sein Heft gebeugt, seine Aufgabe ins Reine schrieb. Die Zeit schien einen Sprung rückwärts gemacht zu haben. Alles kam ihm wieder in den Sinn, seine Zeit als Heranwachsender, seine Träume, seine Wirrungen, die erstickte Zweideutigkeit, die verschluckte Revolte. Er entdeckte sich in Nicolas' Unschuld wieder, und vergessene Gefühle überschwemmten ihn mit neuer Kraft. Die kleine Bürolampe warf goldenes Licht auf die kastanienfarbenen Haare des Jungen und betonte seine dichten Wimpern. Raoul rührten seine abgekauten Fingernägel und sein Tick, sich auf die Unterlippe zu beißen, um möglichst gut zu schreiben. Die gleiche Hitze stieg ihm in die Fingerglieder, das gleiche Kribbeln setzte wieder in der Leistenbeuge ein. Er verschlang den Jungen mit den Augen. Die Kehle wurde ihm trocken. Eromenos. Der Liebesknabe. Brennend drängte sich ihm die Erkenntnis auf. Wie in der vornehmen griechischen Aristokratie würde er Nicolas zu seinem Liebesknaben machen. Und er, er wäre sein Erastes. Sein Mentor. Sein Liebespapa. Er würde ihn das Leben, die Politik, das Vergnügen, den Sinn für das Schöne, für Qualität lehren. Es bedurfte eines Mannes, um aus dem Kind den Mann hervorzuholen, um ihn aus dem Gynoeceum herauszuholen, zu dem diesen Haushalt die beiden ihn bemutternden Frauen machten. Von Kreta bis Sparta, von Athen bis zu den Inseln des Ägäischen Meeres, von Anatolien bis zu den Küsten Siziliens, vom Süden Frankreichs und Spaniens bis Nordafrika war mehrere Jahrhunderte hindurch die Praxis der Liebe zwischen den Generationen bei der Elite der Jungen zwischen zwölf und achtzehn Jahren das pädagogische Mittel schlechthin. Raoul Vincent sah wieder die Amphoren- und Vasenmalereien sowie die antiken Reliefs vor sich, auf denen junge, schöne Knaben neben ihren Lehrern lagen, die bis zu ihrer Volljährigkeit ihre Erziehung auf allen Stufen der Bildung übernahmen. Ein Eromenos begleitete seinen Erastes in die Gymnasien, zu den Symposien, auf die Feste und zu den speziellen Festessen. Der Heranwachsende trug eine Tunika, die den halben Oberschenkel bedeckte und unter der er nackt war. Er würde Nicolas die Schüchternheit austreiben, ihm zu dem Selbstvertrauen verhelfen, das ihm so sehr fehlte. Einen Moment lang bekam Raoul Vincent Angst. Ein Zweifel zog wie eine drohende Wolke über den Himmel seines voreiligen Glücks. Hatte ihn der Dämon der Homosexualität wieder im Griff, zumal mit einem Kind? Überkam ihn wieder dieser Trieb, der ihn in seinen Jugendjahren zugleich angeekelt und fasziniert hatte? Hatte er das unbewusste Bedürfnis, diesem Unschuldigen die gleiche Behandlung zuteil werden zu lassen, die er durchgemacht hatte? Nein ... das war alles in weiter Ferne. Fern von ihm die niederträchtigen Vergnügen, die sexuelle Promiskuität, die Hemmungslosigkeit, die Gewalt. Fern von ihm jeglicher Rachegeist. Ging es dann um Päderastie? Vielleicht ... aber im edlen Sinn des Wortes. Eher ein Austausch zwischen Generationen als Ritual für den großen Übergang, mit dem man zu Redekunst, Körperkraft und Erkenntnis fand. Sexuelle Penetration zwischen einem Erastes und seinem Eromenos fand eher selten statt. Dagegen brachten Berührung und andere erotische Rituale sie sehr viel raffinierter in Ekstase. Die Griechen hatten diese Tradition in den Rang einer Bürgertugend erhoben und sie minutiös kodifiziert. Plato, Sokrates und viele andere Philosophen der griechischen Klassik haben seitenweise Kommentare zu ihrer Praxis und ihrem Nutzen für die Gesellschaft hinterlassen. Sogar ihre Götter praktizierten sie. Zeus entführte Ganymed und machte ihn zu seinem Lustknaben. Achill und Patroklos waren Liebende. Herakles nahm als Eromenos seinen Neffen Iolaus, den jungen Abenteuergefährten, der ihm dabei half, nacheinander die neun Köpfe der Hydra abzuschlagen. Raoul empfand von nun an eine große Zärtlichkeit für den Jungen. Er wollte ihm nur Gutes. Aber dafür musste er ihn langsam gefügiger machen, ihm Vertrauen einflößen, behutsam das Bewusstsein für sein Blut in ihm wecken, die Neugierde für sein Geschlechtsteil erregen. Sicherlich begann die Natur sich bereits in seinen Träumen, seinen frühmorgendlichen Versteifungen bemerkbar zu machen. Er überdachte bereits einen Weg, um in ihrer neuen vertrauten Beziehung Zeit mit ihm zu verbringen. Raoul versprach Nicolas, ihm zwei bis drei Wochen lang zweimal pro Woche eine Stunde einzuräumen und mit ihm die Grundelemente und die allgemeinen Anfangsgründe des Griechischen durchzugehen, um ihn wieder auf das Klassenniveau zu bringen. Am Ende dieser Sitzungen setzte Raoul alles daran, Nicolas' Vertrauen zu gewinnen, ihn ziemlich durcheinander zu bringen und ihn außerhalb des Hauses zu treffen. Keine Angst, mein Kleiner. Ich werde dich Freundschaft, die wahre Freundschaft, die Männer fürs Leben verbindet, lehren. Ich verstehe die Regungen deiner Seele so gut. Ich vermag dich von der Angst zu befreien. Ich werde dich zu den Gestaden der Lust führen, und du wirst es ebenso mit mir machen. Du wirst mein Liebesknabe. Und ich dein Liebespapa.

35

Mit gerunzelter Stirn schiebt Maggy ihren letzten Bissen Süßkartoffelkuchen in den Mund. Dann nimmt sie einen Schluck Cola, wischt sich mit der Serviette den Mund ab, rülpst, seufzt und lässt sich nach hinten fallen, um den Schaukelstuhl in Bewegung zu setzen. An ihren Handgelenken klimpern die Armbänder. Nun wird sie mit mir reden, das Licht ist günstig.

»In der Stadt spricht man seltsame Dinge, Nirvah ... über deine Familie ...«

»Liebste Maggy ... wie du weißt, bin ich inzwischen gegen den Klatsch unempfindlich geworden ... sonst wäre ich schon tot. Aber ich bin ganz deiner Meinung, ich lebe ein seltsames Leben ...«

Ich war auf diese Worte schon ein wenig gefasst, denn bereits, als sie in die Tür trat, sah ich am Gesicht meiner Freundin, dass sie düstere Gedanken hegte. Was gäbe ich darum, sie nicht zu hören! Mein Desinteresse überzeugt sie nicht, etwas beunruhigt sie wirklich. Es ist Sonntagnachmittag, wie fast jeden Sonntag hat Maggy mit mir zu Mittag gegessen. Über unseren Süßkartoffelpudding, der Yva vorzüglich gelungen ist, haben wir Rumlikör gegossen. Eine leichte Mattigkeit macht mir die Augenlider schwer, die Gelenke schwach. Im Haus herrscht Friede. Marie ist mit Freunden beim Picknick in *Mer Frappée** und Nicolas verbringt den Tag mit seinen Vettern und Kusinen bei seinem Onkel Roger. Raoul besucht uns am Sonntag äußerst selten. Warum muss sie die heitere Ruhe meines Sonntagnachmittags mit Klatschgeschichten stören? Aber Maggy wird nicht locker lassen, es kommt immer der Moment, in dem gewisse Worte und keine anderen gesagt werden müssen.

»Du kennst mich, Nirvah ... wenn mein Schönheitssalon auch eine Hochburg des Klatsches ist, nehme ich diese Geschichten doch immer mit Abstand und Umsicht zur Kenntnis. Es macht mir nicht einmal mehr Spaß, die einen und die anderen Frauenzimmer zu sehen, wie sie einander mit Gift und Scheiße bewerfen. Diesmal aber glaube ich ... solltest du aufpassen. Es geht um deine Kinder ...«

Alarm. Ich richte mich auf meiner Chaiselongue auf.

»Wer spricht über meine Kinder?«

Wie schrill plötzlich der Klang meiner Stimme.

»Hmmm ... man sagt, dass ... Raoul ... Marie missbraucht und vielleicht sogar ...Nicolas ... in deinem Haus. Das hat mich wie eine Bombe getroffen, Nirvah. Ich schwör's dir! Ich habe meine Arbeit eine Weile liegen lassen und etwas kaltes Wasser trinken müssen, um mich wieder zu fangen. Deine Kinder sind meine Kinder. Nicolas ist mein Patenkind. Wir sollten ...«

»Hör auf ... hör auf, Maggy. Hab ich richtig verstanden? Man behauptet, dass Raoul mit Marie und Nicolas schläft? Hier?«

»Ja ... das wird gesagt ... zumindest habe ich das ganz deutlich einem Gespräch zwischen zwei Kundinnen entnommen, die sich eine Maniküre machen ließen.«

Ich bekomme einen heftigen Lachanfall. Ich muss lachen, um diese Ladung stürmischer Angstgefühle zu verkraften, die mir die Kehle zuschnürt wie Mörderhände, die mich erwürgen wollen. Maggy betrachtet mich beunruhigt, lächelt nun ihrerseits verstört, sie hatte meine Reaktion überhaupt nicht erwartet. Ich höre schließlich auf.

»Gut, dass du es mir gesagt hast, Maggy. Siehst du, wie weit die Perversität der Haitianer gehen kann? Im Grunde hätten sie das gern, sie sähen mich gern am Ende, sie würden sich freuen, mich zugrunde gerichtet zu wissen. Ich habe die Schicksalsschläge ertragen, und das verzeiht man mir nicht. Ich soll ins Gras beißen. Deshalb machen sie sich an meine Kinder ran, das Kostbarste, was ich habe. Mein Gott! ...«

»Na gut ... sei auf jeden Fall auf der Hut, Nirvah. Raoul ist kein Heiliger. Durch die Umstände ... bist du wohl oder übel gezwungen ... Umgang mit ihm zu pflegen ... wir kennen aber seinen Ruf. Aber hast du denn selbst nie etwas Verdächtiges in seinem Verhältnis zu ihnen bemerkt?«

»Nein ... Maggy. Nichts ... überhaupt nichts. Raoul ist eher streng mit Marie, er macht sich Sorgen wegen ihrer Besucher. Ich habe ihn sogar einmal spaßeshalber gefragt, ob er nicht ein wenig eifersüchtig auf meine Tochter ist. Sie mag ihn nicht, lässt ihn auf ihre Art spüren, dass er im Haus nicht willkommen ist. Raoul bemüht sich, angenommen zu werden, indem er ihr allerlei kleine Geschenke macht. Es ist nicht leicht, mit dieser Situation umzugehen. Du wirst mir kaum glauben, Maggy, sogar Nicolas akzeptiert Raoul jetzt ein bisschen mehr. Raoul hat ihm drei Wochen lang geholfen, sein Griechisch zu verbessern. Seitdem ist ihr häuslicher Umgang miteinander viel entspannter. Nicolas wird seiner Umgebung gegenüber ein wenig aufgeschlossener, wahrscheinlich eine Folge der Pubertät. Er wächst so schnell! Es wurde Zeit, dass diese Spannung endlich nachließ, die uns alle im Haus bedrückte. Habe ich dir schon gesagt, dass Raoul Nicolas auch zweimal pro Woche Zeichenunterricht bezahlt?«

»Tatsächlich?«, sagt Maggy verblüfft. »Wer gibt ihm denn den Unterricht?«

»Oh ... ein Maler, eine Art höchst talentiertes Original, er wohnt nicht sehr weit von hier. Nicolas kann in zwanzig Minuten zu Fuß in seinem Atelier sein.«

»Hm ... nun ja ... ich hoffe, du machst dir zu Recht keine Sorgen, Nirvah ... mir sind aber schon mehrere Fälle von Vätern oder Schwiegervätern zu Ohren gekommen, die ihre jugendlichen Kinder bei sich zu Hause missbraucht haben.«

»Aber wo, wann, wie, Maggy?«, brülle ich los. »Ich bin immer da, wenn er herkommt!«

Maggy sieht mich starr an, weiß nicht weiter. Sie legt aber gleich wieder los:

»Wer kennt schon alle Schliche, auf die ... ein perverser Geist kommen kann? Du gehst doch ab und zu aus dem Haus. Du ... gehst immerhin gern manchmal in die Kirche, um zu meditieren, und am Freitagnachmittag verbringst du mindestens zwei Stunden im Schönheitssalon ... du machst zu festen Zeiten Einkäufe. Das weiß ich. Das weiß Raoul. Vielleicht lockt er sie woanders hin. Ich gebe zu ... das ist hanebüchen, aber ...«

»Nein, Maggy. Raoul ist wahnsinnig beschäftigt. Er hat keine Zeit, hinter Kindern her zu sein.«

»Dann solltest du ihn vielleicht von diesen Gerüchten unterrichten, nur um zu sehen, wie er darauf reagiert.«

»Du ... du hältst also diese ... diese abscheulichen Dinge ... für möglich?«

»Ich kann nichts dazu sagen, meine Liebe. Aber möglich ist alles auf dieser Welt. Ich hoffe von ganzem Herzen, dass es sich nur um Gerede von boshaften Weibern handelt. Aber ... nur du kannst deine Kinder schützen.«

Ich hole tief Luft, um die Tränen zurückzuhalten. Meine Freundin ist erleichtert, diese Worte losgeworden zu sein. Sie musste mich warnen, jetzt ist ihr Gewissen befreit, sie döst auf ihrem Schaukelstuhl, und doch merke ich, dass sie immer noch angespannt ist.

Nachdem der Schock der Nachricht vorüber ist, verharre ich kurz untätig, mit leerem Kopf, verloren. Maggys Worte haben wie ein Schlüssel ein in mir verborgenes Gefäß geöffnet. Mein Vergnügen mit Raoul. Meine süße Schmach. Dieses Vergnügen, das er mir Nacht für Nacht in der Kälte des Zimmers einspritzt, indem er, oft gewaltsam, meinen Körper von vorn und von hinten in Besitz nimmt. Die ungeahnten Dimensionen der Wollust, die ich bei der Unterwerfung unter diesen Mann empfunden habe. Bis hin zu seiner Hässlichkeit, die in meinem Körper Schauer der Lüsternheit hervorruft. Bis hin zu seinen Ausdünstungen, die mich berauschen, noch ehe er mich berührt. Raul hat mir beigebracht, Frau zu sein, meine körperliche Befriedigung zu suchen, sie von ihm laut und drängend zu verlangen, bis zum großen Sprung ins Unbekannte. Er sagt mir Worte, die mich vor Scham erbleichen lassen, Worte, die meinen Körper verschlingen. Ich habe nicht gewusst, dass eine solche Lust möglich ist, habe es nicht geglaubt. Ich habe mich mit dem freudigen Zucken zufrieden gegeben, das mir meine jugendlichen Liebschaften bescherten. Ehe Raoul in mein Leben trat, kannte ich nur das erotische Vergnügen, das ich kurz vor meinem siebzehnten Lebensjahr bei meiner Heirat mit Daniel entdeckte. Ich gebe Raoul alles. Ich habe mich bereit gefunden, meinen Ruf zu beflecken, liebe Freunde zu verlieren, in den Augen der Gesellschaft als Überläuferin zu gelten. Warum muss er zusätzlich die Unschuld meiner Kinder entweihen?

Mir fällt Solange ein und ihr absurdes Angebot, Marie und Nicolas mit Kräutern zu verbarrikadieren, um ihre Körper unangreifbar zu machen. Das war ganz zu Beginn, als Raoul in mein Leben trat. Ich besuchte Solange, und sie bot mir ohne Umschweife an, eine Arbeit an den Kindern auszuführen, um sie vor Begehrlichkeiten zu schützen, wie sie sagte. Sie hatte keinen Namen erwähnt, aber ich wusste, dass sie den Staatssekretär meinte. Noch ein Abgrund unter meinen Füßen. Ich hätte mich nie bereit erklärt, meine Kinder dieser Art von Behandlung auszusetzen. Weil ich nicht daran glaube und weil ich mich auch für fähig hielt, sie selbst zu verteidigen. Selbst wenn ich den *lakou** von Solange aufsuche, will ich auf diesen Glauben trotz seiner Anziehungskraft nicht hereinfallen. Ich muss einen kühlen Kopf behalten. Daniel würde es mir niemals verzeihen. Solange kennt die Menschenseele gut, sie beobachtet täglich ihre Antriebe, ihre Begierden, ihre Irrungen und Perversitäten. Sie hat eine schwelende Gefahr gewittert, als Raoul unserem Leben nahe kam. Und wenn sie recht hatte? Jetzt, wo Maggy mir erzählt, was über uns gesagt wird, wird es mir kalt. Ich muss Ruhe bewahren, diese Geschichten sind nur Machenschaften, Bosheiten, Verleumdungen, Lügen, Schweinereien, sonst nichts. Wer könnte übrigens wissen, was bei mir vorgeht? Solche Auskunft könnte nur von Raoul selbst stammen. Raoul? Meine Kinder missbrauchen und es in der Stadt erzählen? Es gibt auch noch das Hauspersonal. Tinès vielleicht, der Ersatz für Auguste? Raoul hat ihn in meine Dienste gestellt, damit er unter anderem dafür sorgt, dass der Generator funktioniert und instand gehalten wird. Ich habe verstanden, dass er vor allem Augen und Ohren im Innern meines Hauses haben wollte, um zu wissen, wer ein- und ausgeht, wer zu Besuch kommt. Ich habe die Ahnungslose gespielt. War das nicht das Mindeste, was man von einem Staatssekretär für Verteidigung und öffentliche Sicherheit, vom Chef der politischen Polizei der Regierung erwarten konnte? Tinès ist farblos, macht seine Arbeit, das Haus ist sauber, sein Blick unstet. Jede undichte Stelle ginge notwendigerweise auf ihn zurück. Yva ist mir treu ergeben, wie ich sicher weiß. Sollten sich die Kinder selbst jemandem anvertraut ... aber was rede ich da? Es kommt nicht in Frage, mich mit den Bosheiten verbitterter Personen zu beschäftigen. Marie und Nicolas geht es gut. Raoul respektiert meine Kinder.

Den Anfall von Übelkeit habe ich nicht vorausgesehen. Mein Magen hat sich unter einem heftigen Krampf gewunden, und mein Mund, plötzlich voller Galle, mir ein drohendes Unheil angekündigt. Die Hand auf die Lippen gepresst, bin ich bis zur Toilette gerannt, konnte aber nicht mehr verhindern, dass mir mein Mittagessen stoßweise hochkam und sich über die Bodenfliesen ergoss.

36

Der Staatssekretär hatte alles vorbereitet, alles organisiert. Vor ungefähr vier Wochen hatte er seinen Freund, den Maler Wilhelm Saint-Amand problemlos davon überzeugt, ihn mit Nicolas während der Zeichenstunde *diskutieren* zu lassen. Saint-Amand, der dem Staatssekretär mehr als eine Gefälligkeit verdankte, ließ sich nicht lange bitten. Die beiden Männer verstanden sich mit einer bloßen Andeutung, ohne viele Worte. Ein Raum des Hauses wurde für diese pädagogischen Begegnungen vollkommen umgestaltet. Durch seine Lage im Innern des alten Holzbaus war er vor Sonnenhitze geschützt, bewahrte den ganzen Tag lang, in mildes Licht getaucht, eine angenehme Frische. Im Laubwerk der Mango- und Mahagonibäume, die bis an die Fenster reichten, rauschte es leise bei jedem leichten Luftzug. Die neu in Minzgrün gestrichenen Wände schmückten jetzt Stiche mit Bildern aus der griechischen Antike. Sie zeigten schöne Jünglinge mit gelocktem Haar, die sich nackt in sportlichen Wettkämpfen übten oder ausgestreckt neben bärtigen, augenscheinlich älteren Männern bei Gelagen aßen und tranken. Der Staatssekretär hatte sich große Mühe gegeben, diese Darstellungen zu finden und sie vergrößern zu lassen.

Beim ersten, angeblich zufälligen Besuch des Staatssekretärs beim Zeichenlehrer verkrampfte sich Nicolas ein wenig, trotz aller Vorbereitungsarbeit Raouls während ihrer Begegnungen unter vier Augen bei Regeln und Satzbau des Griechischen. Nicolas war hin und her gerissen zwischen gleich starken Kräften. Der Finsternis, in die sein Leben abgeglitten war, seit sein Vater nicht mehr da war. Und der Finsternis, in der sich sein Körper, sein Geist, sein Schwung verloren. Die einzige Rettungsboje in dieser verwirrenden Welt war seine Mutter. Doch seit einiger Zeit war da auch der kraftvolle Optimismus, der aus den Worten von Raoul Vincent sprach, aus dem Vertrauen, das dieser Mann in ihn setzte, aus der unermesslichen Welt, die er ihm abseits der täglichen Kleinlichkeiten und Schrecken eröffnete. Eine erlösende Kraft, die seinen Zweifeln und seiner Verwirrung standhielt. Nicolas durchlebte, wie seine Mutter, wie Marie, eine dunkle und eine lichte

Zeit, ohne zu ahnen, dass der helle Schein, der ihm Schutz vor sich selbst bot, von einem schwarzen Stern auf ihn fiel.

Mit Takt und Geschick überzeugte Raoul den Jungen, ein erstes Mal in das Zimmer zu ihm zu kommen und dort einige Zeit im Gespräch mit ihm zu verbringen, wie Vater und Sohn. Er erzählte ihm von seiner Arbeit, seinen verantwortungsvollen Aufgaben, erklärte ihm die Geschichte, und zwar die wahre Geschichte von Haiti, nicht die aus manipulierten Lehrbüchern von falschen Historikern. Nicolas berauschte sich an den Worten des Staatssekretärs, überwältigt vom Interesse, das dieser so bedeutende Mann ihm entgegenbrachte, der sein Freund geworden war. Raoul sagte ihm bereits eine Karriere als Arzt oder Jurist voraus und, warum nicht, eine Zukunft im Schoß der jetzigen Regierung, die noch Jahrzehnte überdauern würde. Mit jedem Treffen schwand das Misstrauen des Kindes etwas mehr. Jedes Treffen verhalf dem Staatssekretär zu einem kleinen Sieg, zu einer leichten Berührung, einem ins Ohr geflüsterten zweideutigen Wort, zu einer dem Kind entlockten vertraulichen Preisgabe seiner Jungmännerphantasien. Zu seinem Spaß bat Raoul ihn manchmal, die Szenen der dargestellten Figuren auf den Zimmerwänden mit eigenen Worten zu beschreiben, und genoss dann mit Herzklopfen die zögerlichen Worte, die aus dem geliebten und heiß ersehnten Mund kamen.

Der Mann spürte in seinem Fleisch und seinem Blut, dass dies der geeignete Tag sei. Er hielt den Jungen für bereit, in eine entscheidende Etappe seiner Lehre einzutreten, über die Schwelle eines neuen Lebensabschnitts zu treten. Alles, das Tageslicht, die leichte Luft, selbst der Gesang vorbeiziehender Händler unten auf der Straße, sagte ihm, dass die Gestirne günstig für sie standen. Weiße Lilien, Symbole der Reinheit, verströmten einen betörenden Duft in einer Vase, die an der hinteren Zimmerwand auf einer antiken Kommode stand. Neben den Blumen brannten drei weiße Kerzen in einem Bronzeleuchter. Der Staatssekretär hatte sich in Geduld geübt, mit großer Mühe das Verlangen seiner Hände, die Gier seiner Lippen, die Zuckungen seines Körpers gebändigt, um den Jungen gefügig zu machen, sein Vertrauen und seine Freundschaft zu gewinnen. Vor allem durfte er ihn nicht brüskieren. Er hatte ihn schwören lassen, ihre besondere Freundschaft geheim zu halten, die die Frauen sicherlich nicht verstehen würden. Der Staatssekretär tanzte auf einem Seil und erlebte das Schwindelgefühl und die Euphorie des Seiltänzers. Er hatte, so fühlte er, auch die Seele eines Artisten, der gleichzeitig an vielen Fronten auftrat, sich vervielfachte, um seine Wunschträume zu verwirklichen. Sein schönes Traumgebilde konnte jeden Augenblick ins Wanken geraten. Er konnte durch einen einfachen Schwächeanfall alles verlieren, Nirvah, Marie, Nicolas und das Haus in der Rue des Cigales. Sein Leben. Der Staatssekretär fieberte vor Erwartung und verhalten lüsternem Prickeln, dieses Spiel zu spielen. Jede Eroberung, die ihm in der Familie Leroy gelang, machte ihn mächtiger, kühner, begehrenswerter. Und dieses kleine Spiel brachte ihn außer sich, ließ ihn Marie noch feuriger lieben, hielt ihn selbst nachts in Nirvahs Bett wach. Er berauschte sich bei dem Gedanken an den Jungen, der wenige Meter entfernt in seinem Zimmer in Reichweite seiner fiebernden Hände schlief.

Der Staatssekretär entkleidete sich und half Nicolas mit unendlich zärtlichen Gesten, sich seiner Kleidung zu entledigen. Anschließend faltete er sorgfältig die gehäkelte Bettspreite in gebrochenem Weiß von erlesener Zartheit. Er setzte sich auf die Bettkante und nahm den Jungen rittlings von vorn auf seine Oberschenkel. Auf dem Nachttisch befanden sich eine Flasche Rotwein, ein silberner Becher, eine Flasche mildes Mandelöl und ein blütenweißes Taschentuch. Raoul ging daran, das Versprechen einzulösen, das er dem Jungen oft gemacht und im Voraus hatte ahnen lassen. In der guten Tradition der Söhne adliger griechischer Familien würde ihn sein Mentor heute unter seinen väterlichen Händen zur Erfahrung der sublimen Ekstase bringen. Mit feuchter Stirn und kurzem Atem füllte der Staatssekretär den Becher mit Wein, führte ihn dem Jungen zum Mund und ließ ihn erst einen Schluck, dann noch einen trinken. Er wandte dabei die Augen nicht von ihm. Den Rest des Weines trank er selbst aus und rieb sich dann langsam die rechte Innenhand mit etwas mildem Mandelöl ein. Der Mann schluckte mehrmals hintereinander, unablässig strömte ihm Speichel in den Mund. Die Sekunden verflogen leicht wie Schmetterlingsflügel, trunken vom Licht. Als der Junge in einem langen überraschten Schauer der Erregung zum ersten Mal den Höhepunkt der Wollust erreichte, beeilte sich Raoul Vincent, verrückt vor Glück, den kostbaren Nektar in seinem makellos weißen Taschentuch aufzufangen.

37

Nahezu vierzehn Tage ohne Nachrichten von Raoul. Ohne Nachrichten von Daniel. Ich bin besorgt. Seit einigen Wochen macht der Staatssekretär häufig Dienstreisen in die Provinz. Als wir uns das letzte Mal sahen, verriet er mir, dass eine Guerillabewegung im Südwesten des Landes entdeckt worden sei. Eine große Hetzjagd hat begonnen. Wenn er nur nicht krank wird vom Reisen auf holprigen Straßen und dem Leben unter prekären Bedingungen, in der Hitze ohne jeden Komfort. Ein weiterer Versuch, die Diktatur zu stürzen, der blutig enden und die Unterdrückung überall im Land steigern wird. Die Bauern erhalten zur Verstärkung Macheten. Aufgestachelt von den bewaffneten Männern aus Port-au-Prince verfolgen sie die Spur von Individuen, die sie nicht kennen, die ihnen vielleicht gut gesonnen sind, vor denen sie aber Angst haben. Sie werden töten, weil ihnen keine andere Wahl bleibt, töten oder der Kumpanei bezichtigt. Noch mehr als die Waffen der Eindringlinge fürchten sie die Grausamkeit der Machthaber. Auch wenn die *macoutes* ihnen ihre Ländereien, ihre Besitzansprüche, ihre Arbeitskraft, ihre Frauen rauben. Sie werden zu Verteidigern einer Sache, die verhängnisvoll für sie ist und dennoch in ihren Köpfen einen widersinnigen Patriotismus auslöst. Sie verteidigen ihr Gebiet ... das Vaterland. Was haben nur diese jungen Eindringlinge, dass sie dem Märtyrertod nachlaufen? Sie ähneln Daniel: Sie dürsten nach Gerechtigkeit, sind aber derart naiv angesichts der menschlichen Abartigkeit. In den meisten Fällen werden sie von ihren eigenen Kampfgenossen verraten oder vom amerikanischen Geheimdienst verschaukelt. Raoul muss es genau wissen. Die Amerikaner spielen ein kleines zynisches Spiel, geben vor, die Regierung des Diktators bei ihrer Jagd auf Kommunisten zu unterstützen und bilden gleichzeitig junge Männer in Lagern in Florida aus, die sich in unseren Bergen von kannibalischen Macheten hinschlachten lassen. Ich frage mich, was wohl für Daniel das bessere Schicksal gewesen wäre, im Gefängnis zu vermodern oder sich von den *macoutes* in den Bergen zu Tode hetzen zu lassen? Der langsame oder der gewaltsame Tod? So wie ich ihn kenne, hätte er es bestimmt vorgezogen, mit der Waffe in der Hand zu fallen. Mein Gott, sie haben ihm nicht einmal die Wahl seiner Qual gelassen!

Seit mir Maggy von den Gerüchten über Raouls angebliches Gebaren gegenüber meinen Kindern erzählt hat, habe ich ihn noch nicht wiedergesehen. Ich sehe Marie mit anderen Augen. Ist es möglich, dass dieser Mann ihr zu nahe tritt und sie mir nichts davon sagt? Was ist es, was ich in diesen großen unschuldigen Augen nicht sehe? Kann es sein, dass Nicolas so tief an Körper und Seele verletzt worden ist und ich nichts davon weiß? Bestimmt nicht, ich hätte es an ihrem erzwungenen Lachen gemerkt, mein Herz hätte die Schluchzer ihrer beschädigten Kindheit gefühlt. Wie hätte ich meine Pflicht, meine Nachkommen zu schützen, so jämmerlich vernachlässigen können? Ich werde Raoul zur Rede stellen. Nur so kann ich endlich diesen Zweifel beseitigen, den Maggy mir in den Kopf gesetzt hat. Ich nehme das Maggy nicht übel, aber dieses Gift brauchte ich in meinem Leben wahrlich nicht. Ich werde besessen, werde krank davon. Wie soll ich vorgehen? Mit welchen Worten ihn fragen, ob er meine Kinder unter meinem Dach missbraucht? Raoul, zwingst du Marie und Nicolas zu perversen und entwürdigenden Beziehungen? Raoul, traumatisierst du meine Kinder? Raoul, betrügst du mich mit meinen Kindern? Hm ... Mein Gott! Ist es denn möglich, dass es mit mir so weit gekommen ist? Wie wird er reagieren? Er ist manchmal gewalttätig und derartig unberechenbar. Wie einmal, vor über einem Jahr, als ich ihm von dem verwüsteten Raum der Zeitung erzählte, den Clochards besetzt hatten. Raoul hatte mit den Schultern gezuckt, als wollte er mir sagen, dass das alles zum natürlichen Lauf der Dinge gehöre, dass diese Besetzung des Zeitungsbüros allen, ob Kommunisten oder nicht, die sich anmaßten, die Rechtmäßigkeit der Regierung zu bestreiten, ein abschreckendes Beispiel gebe. An dem Tag habe ich mich nicht mehr beherrschen können, ihm meinen Abscheu und Widerwillen mit Wörtern, die mir außer Kontrolle gerieten, ins Gesicht geschleudert. Während ich noch unter der Wirkung der schallenden Ohrfeige stand, die er mir verpasst hatte, hatte Raoul das Haus mitten in der Nacht verlassen. Eine Woche lang sah ich ihn nicht wieder. Ich fürchtete bereits, er käme nicht mehr zu uns. Das Leben wäre ohne diese konfliktträchtige Person für uns untragbar geworden. Wie sollte ich ohne Raoul meinen finanziellen Verpflichtungen nachkommen? Ich habe unter meinem Namen keinen roten Heller. Wie der Härte der Tage und der Bosheit der anderen entgegentreten ohne seine furchterregende Anwesenheit gleich einem Wachhund vor meiner Tür? Wie meine Nächte in meinem eiskalten Schlafzimmer verbringen ohne sein drängendes Begehren und die dunklen Freuden, die er mir bereitet?

38

Jocelyn lenkte das Fahrzeug in die mit runden Steinen gepflasterte und mit roten Ziegeln eingefasste Westeinfahrt, um am Ende der Allee vor der breiten Fensterfront der Verwaltungsräume zu parken. Die beiden Leibwächter stiegen eilfertig aus dem Wagen, und einer von ihnen öffnete die rückwärtige Tür. Raoul Vincent, schon mit einem Fuß am Boden, um aus dem Fahrzeug herauszuklettern, spürte auf einmal ein Gegengewicht, das ihn wieder ins Innere zurückdrängen wollte. Dieser Eindruck verärgerte ihn aufs Äußerste. Er machte ihm die ganze Selbstsicherheit zunichte, die er von seinem kurzen Aufenthalt in Chardonnières, seinem Heimatdorf im Süden des Landes, mitbrachte, wo er eine große Opferzeremonie für die *lwa* seiner Familie und insbesondere für Sogbo aufgeboten hatte. Ein schwarzer Stier, eine kleine Ziegenherde, einige schwarze Schweine und eine Unmenge an Geflügel waren drei Tage lang unter fast unausgesetztem Trommelwirbel geopfert worden. Nachdem Raoul Vincent diese Formalität erfüllt, das Glücksbad erhalten und seinen *pwen* durch seinen Onkel, den *houngan*, hatte erneuern lassen, hatte er eine solide Illusion der Unbesiegbarkeit mit sich genommen. Leider nicht für lange Zeit. Gerade hatte er es festgestellt. Der Feind war auf der Lauer. Starke Gegenkräfte suchten ihm den Weg zu versperren. Er würde aber siegreich sein. Es musste schon dicker kommen, um ihn zu erschüttern. Er wollte weiß Gott leben, und zwar lange. Er dachte an Nirvah, Marie, Nicolas. Seine wahre Familie. Seine jüngsten Tätigkeiten hielten ihn zwar fern von dieser kleinen Welt, auf die er um seiner inneren Ausgewogenheit willen nicht mehr verzichten konnte, doch wusste er, dass ihn bei ihnen lange, glückliche Jahre erwarteten. Der Staatssekretär liebäugelte mit einem Plan, der ihn glückselig machte, sobald er nur daran dachte. Er würde zum rechtmäßigen Ehemann von Nirvah Leroy werden. Um das zu erreichen, mussten nur zwei Hindernisse überwunden werden. Zunächst musste er sich von seiner jetzigen Ehefrau scheiden lassen (waren sie faktisch nicht bereits getrennt?). Dank seiner Verbindungen zur Justiz und seiner politischen Macht wäre das im Handumdrehen erledigt. Was Daniel Leroy anging, so würde er im Gefängnis verrecken, oder Raoul würde es übernehmen, seinen Leiden ein Ende zu setzen. Er wusste, dass es Nirvah in beiden Fällen besser gehen würde. Ein zu schöner Traum ... aber nicht unmöglich. Nirvah war die Frau, die er brauchte, die schönste Mulattin des Landes mit ihren wundervollen Kindern als Zugabe. Warum nicht? Sogar François Duvalier spielte mit dem Gedanken, seine beiden Töchter an Mulatten oder sogar an Weiße zu vermählen. Warum machte man sonst dieses Brimborium um Mohamed Fayed, diesen angeblichen arabischen Geschäftsmann, dem man seit einigen Wochen in der Hauptstadt überall den roten Teppich ausrollte? Dieser angebliche Millionär von Nirgendwo ging im Palast ein und aus und reiste mit einer Militäreskorte. Marie-Denise Duvalier war bereits verrückt auf ihn, und *Manman* Simone behandelte ihren künftigen Schwiegersohn äußerst zuvorkommend. François Duvalier hatte ihm die Schlüssel der Stadt, die haitianische Nationalität und den Zoll des Landes angeboten. Der Staatssekretär Vincent hatte diplomatische Quellen mit höchster Vorsicht angezapft, um Informationen über den neuen Gast der Präsidentenfamilie zu erhalten, aber bisher war dabei nichts herausgekommen. Es war gewiss das erste Mal, dass er das Staatsoberhaupt so leichtsinnig handeln sah, aber niemand würde es wagen, ihn zur Vernunft zu bringen.

Raoul Vincent war seit rund zwei Wochen nicht in den Nationalpalast gegangen. Als der Präsident ihn zum zivilen Chef der mit den Vergeltungsaktionen gegen die *kamoken* betrauten Spezialkommission ernannte, hatte er ihn persönlich gebeten, nach dem Invasionsversuch der rebellischen Bürgersöhnchen von *Jeune Haïti* ein blutiges Exempel zu statuieren. Die Repression in Jérémie sollte auf das ganze Land einen solchen Eindruck machen, dass sie auch in hundert Jahren niemand vergessen würde. Raoul Vincent hatte die brutale Hinrichtung mehrerer Familien organisiert, die mit den Invasoren in Verbindung standen. Nach ihrem Auftritt hatte die duvaliersche Rachehorde die Grande-Anse ausgeblutet zurückgelassen. Der Aufstand der Mulatten war im Keim erstickt worden.

Wenn der Staatssekretär nicht im Landesinnern auf Dienstreisen war, kam er jeden Tag in den Nationalpalast, um die wichtigsten Fragen zu besprechen, die mit seinem Auftrag als Verantwortlicher für die Sicherheit des Staatsgebiets zusammenhingen. Mit dem Staatsoberhaupt traf er sich üblicherweise unter vier Augen, um ihm peinlich genau von der Stimmung unter den Bürgern zu berichten und ihm kein Detail der Komplotte zum Sturz seiner Regierung zu verschweigen.

Auch bei sichtbar schlechtem Gesundheitszustand legte der Präsident Wert darauf, sich selbst ein Bild von den vorhandenen Kräften zu machen und die Menschenfiguren wie auf einem riesigen Schachbrett durch jenes Haiti zu schieben, dessen bedingungsloser Herrscher er sein wollte. Der Doktor im Präsidentenpalast hatte die fixe Idee, die Zahl der *macoutes* um ein Vielfaches zu erhöhen. Dieses Korps aus Paramilitärs war seine Sache, seine Schöpfung, die er mit der Liebe und Geduld eines Goldschmieds gestaltet hatte. Er hatte sich nicht einmal gescheut, eine Abordnung des amerikanischen Marine Corps auf bestimmte Zeit in Anspruch zu nehmen, um seine Perlhühner militärisch auszubilden und ihnen einen Treuekodex einzuimpfen. Trotzdem hatte er äußerste Maßnahmen ergreifen müssen, um jenen Oberst der Marines, der den Sinn für das Maß verloren und geglaubt hatte, sich über seine Autorität hinwegsetzen zu können, des Landes zu verweisen. Duvalier fürchtete sich vor nichts in Gesellschaft seiner Männer und Frauen in der dunkelblauen Uniform. Sie trugen das raue Tuch von Papa Zaka und waren Sinnbilder für die tellurische Kraft des Bauerngottes. Duvalier setzte die düstere Seite seiner eigenen Glaubensvorstellungen gegen das Volk ein, um es im Zustand von Furcht und Gehorsam zu halten. *Houngans* und *manbos* waren wertvolle Helfer der Macht geworden, die ebenso wie die Bürgermeister, Polizeipräsidenten und Chefs der Landsektionen häufig zur Beratung in den Nationalpalast bestellt wurden. Der Familienkult Voodoo mit seinen jahrhundertealten, einigenden Ritualen war nur noch ein großes Zaubereiunternehmen, in dem Misstrauen und Verrat gepflegt wurden. Das Korps der *macoutes* wuchs von Tag zu Tag. Er zog sie der Armee und den Militärs vor, dieser Brut mit ihrem Hang zu Verschwörungen und Staatsstreichen. Duvalier wusste, dass er nicht zu besiegen war, solange das ganze Land unter dem Einfluss dieser Männer und Frauen stand, die ihm mit Leib und Seele ergeben und bereit waren, ohne Zaudern ihr Blut für ihn zu vergießen. Wenn er auch alle Hände voll zu tun hatte, die verschiedensten Konflikte zu lösen, die unter den größten *zotobrés* der *macoutes* für eine heftige, nur durch die Autorität des obersten Chefs im Zaum gehaltene Rivalität sorgten. Wenn Duvalier einen Streit schlichten musste, um seine turbulenten Kinder zu beruhigen, fühlte er sich so stark und weise wie König Salomon. Nach Papa Doc verfügte nur der Staatssekretär über eine gewisse Autorität gegenüber den *macoute*-Chefs der neun geographischen Departements des Landes. Er teilte mit dem Präsidenten sogar die Hauptsorge um ihr Bestehen.

Zu beiden Seiten der Allee dehnten sich weite gepflegte Rasenflächen mit an den Rändern niedrig gestutzten Buchsbäumchen, die der Staatssekretär jeden Tag sah. Im Unterholz nahe der abschließenden Mauer hörte er das beängstigende Gekreisch der Perlhühner des Präsidenten. Das Staatsoberhaupt sah in diesen Vögeln, die mit ihren grässlichen Köpfen aussahen wie Geier und bekannt für ihre Schläue, ihre Ruhelosigkeit und ihre Reizbarkeit waren, das lebendige Symbol duvalieristischer Macht. Begeistert von der Mythologie wie Tausende von Jahren vor ihm die Abessinier oder die Byzantiner, glaubte Duvalier vielleicht an die ewigen Tugenden des geheimnisvollen *Negers unter den Vögeln**. Zwei Arbeiter aus dem Palast kümmerten sich ausschließlich um Gesundheit und Wohlbefinden dieser heißblütigen Ikonen.

Zur linken Seite machte die Allee eine Biegung und folgte der Frontfassade des Palasts, rechts führte sie zu den großen Gärten dahinter, von denen ein beträchtlicher Teil zu Quartieren für die Präsidentengarde umgewandelt wurde. Die Baustelle flimmerte vor Hitze und Lärm. Es mussten Waffen um den Präsidenten sein. Seit einiger Zeit beanspruchte die achtundvierzigste Kompanie der Streitkräfte Haitis den gesamten Westflügel der ersten Etage, der zu diesem Zweck umgebaut worden war. Der Präsident wollte bei Tag und Nacht die Berichte über die Aktivitäten des speziellen militärischen Geheimdienstkorps zur Verfügung haben. Auch die *macoutes* waren bewaffnet und hatten Zutritt zu fast allen Büros des Palastes. An diesem Tag traf der Staatssekretär wieder auf dieselbe kontrollierte Hektik, die das tägliche Leben des Palasts kennzeichnete, doch machten die dicken, hohen Mauern auf ihn einen so seltsamen Eindruck, wie Leute ihn haben, die zum ersten Mal herkommen. Bewunderung angesichts der Majestät und der Schönheit des Bauwerks und zugleich das Gefühl einer unsichtbaren, jedoch allgegenwärtigen Gefahr. Papa Doc hatte selbst drei Monate nach seiner Ernennung zum Präsidenten von Haiti gewartet, bevor er mit seiner Familie in dieses überwältigende Gebäude einzog. Diese ganze Zeit hatte er benötigt, um die Geister aller Arten, die von seinen Vorgängern gerufen worden waren, aus den Fluren zu vertreiben, damit er hier seine eigenen einsetzen konnte.

Der Staatssekretär hatte seinen Auftrag in La Grande Anse genutzt, um in Chardonnières seinen mystischen Besuch vorzunehmen. Und dennoch fühlte er auf seinen Schultern das Gewicht der Säulen, der drei beeindruckenden Kuppeln des Präsidentenhauses und der ganzen

Schönheit dieses Gebäudes, auf dessen sämtlichen Fluren sich für ihn stumme Drohungen verbargen. Zur Sicherheit setzte er zuerst den linken Fuß über die Schwelle des Empfangsraums der Verwaltung und betrat das Gebäude lauernden Auges.

39

»Gestern Morgen ist in meinem Hof ein Hühnchen verreckt. Ohne ersichtlichen Grund. Es pickte ruhig mit den anderen Tierchen, fing plötzlich an, sich ein-, zwei-, dreimal um sich selbst zu drehen und plumps! fällt es auf den Rücken, steif und tot. Wie gesagt, ohne ersichtlichen Grund, Nachbarin, aber es gibt immer eine tiefgründige Ursache für solche Dinge. Ein Hund weiß, warum er mitten in der Nacht losheult ... und könnten die Blätter des Baums sprechen, dann würden sie sagen, warum sie manchmal ohne einen Windstoß zu rauschen beginnen. Die Tiere und die Bäume können Schwingungen auffangen, die uns entgehen. Hm ... weißt du, was das bedeutet, Nachbarin, ein Huhn, das in meinem Hof aus heiterem Himmel einfach verreckt?«

Natürlich weiß ich es nicht. Und es ist mir auch schnuppe. Außerdem werde ich wegen eines armen Tieres, das am Fieber oder am verdorbenen Magen stirbt, kein Geschrei machen. Warum besuche ich eigentlich Solange, wo mir ihre unvermeidlichen Fragen so sehr auf die Nerven gehen? Warum überkommt mich ein solches Bedürfnis, mit ihr zu reden, wenn ich doch nicht an das glaube, woran sie glaubt? Wie kommt es, dass ich nach dem Besuch bei ihr Ruhe finde? Nun werde ich schon wie sie und stelle mir unnütze Fragen, auf die ich nicht antworte. Mich plagt seit einiger Zeit eine ganze Lawine von Fragen. Sobald meine Hände sich nicht bei häuslichen Arbeiten rühren, sobald ich allein bin, fallen sie beharrlich, unverschämt, schäbig und gemein in meine Stille ein, beunruhigen meine Seele. Solange ist diejenige, die meine stillen Momente am besten ausfüllt. Wenn die Kinder nicht da sind, ich niemand zu Besuch habe, wird mir fast übel, so sehr bedrückt mich die Atmosphäre im Haus. Ich möchte fliehen, vor mir selbst fliehen. Mit Solange teile ich meine geheimen Qualen. Sie verwandelt sie in Fragen, in Erkenntnisse, verleiht ihnen Sinn und Tiefe, übermalt sie mit der Farbe des Vergessens. Eine Zeit lang. Solange versteht es, meinen Momenten der Stille Aufschub zu gewähren. Heute aber ahne ich, dass mein Unwohlsein mir keine Pause gönnen wird, im Gegenteil. Mit der ersten Frage bestätigt Solange meine Befürchtungen. Ich hätte sie nicht aufsuchen sollen.

»Ich weiß nicht, Solange. Dein Huhn ist an Altersschwäche gestorben ... oder erstickt an einem verschluckten Kiesel, was weiß ich?«

Im Blick von Solange ist viel Empathie. Sie zündet sich die letzte Zigarette aus einem Päckchen an, das sie anschließend in der Hand zu einer Kugel zusammenknüllt. Das Knistern des Cellophanpapiers. Der Duft der ersten blauen Tabakwolke um meinen Kopf. Daniel und die Tage davor. Eine Sekunde lang entferne ich mich weit, sehr weit von hier.

»Nicht ohne Grund halte ich das ganze Geflügel um mich herum und ernähre sie alle, Nachbarin. Ich rühre sie niemals an. Ich töte nur Tiere, die ich auf dem Markt kaufen lasse. Die Tiere, die du hier siehst, sind wie Blitzableiter. Wenn Tod, Unglück, Pech und die bösen Geister einen Ort heimsuchen, verharren sie zunächst verborgen in den Winkeln der Häuser auf der Lauer und warten auf den Moment, in die Privatheit der lebenden Christenmenschen einzudringen. Aber selbst wenn sie den Auftrag haben, an Menschen heranzugehen, folgen sie trotzdem ihrem Trieb, sich auf die kleinen Leben, die sich um sie herum bewegen, auf alles pulsierende Blut zu stürzen. Die Tiere sind oftmals ihre ersten Opfer. Nein ... dieses Tier ist gestorben, um uns zu warnen ... dass das Unglück um uns herumlungert ... dass es um uns zuschlagen wird. So etwas wäre einem meiner Perlhühner niemals passiert, sie sind zu argwöhnisch. Dieses Hühnchen ging gewöhnlich unter deinem Zaun durch ... um deinen Garten zu erkunden. Als es zusammenbrach, kam es aus deinem Garten zurück; ich hab's gesehen und Krémòl auch. Nichtwahr, Krémòl?«

Der Bruder von Solange bestätigt es mit einem unbestimmten Lächeln.

»Dann hat es sich also für uns geopfert? Ist ihm etwas Schlimmes in meinem Hof begegnet? Oh Solange, ich bitte dich! Heb dir diese albernen Geschichten für deine Kunden auf. Belauert der Tod uns nicht alle seit dem Tag, an dem wir den Bauch unserer Mutter verlassen?«

»Du hast Angst, Nachbarin? Du willst mir lieber nicht glauben, um die Angst von dir zu weisen?«

»Vielleicht habe ich Angst wie alle Menschen. Aber ich sehe keinen Wink des Todes in einem Chamäleon, das die Farbe wechselt, oder in einem Huhn, das stirbt.«

»Und dennoch sind das sehr reale Zeichen, Nachbarin. Und um das Unglück oder das Missgeschick zu bannen, wenn sie uns bedrohen, muss man etwas tun. Hast du Nachrichten von deinem ... Mann?«

Warum erwähnt Solange in diesem Moment Daniel? Weiß sie etwas über sein Ergehen? Bei all diesen *macoutes*, die in ihrem Haus verkehren, hat sie sicherlich über manches verlässliche Informationen. Von Raoul kein Zeichen seit zwei Wochen. Das ist's, Daniel ist im Gefängnis gestorben. Und Raoul hat nicht den Mut, zu mir zu kommen. Er fürchtet vielleicht, dass ich den Geruch vom Tod meines Mannes auf seiner Haut, an seinem Blick, an seinem Anzug wahrnehme. Oder sollte er womöglich ahnen, dass ich von seinem Missbrauch an meinen Kindern weiß? Am Ende hat er es satt, uns etwas vorzumachen. Er ist des kleinen sadistischen Spiels überdrüssig geworden. Wie ich es befürchtete, ist er gegangen, ohne sich zu verabschieden, ohne mir Zeit zu lassen, meinen Hass vor ihm auszuspucken. Ja, seine Abwesenheit verurteilt ihn. Geradezu, als hätte er diese Niederträchtigkeiten mit seinem Namen unterzeichnet. Was soll ich tun?

»Nein ... keine Nachricht. Und du? Hast du etwas erfahren? Verheimliche mir nichts, Solange ... ich will ... ich muss wissen.«

»Ich halte dich für stark genug, schlechte Nachrichten zu verkraften ... Aber ich weiß nichts ... weiß nur, was mich gestern dieses tote Tier gelehrt hat, und daran glaube ich felsenfest. Sei wachsam. Über deinem Haus schwebt eine dunkle Wolke. Es steht dir frei, nichts zu tun ... Ich habe dir einen Korb mit reifen Guaven aufgehoben. In diesem Jahr hat der Baum eine wahnsinnige Ernte geliefert, als wollte er nicht aufhören, seine Früchte abzuwerfen. Ginette wird ihn deiner Köchin rüberbringen. Die kann ich überhaupt nicht ausstehen, Nachbarin. Wenn wir uns auf der Straße begegnen, macht sie mir den Eindruck, den leibhaftigen Teufel zu sehen. Eines Tages werde ich ihr schließlich richtig Angst machen, damit sie weiß, wer Solange ist ... Ha, ha, ha! Die Guaven sind saftig. Du kannst Marmelade und Gelee daraus kochen. Sie sind schön, fleischig und duften wie du, Nachbarin. Ha, ha, ha!«

Ich hatte dieses Lachen nötig. Das Lachen von Solange, das das Rascheln der Blätter, den Schatten des Todes und den Duft der reifen Guaven miteinander verbindet.

Als ich nach Hause kam, stand der Wagen des Staatssekretärs vor meinem Tor. Jocelyn mit den Rauchaugen und die beiden Leibwächter unterhielten sich in aller Ruhe auf der Straße.

40

Auf den ersten Blick sah ich, dass es Raoul schlecht ging. Mit wächsernem Teint atmete er schwer. Die Klimaanlage des Schlafzimmers verströmte eiskalte Luft. Er war zu mir zurückgekehrt, hierher, wo er die Linderung suchte, nach der seine Knochen, sein Fleisch und sein Geist verlangten. Derber, klebriger Blutgeruch haftete ihm an. Von all dem Blut, das auf sein Geheiß vergossen worden war. Dieses Blut erstickte ihn, verbrannte ihn, und alle Klimaanlagen der Welt würden daran nichts ändern. Er erwartete mich im Bett, hatte die Kopfkissen an die Wand gepresst, um seinen Oberkörper aufzurichten. Als ich ins Zimmer trat, hellte sein Blick sich auf. Seine Ledermappe lag dort, wo er sie immer ablegte, auf der Kommode am Eingang des Raums. Hose und Jacke hatte er sorgsam zusammengefaltet und wie gewohnt über die Lehne des Sessels neben dem Bett gehängt. Die Pistole im Etui lag griffbereit auf dem Nachttisch. Mit einer Kopfbewegung rief er mich heran. Meine Beine zitterten, ich näherte mich einem verwundeten Löwen. Ich setzte mich auf die Bettkante ihm gegenüber.

Was sollte ich diesem Mann sagen, der mir seine stumpfen Waffen und seinen gequälten Geist zu Füßen legte? Ich schwankte, die Füße im Mangrovengestrüpp meiner Gefühle verstrickt. Meine Zunge war mir schwer wie Blei im Mund. Wo war meine Wut geblieben? Wo verkrochen sich all die Fragen, über denen ich so viele Tage gebrütet hatte? Wann würde ich die nötigen Erklärungen erhalten, meine Ängste zu beruhigen und meinen stillen Momenten den Schrecken zu nehmen? Selbst in diesem Schwächezustand machte mir Raoul Angst. Ein verletzter Löwe verliert nichts von seiner Gefährlichkeit. Ich sollte besser einen geeigneten Moment abwarten, um die Frage nach den Kindern anzuschneiden, um diese Zwangsvorstellung aus meinem Kopf zu tilgen. Ein anderes Mal, wenn es ihm besser geht. Nein, Nirvah, jetzt heißt es reden. Mach jetzt deiner Wut Luft. Treib ihn jetzt, da er erschöpft und deprimiert ist, in die Enge. Du kannst diese Konfrontation nicht länger aufschieben. Wer weiß, ob er nicht wieder auf Tage oder Wochen verreist. Ich habe dem Staatssekretär zugehört, während seine kalte Hand mein Knie streichelte. Er erzählte mir, wie er in den letzten drei Wochen unwegsame

Landstraßen befahren und seine Runde durch die Landsektionen im Südwesten gedreht hatte, um die Anhänger zusammenzuholen, um die Truppen aufzurütteln, die Leidenschaften aufzustacheln. Tag um Tag hatten die Militärs in den Bergen, querfeldein Jagd auf die Invasoren gemacht. Trotz ihres erbitterten Widerstands fielen unablässig Rebellen. Es sind auch Bauern und *macoutes* gefallen. Seit Beginn der Verfolgung hat sich parallel zur Jagd auf die Rebellen die Rache der bedrohten Macht gegen deren Familien gerichtet. In Jérémie haben die Eltern der *kamoken* die Verstöße ihrer Sprösslinge mit dem Leben bezahlt. Der Staatssekretär schilderte mir den Schrecken, die Schreie, die Farbe des vergossenen Blutes im Mondlicht, das Weinen der Unschuldigen. Mit geschlossenen Lidern sah er wieder die standrechtlichen Hinrichtungen vor sich, die Militärs auf der Jagd, ein makabres Halali. Im Laufe seiner Schilderung wirkte er langsam ruhiger, seine Gliedmaßen belebten sich wieder, seine Hand streichelte mein Knie gezielter. Mir drehte es sich im Kopf. Ich konnte diese grausige Erzählung nicht länger ertragen. Er übertrug mir seine Bürde wie ein Gift, das mir langsam unter die Haut kroch, zu einer Vergiftung wurde. Ich hatte doch auch mein Teil Unglück, das mir ausreichte. Warum musste ich diesem Mann die Last der Verbrechen erleichtern, die er sich aus eigenem Entschluss aufgebürdet hatte? Ihn entlasten vom ersten Verbrechen, das uns verband, der willkürlichen Einkerkerung Daniels, dem langsamen Tod Daniels? Warum sprach er mit mir nie davon? Im Haus sind Geräusche zu hören, Marie lacht am Telefon. Sie war also hier, allein im Haus mit Raoul? Sind sie sich begegnet? Haben sie miteinander gesprochen? Was macht Marie eigentlich um diese Zeit zu Hause? Sie müsste in der Schule sein. Sind sie sich schon früher zufällig im Haus begegnet? Könntest du womöglich Recht haben, Maggy? Raoul hat kein Recht dazu, Marie in meiner Abwesenheit nachzusteigen! Ein roter Adrenalinschub erlöst mich.

»Raoul ...«

Der Staatssekretär hört mich nicht. Er hält die Augen geschlossen. Mit entspanntem Gesicht streichelt er immer noch mein Knie. Ich springe vom Bett, das einen Moment lang nachschwingt. Ich werde lauter, zittere, schreie. Raoul sieht mich an, überrascht von meiner Erregung.

»Raoul, ich will heute wissen, ob Daniel tot ist. Ich verstehe, dass dich dieses kleine Spiel belustigt, aber es kann nicht so weiter gehen. Ich kann's nicht mehr aushalten. Ich will Gewissheit! Ich kann diese morbide Ungewissheit nicht länger ertragen. Ich kann mich nicht länger belügen. Du wirst mir auch sagen, ob ... ob die Gerüchte, die über dich und meine Kinder umgehen, stimmen. Raoul, du sagst mir, und zwar sofort, ob du meine Kinder missbrauchst, die Kinder von Daniel, der nicht da ist, um sie zu verteidigen ...«

Ich bringe kein Wort mehr heraus, muss mich auf die Kommode stützen, um nicht umzufallen, und bebe innerlich. Ohnmächtige Tränen laufen mir aus den Augen. Vor Zorn zittere ich immer mehr. Ich bin zornig, solche Angst zu haben. Er schweigt. Aufgeweckt aus seiner Lethargie blickt er vor sich hin, als suche er nach Worten. Diesen Ausbruch, den ersten seit der ganzen Zeit, hatte er von mir nicht erwartet. Sag etwas, Raoul. Schweige nicht länger. Hol mich heraus aus diesem Schweigen, in dem ich versinke. Aus diesem Schweigen, das mir kein Alibi mehr liefern will, das sich wehrt, noch länger Mitwisser zu sein. Mein Schweigen ist voller dunkler Schatten, es tötet Solange die Hühner. Hab den Mut, zu sein, was du bist, eine Bestie, ein Zyniker, ein wildes Tier. Mach mir Mut, dass ich mir ins Gesicht schauen, meine Entgleisung erkennen kann. Es ist nicht zu spät für mich, mich wieder zu fassen, meine Niederlage anzunehmen und das Leben meiner Kinder zu retten. Du, vor dem so viele Männer gezittert haben, fasse Mut, mir die Wahrheit zu sagen, die ich erwarte, auch wenn sie mich niederschmettert. Du fürchtest, ich könnte wieder hochkommen, mich von dir lösen und weiterleben? Den Staatssekretär Raoul Vincent verlässt man nicht? Ich kenne sie, diese Machogeschichte. Seit du allmächtig in Haiti bist, hat dir noch keine Frau den Rücken gekehrt. Ob ich es wage? Es lohnt sich, die Wette einzugehen, glaubst du nicht? Aber du wirst es nicht wagen. Du bist kein guter Spieler, glaubst nur an die Stärke. Denn ich werde mich wieder erholen. Ich bin eine starke Frau. Ich habe sieben Leben. Mein Geschlechtsteil ist aus Fayence. Ich kann wieder ein neues Leben beginnen. Sag mir, dass du mich von Anfang an verhöhnt hast, dass du mir Lust bereitet hast, um deine Verachtung und deine Rache zu vergelten. Dann sind wir heute quitt. Danke für das Vergnügen. Deine Rache, die hast du gehabt. Sie hinterlässt in meinem Mund und zwischen meinen Schenkeln tiefen Abscheu vor mir selbst. Ich werde jeden Tag meine Scheide mit Wasser, Seife und Balsamblättern waschen. Mein Geschlechtsteil ist aus Fayence. Befreie mich, Raoul.

Endlich erhebt er sich. Er schaut mich an und lächelt. Ein Lächeln, kalt wie Eis, brennend wie eine Ohrfeige, mir ist davon heiß im Gesicht. Er holt seine Hose von der Sessellehne und zieht sie langsam an.

»Alle Frauen sind Schlampen, Nirvah. Das habe ich immer gewusst, und du bist leider keine Ausnahme. Schlampen, ganz gleich welcher Gesellschaftsschicht, ob reich oder arm, gleich welcher Hautfarbe, welchen Alters, welchen Berufs. Meine Frau ist eine Schlampe und auch meine beiden Töchter, die nur daran denken, einen Mann mit einem Bankkonto zu finden. Deine hübsche Marie ist eine prächtige kleine Schlampe. Mein Leben lang habe ich Schlampen gefickt. Ich gebe zu, du bist wirklich eine der Begabtesten. Ich habe mich aber in der Annahme geirrt, du seiest eine Schlampe, die zu dem steht, was sie ist, und aus den Umständen, in die das Leben sie versetzt, Nutzen zu ziehen versteht, statt sie zu erdulden. Eine Schlampe, die weiß, welchen Preis sie zu zahlen hat, um ihre Haut zu retten. Aber nein ... du meinst, an allen Fronten siegen zu können. Beim Vergnügen, bei der Bequemlichkeit, der Sicherheit und dem guten Gewissen. So ist das Leben nicht eingerichtet, Nirvah. Oh nein! Alles hat seinen Preis. Du ähnelst meiner Frau ... raffgierig, gefräßig, wollüstig, aber so scheinheilig. Unter ihrem Mäntelchen der Demut, immer ausstaffiert mit einem Rosenkranz, interessiert sie im Leben nur eins: das Geld und das Vergnügen, das es bringt. Ich bin ihr total egal mit meinen Sorgen, meinen Mätressen, den Feinden, die mich bedrohen, solange ihr Geld im Überfluss in die Hände strömt.«

Raouls Worte geißeln mich. Er spricht mit mir in einem gemäßigten und verächtlichen Tonfall. Seine Worte üben auf mich jedoch eine überraschende Wirkung aus. Unter dem Stachel seiner Verachtung vergeht meine Angst. Die Masken fallen. Ich habe nichts zu verlieren. Ich muss ihn dazu treiben, mir die Wahrheit zu sagen, die ich erwarte.

»Jetzt, wo du mir deine Verachtung deutlich gezeigt hast, antwortest du mir nun endlich auf meine Fragen, Raoul?«

Meine Ruhe überrascht mich. Der Staatssekretär zieht seinen Sakko an. Er antwortet mit angehobenem Arm, um einen Ärmel in Position zu bringen.

»Du irrst, Nirvah ... ich verspüre keinerlei Widerwillen gegen dich. Vielleicht eine leichte Enttäuschung. Ich begehre dich immer noch so sehr und werde wiederkommen, um dich in diesem Bett zu nehmen, sooft ich Lust dazu habe. Und auch du wirst Lust darauf haben, so bist du veranlagt, du hast es nur nicht gewusst ... Glaube mir, nach diesem Gespräch werden wir noch bessere Liebende sein. Machst du dir wirklich Sorgen um das Schicksal deines Mannes? Mag ja sein ... ich jedenfalls habe meine Vorbehalte in dieser Frage. Ich kenne dich aber als eine sehr intelligente Frau. Ob Daniel Leroy tot ist oder nicht, was ändert das an deiner Lage? Er hätte sich niemals in dieses Sterbehaus verfrachten lassen dürfen, das man Fort-Dimanche nennt. Dort endet eine Geschichte und eine andere beginnt. Eine Überlebensgeschichte. Du hast das gut verstanden. Ich biete dir alles, Schutz, Genuss und Geld. Dafür erwarte ich von dir weder Dankbarkeit noch Ehrerbietung, nur ein bisschen Anstand. Meinen Schutz und mein Geld hast du nur erhalten, weil ich in dir eine Frau gesehen habe, die weiß, wie viel ihr Körper, ihr Geschlechtsteil wert ist, und mich dafür bezahlen lässt. Komm also heute nicht mit Geflenne, weil irgendwelcher Klatsch bei dir gelandet ist.«

»Es geht nicht um Klatsch, Raoul. Marie, Nicolas, es geht um sie ... Sag mir ...«

Raoul stößt einen Wutschrei aus, sein Gesicht verzerrt sich, als wollten seine Augen aus ihren Höhlungen springen. Er packt mich am Arm und zerrt mich brutal ins Badezimmer vor den großen Spiegel über dem Waschbecken. Er presst sich von hinten an mich und zwingt mich, indem er mich an Hals und Arm festhält, mich im Spiegel anzusehen. Er spricht mir direkt ins Ohr.

»Ich habe keine Vorliebe für Männer, aber ich habe einige in meinem Leben gekannt. Ich habe mich mit Männern prostituiert, um aus dem Dreck, aus der Anonymität rauszukommen, um meine Studien zu bezahlen, denn ich war ehrgeizig. Sie haben sich ihren Spaß mit mir gemacht, haben mich von einem Arsch zum nächsten und von einem Paar Eier zum anderen weitergereicht. Heute aber haben sie Angst vor mir ... Einige von ihnen habe ich abmurksen lassen, mit einem Vergnügen, das kannst du dir gar nicht vorstellen. Dein Sohn ... dein Sohn interessiert mich nicht. Er ähnelt zu sehr seinem Vater, ein kleiner Scheißmulatte. Er macht mich nicht geil. Soviel zu Nicolas.«

Raoul kocht vor rasender Wut. Er quetscht mir den Arm, und der Schmerz wird unerträglich. Seine beiden Augen im Spiegel verschlingen mein Leben.

»Du tust mir weh, Raoul! Lass meinen Arm los! ... Lass mich doch los! Aua!«

»Ich lasse dich nicht los. Du wirst mich anhören, Nirvah, da du Antworten erwartest. Reden wir über Marie, einverstanden? Du fragst dich, ob ich sie gefickt habe? Ob ich mit ihr mache, was du für dich allein haben möchtest? Bist du etwa eifersüchtig? Es wird Zeit, in deiner Seele zu lesen, meine Liebste. Du kannst den Gedanken an eine Rivalin deines eigenen Blutes unter deinem eigenen Dach nicht ertragen? Warum nicht? Zu zweit könnt ihr beide noch gewisser sein, mich zu behalten. Mutter und Tochter, Tochter und Mutter ... eine seltene erotische Falle ... ein Vergnügen für Götter. Ich bin ein überglücklicher Sterblicher. Marie ist ebenso zärtlich, ebenso heiß wie du, vielleicht ein bisschen kühner. Sie hat mich überrascht. Heute sind die Mädchen nämlich unverfrorener. Also? Glaubst du mir, Nirvah? Belüge ich dich, oder sage ich dir die Wahrheit? Frag Marie, wenn du den Mut hast. Wie konnte etwas so Ungeheuerliches vor deinen Augen geschehen, ohne dass du es gemerkt hast? Oder aber gibt es hier nichts zu sehen? Vermagst du dir vorzustellen, wie Marie offen, außer sich unter meinen Lenden tanzt? Zwinge ich sie, muss ich brutal mit ihr werden, oder möchte sie das auch? Verlangt sie mehr davon, wie du? Die bartlosen Milchbubis, die sie ins Haus schleppt, können bestimmt diese Leidenschaft, die sie von dir hat, nicht befriedigen. Was hast du vor? Mir zu glauben oder nicht? Wie ist es um deine Wahrheit bestellt? Hast du so getan, als wenn du nichts siehst? Versuchst du, mich mit Gefühlen zu erpressen? Ich werde dir bestimmt nichts sagen. Spielchen solcher Art mache ich nicht mit. Bedenke mal, Marie ist auch nicht zu dir gekommen. Wie steht es um deine Wahrheit, Nirvah? Bist du eine richtige Schlampe, wie ich sie liebe?«

Raoul brüllt diese letzten Worte. Ich bin betäubt, ersticke. Mein Ohr ist nass vom Speichel, den er in seiner haltlosen Wut verloren hat. Ich hätte ihn nicht herausfordern, nicht anklagen sollen. Er ist ein Meister der Kunst, Verwirrung zu stiften. Vielleicht weiß er nicht einmal mehr, was das Wort Wahrheit bedeutet. Ich kann keine Ordnung in meine Gedanken bringen. Ich versuche mich aus seinem Griff zu lösen, aber er drückt mich weiter in derselben Stellung ans Waschbecken. Jetzt streifen seine Hände fieberhaft über meinen Körper. Er bebt in meinem Rücken. Ich fühle meine Knie schwach werden. Sein hart gewordenes Glied klebt wie ein Magnet an meinem Gesäß. Diese Erregung, die mich krampfartig im Bauch befällt. Ich will ihr nicht nachgeben, kann aber meinem Körper nicht nein sagen. Raoul löst sich endlich von mir. Ich drehe mich zu ihm um, breite ihm meine Arme aus, glaube, er werde mich umarmen, wir werden auf die Fliesen im Badezimmer fallen und uns mit der ganzen Wut, die uns so wehtut, nehmen. Er aber entfernt sich und sieht auf seine Uhr. Ohne einen Blick lässt er mich zurück, greift sich im Schlafzimmer seine Waffe und seine Ledermappe und geht.

41

Im Rat der Staatssekretäre herrschte an diesem Nachmittag eine etwas höhere Spannung als üblich. Die Männer der Regierung saßen um einen Konferenztisch und warteten in verhaltener Nervosität auf das Erscheinen des Präsidenten. Das Staatsoberhaupt begann seine Sitzungen häufig mit einstündiger, manchmal auch noch größerer Verspätung. Es mussten sein Diabetes behandelt, Bittsteller empfangen, Streitfälle und Machtkonflikte zwischen *macoute*-Chefs geschlichtet, wichtige unbeantwortete Post mit seiner sehr privaten Sekretärin behandelt werden, und auch in seiner eigenen Familie gab es Zwistigkeiten, die sein persönliches Eingreifen erforderten. Er musste Leidenschaften unterhalten, Treuebeweise mit Geld belohnen, gegen Hitzköpfe durchgreifen. Er redete viel am Telefon, einem Gerät, das er besonders schätzte. Während dieser Wartezeit tauschten die Staatssekretäre Meinungen zu den letzten Ereignissen aus, versuchten einander die jüngsten Informationen zu entlocken, mit denen sie im Rat ihre Dossiers besser präsentieren konnten, oder einem Kollegen, dem bereits Ungnade drohte, falsche Fakten unterzujubeln, um ihn schneller zu Fall zu bringen. Das Ende dieses Jahres 1964 versprach schwierig zu werden. Das Land erholte sich mühsam von den Verwüstungen der Orkane Flora im Oktober 1963 und Cleo im August 1964, nicht einmal ein Jahr später. Im Nordosten grassierten Hunger und Trockenheit.

Unter gewissen Regierungsmitgliedern bestanden notorische Feindseligkeiten, Spannungen und sogar Hassgefühle, die der höchste Chef schürte, um diese kleine Welt, der er ziemlich misstrauisch gegenüberstand, besser beherrschen zu können. Manche Staatssekretäre behielten ihren Posten nicht länger als einen Monat, während andere endlos zu bleiben schienen, von einem zum nächsten Ministerium wechselten und einen ständigen schwindelerregenden Tanz aus Intrigen und Einflussnahmen vollführten.

Der Staatssekretär Raoul Vincent fand den Ratssaal der Staatssekretäre scheußlich. Und so auch die Sitzungen. Er fand den Raum langweilig. Der Fußboden mit Einlegearbeiten aus Zedernholz, die senkrechten, mit grünem Samt beschlagenen Sitze, die durch Profilleisten hervorgehobene Decke und der riesige Kristallleuchter, dieser ganze Louis-irgendwas-Stil erschien ihm abstoßend und unpassend. Die Brokatgardinen mit den eingewebten Wappen der Republik, die die Fenster schmückten, waren von ausnehmend schlechtem Geschmack. Oftmals stieg er im Geiste mitten in der Sitzung über die Terrasse, lief leichtfüßig über den Rasen, verweilte einen Augenblick im Geflecht der Lianen, die von der Pergola der Gärten der Ostfassade herabhingen, ging um die Nachbildung der *Venus von Milo* herum, überquerte das Marsfeld in Richtung Chemin des Dalles, bog in die Sträßchen der Oberstadt ein und fand in der Rue des Cigales die Körperwärme seiner eigenen Venus wieder. Seine vertrauten Begegnungen mit dem Präsidenten in seinem Privatbüro unter dem Blick von Paul VI., Lyndon B. Johnson und Martin Luther King in ihren Bilderrahmen, den einzigen Zeugen ihrer Gespräche, waren ihm lieber. Höflinge und Vertraute, manchmal mit Ausnahme der sehr privaten Sekretärin, mussten das Büro verlassen, wenn er erschien. Letztere mochte ihn nicht besonders, respektierte ihn aber, da sie wusste, wie wichtig er in den Augen des Präsidenten war. Auch wusste sie, dass dem Staatssekretär ihre Beziehung mit Gérard Daumec bekannt war, einem jungen Pagen und leidenschaftlichen Poeten, der sich als professioneller Redenschreiber ständig in den Kulissen des Palastes herumtrieb und vom Staatsoberhaupt wie ein Sohn geliebt wurde. Eine Schlange, ein gefährlicher Intrigant, den Raoul Vincent im Auge behielt. Duvalier empfing den Staatssekretär Vincent in seinem weinroten Morgenrock mit der Schirmmütze auf dem Kopf, einer Aufmachung, die er nur ablegte, wenn er Diplomaten empfing oder an offiziellen Sitzungen teilnahm. Seine Maschinenpistole lag immer in Reichweite auf einer Ecke seines Schreibtisches, um jeden plötzlichen Wahnsinnsanfall eines getreuen Dieners abzuwehren.

Einziger Diskussionspunkt auf der Tagesordnung war die Frage, ob die Freilassung einer bestimmten Anzahl politischer Gefangener zweckmäßig war. Mit Rücksicht auf die neuen Beziehungen zu den amerikanischen Nachbarn hielt das Staatsoberhaupt den Moment für geeignet, eine spektakuläre Geste zu machen und gegenüber einigen inhaftierten Gegnern der Macht präsidiale Großmut walten zu lassen. Er brauchte nämlich auch Geld. Eine Entscheidung, die er widerwillig traf. Nach der Ermordung des Präsidenten Kennedy unterstützte die neue Regierung der Vereinigten Staaten unverhohlen die antikommunistische Politik von Papa Doc. Eine neue Gattung von Lobbyisten sicherte die

Verbindung zwischen dem Nationalpalast und den Hinterzimmern der amerikanischen Politik, in denen die großen Beschlüsse gefasst wurden. Denn abgesehen von politischen Motiven verfolgten die USA mit ihrer versöhnlichen Haltung das Ziel, zu verhindern, dass irgendein Auftrag, wie gering auch immer, an die Konkurrenz ging. Der Antiamerikanismus der Regierung Haitis war nur Fassade, dahinter setzte die wirtschaftliche Zusammenarbeit zwar behutsam wieder ein, reichte aber nicht aus. Das State Department übte auf die haitianische Regierung einen gewissen Druck aus, zumindest ein Minimum an Demokratie zu beweisen. Man musste sich vor den Attacken der Opposition und Gruppierungen verschiedenster Herkunft wappnen, die die Menschenrechtsverletzungen in den Ländern Lateinamerikas und der Karibik anprangerten und die amerikanische Politik in Haiti verurteilten.

Jeder Staatssekretär hielt in seiner Mappe eine Namensliste politischer Häftlinge sorgsam verborgen, die er dem Präsidenten mit triftig begründeter Empfehlung unterbreiten wollte. Einige unter ihnen warteten schon monatelang auf diese Gelegenheit. Freunde, Verwandte, Mittelsmänner hatten sie dringend ersucht, an höchster Stelle zu intervenieren, um Milde oder einfach nur die Bestätigung eines existenziellen Status zu erwirken. Die Aufgabe an diesem Morgen erforderte von allen Männern um den Tisch besonderes Fingerspitzengefühl, weil sie versuchen mussten, erfolgreich zu sein, ohne sich den Anschein zu hoher Erwartung zu geben.

Der Staatssekretär Raoul Vincent saß gegenüber seinem Kollegen für Finanzen und Wirtschaft, Maxime Douville, seinem Erzrivalen. Die beiden Männer betrachten sich verstohlen. Douville hat Familienmitglieder bei den Massakern in Jérémie verloren. Sein Neffe zweiten Grades gehörte zu den dreizehn jungen Invasoren von *Jeune Haïti*. Die ganze Familie des Letzteren, insgesamt sieben Mitglieder, wurde ausgerottet. Das macht er weder François Duvalier noch den *macoutes*, erst recht nicht den Soldaten zum Vorwurf. Sein ganzer Hass gilt dem Mann auf der Tischseite gegenüber, dem Hauptverantwortlichen für die niederen Aufgaben der Diktatur. Diesem Mann, der heute der Liebhaber von Nirvah Leroy ist, einer der schönsten Mulattinnen des Landes. Einer Frau, die die Wunschträume aller Männer entfacht, die diesen Namen verdienen. Kaum war die Gefängnistür hinter Daniel Leroy zugeschlagen, als dieser grobklotzige, abscheuliche Kerl im Sturm sein Haus und seine Ehefrau nahm. Alle gleich, diese Neger. Ihre Menschlichkeit rechtfertigt sich nur durch eine hellhäutige Frau in ihrem Bett. Aber es kommt noch schlimmer. Man behauptet sogar, dass er es mit der Tochter von Leroy treibt! Zu viel ist zu viel! Das wird er sehr teuer bezahlen. Douville hatte begonnen, ein sehr strenges System zur Kontrolle der Finanzen von Raoul Vincents Ministerium einzurichten. Auf den Centime genau kannte er dessen veruntreute Summen, die Tricks, bedeutende Auslagen zu rechtfertigen. Douville wusste, dass Unstimmigkeiten, die den tolerierten Rahmen bei weitem überstiegen, aus der Zeit stammten, als der Staatssekretär Vincent begonnen hatte, sich der Gunst Nirvah Leroys zu erfreuen. Der Scherz dauerte schon zu lange. Wenn Vincent sich auch unter dem Flügel des Staatsoberhaupts versteckte, er, Douville, würde es verstehen, ihn von dort zu vertreiben. Über kurz oder lang würde der Kopf des Schamlosen fallen, entweder Vincent oder er selbst, das schwor er bei der Asche seiner Mutter.

Endlich erscheint das Staatsoberhaupt im Sitzungsraum, Anzug, schwarzes Jackett, weißes Hemd, graue Krawatte, runde Schildpattbrille, schwächlich und verdrossen, eskortiert von seinem Leibwächter, einem Kleiderschrank mit einer kurzen Maschinenpistole in der Hand. Er wird die gesamte Sitzung hinter dem Präsidenten stehend verbringen. Die Stühle knarren, als sich alle Staatssekretäre beim Eintritt des Staatsoberhauptes erheben. Der Präsident grüßt die Männer um den Tisch mit einer unbestimmten Handbewegung und setzt sich. Raoul Vincent sitzt rechts von ihm. Ohne Vorbemerkung wendet sich der Präsident an den Mann zu seiner Linken und fordert ihn auf, ihm die Namen seiner Entlassungskandidaten zu nennen. Er notiert, nickt, lächelt, murmelt hie und da ein paar Worte und geht zum Nächsten über. Aufgrund seines Postens als Chef der Sicherheit soll sich der Staatssekretär Vincent als Letzter zur Wahl der Staatssekretäre äußern.

Douville hatte sein Teil getan und, wo es nötig war, Versprechen und verbrämte Drohungen ausgeteilt. Den meisten Regierungsmännern genügte die bloße Aussicht auf eine Dienstreise der Inspektoren des Finanz- und Wirtschaftsministeriums durch ihre Zuständigkeitsbereiche, um ihrem Kollegen zu willfahren. Wenige andere unterstützten aus Prinzip und Solidarität die Eingabe auf Freilassung von Daniel Leroy. Der einzige allen Listen gemeinsame Name ist daher der von Daniel Leroy. Alle sind über die Beziehung des Staatssekretärs Vincent mit der Ehefrau des kommunistischen Dissidenten im Bilde. Einige verabscheuen ihn deswegen umso mehr, andere bringen eine gewisse

Bewunderung für ihn auf. Alle anwesenden Männer wissen um die Gefühle, die die beiden stärksten Staatssekretäre der Regierung füreinander hegen. Genau deswegen haben sie nicht gewagt, Douville die Unterstützung der Kandidatur von Leroy zu verweigern. Vincent hat sie um nichts gebeten. Sie wissen auch, dass Vincent alles daransetzen wird, dass Leroy im Knast bleibt, um seine Frau zu behalten. Vor dieser unerwarteten Front wird er jedoch zurückstecken und sich der überwältigenden Mehrheit fügen müssen. Wenn Vincent nur eine Spur von Intelligenz besitzt, wovon sie überzeugt sind. Das Staatsoberhaupt wusste ebenfalls von Vincent und Nirvah Leroy. Sollte Raoul Vincent sich gegen die Wahl aller Staatssekretäre stellen, brächte er sich in eine schwierige Lage, denn sein Beweggrund wäre zu offensichtlich. Sie alle wissen um die Schamhaftigkeit des Staatschefs, der, obwohl er mitten im Nationalpalast mit seiner Privatsekretärin eine heiße, vermeintlich geheime Liebesbeziehung lebt, eine derart offensichtliche Sexaffäre sicherlich nicht unterstützen würde.

Alle in der Runde sind an die Reihe gekommen. Jedes Mal, wenn der Name Daniel Leroy fällt, jubelt Maxime Douville innerlich und lauert auf Raoul Vincents Reaktionen. Dessen Gesicht bleibt gefasst. Er ist stark, sagt sich Douville, aber er wird nachgeben müssen. Nun bleibt nur noch Staatssekretär Vincent, sich zu äußern.

Die Schufte! Sie haben sich von Douville überzeugen lassen. Sie wollen mich unterkriegen. Da haben wir's ... das ist der Anfang vom Ende. Vor einem Jahr wäre so etwas nicht möglich gewesen. Auch Philibert lässt mich fallen, obwohl er mir alles verdankt, sogar seinen Platz in der Tischrunde als Staatssekretär für Staatliches Bauwesen. Arsène ... Vérélus ... Badio ... Die Schufte! Diese Hundesöhne! Heute wird meine Macht vor dem Präsidenten auf die Probe gestellt. Sie wollen mir eine Lektion erteilen. Logischerweise muss ich bei Daniel Leroy für Gnade stimmen. Sie wollen, dass ich aus Nirvahs Leben verschwinde. Eine Art Rache für die Mulatten, die in Jérémie umgekommen sind. Douville nimmt es mir tödlich übel, nichts Neues unter der Sonne. Es kommt aber nicht in Frage, dass Daniel Leroy das Gefängnis verlässt. Ich bin nicht bereit, ihm seine Freiheit zu verschaffen. Nirvah kann mit dieser Situation noch nicht fertig werden. Die Dinge müssen sich behutsam entwickeln, wenn es so weit ist. Ich wusste, dass ich um diese Frau würde kämpfen müssen. Dass jeder mit ihr verbrachte Moment mit meinen Ängsten ebenso wie mit der reinsten Freude bezahlt würde.

Sie wissen nicht, dass ich ohne diese Frau zum Raubtier werde, dass das, was sie heute getan haben, sie alle in ernste Gefahr bringt. Ein in die Enge getriebenes Tier kann nur töten. Ich brauche Nirvah, und diese Handvoll falscher Fünfziger um den Tisch wird sie mir nicht rauben können. Ich hätte Leroys Tage im Gefängnis abkürzen sollen, als dafür noch Zeit war. Ich habe zu sehr gezögert. Bin weich geworden. Heute ist es dafür zu spät. Alles, was ihm jetzt widerfährt, wird mir angelastet. Diese Frau hat meinen Schwerpunkt aus den Angeln gehoben. Ohne sie kann ich mich nicht aufrecht halten.

»Nun, Staatssekretär Vincent?«, näselt François Duvalier. »Könnten Sie uns über Ihren Standpunkt hinsichtlich der Freilassung des Bürgers Daniel Leroy aufklären ...«

Langes Schweigen. Die Stimme des Staatssekretärs Vincent wirkt unbeteiligt aber fest. Mit seiner Sicherheit und Kaltblütigkeit erhebt er sich über seine Kollegen. Er spricht teilnahmslos von Daniel Leroy wie von einem Mann, den er nicht kennt.

»Hm ... Danke, Exzellenz ... hm ... im Gegensatz zur Meinung meiner hier anwesenden Kollegen ... stimme ich dafür, Professor Leroy weiterhin in Haft zu behalten. Meine Auffassung stützt sich auf den tatsächlichen Einfluss, ich würde sogar sagen auf die Aura, die der Bürger Daniel Leroy bei den jungen Menschen dieses Landes genießt und mit der er Schüler und Studenten skrupellos ins Gemetzel schickt ... Wir wissen auch, dass der Bürger Leroy dabei war, einen Staatsstreich auszuhecken, dessen ganzes Ausmaß wir noch nicht übersehen.« Der Staatssekretär hält inne und wirft einen schnellen Blick in die Tischrunde. Eine Sekunde verweilt er bei Maxime Douville, der verlegen den Blick abwendet. »Überdies ...«, fährt er fort, »breitet sich dieser Einfluss auf den Gewerkschaftssektor aus, dessen Brückenköpfe regelmäßige und nachgewiesene Beziehungen mit ihm unterhalten haben, die kurz- oder mittelfristig unsere entstehende Industrie, die Sicherheit der Menschenleben und der Güter unseres Landes sowie den Fortbestand der duvalieristischen Revolution gefährden. Mein Kollege, der Staatssekretär für Soziales, kann das bezeugen ...« Raoul Vincent zieht ein Dokument aus seiner ledernen Aktentasche. »Exzellenz, ich habe hier den Überwachungsbericht ...«

42

»Nein ... Anthony ... rühr mich nicht an ...«

»Mach schon, Baby ... stell dich nicht so an. Dein kleiner Thony bittet dich darum. Du bist schon mehr als eine Stunde hier, Marie. Muss ich dich anflehen?«

»Zwecklos, Thony ... ich möchte nicht von dir angefasst werden.«

»Nun hör mal, Liebling ... sieh mal, in welchen Zustand du mich versetzt hast ... so kannst du mich doch nicht lassen, Baby ...«

»Pfoten weg, Thony. Ein andermal ... Heute Morgen kann ich ganz einfach nicht.«

Thony schmollt. Gott, ist er niedlich, wenn er mich begehrt! Alle Mädchen sind eifersüchtig auf mich. Thony ist ein süßer Typ, er ist schön, groß, muskulös, amüsant, und wenn er lächelt, schmelze ich in meinem Höschen. Ich habe heute Morgen die Schule geschwänzt, um ihn in seinem Zimmer aufzusuchen. Thony hat sein Abitur jetzt schon seit zwei Jahren. Er wartet immer noch darauf, zum Jurastudium nach Frankreich zu fahren, weil aber seine Familie Streit mit der Macht gehabt hat, findet sein Name noch nicht aus dem Nationalpalast ins Einwanderungsbüro *hinunter*. Im Unterschied zu sonst lässt mich seine Anmache heute Morgen kalt. Mein Körper reagiert nicht.

»Heute nicht, Thony ... ich bin nicht in Form ... fühle mich nicht wohl.«

»Hm ... Babyyy ... nur einen Moment ... ich habe solche Lust auf dich ... du brauchst nichts zu machen ... lass dich einfach gehen. O.K.?«

Statt mir zu schmeicheln, ärgert mich Anthonys Beharren mächtig. Bis heute Morgen habe ich seinen Annäherungsversuchen nie widerstehen können. Er kriegt mich immer rum. Selbst wenn er mich nicht befriedigt, mache ich ihm gern das Vergnügen, aber jetzt will mein Körper, will mein Mund sich nicht fügen. Tony reibt seinen Hosenstall an meinem Schenkel, und seine Geste macht mich fuchsteufelswild. Ich bin doch keine läufige Hündin, zum Kuckuck. Kann er denn nicht verstehen, dass ich im Augenblick keine Lust habe, mit ihm zu schlafen? Ich stoße ihn etwas heftiger als beabsichtigt zurück.

»Was ist denn los mit dir, Marie?«, schreit Thony ärgerlich. »Du willst mich zappeln lassen? Macht dich das so scharf, dich zu zieren?«

»Nein ... das ist es ja, du machst mich nicht scharf ... ich möchte nur, dass du mich diesmal in Ruhe lässt, Anthony.«

»So eine Scheiße! Warum bist du dann zu mir in mein Zimmer gekommen?«, sagt er wütend.

»Um einen Moment mit dir zusammen zu sein ... um mit dir zu sprechen. Ist das so schwer zu verstehen? Muss ich dir jedes Mal die Beine breit machen, wenn wir uns sehen?«

Thony wundert sich über meine Frage. Er scheint darüber nachzudenken. Seine Wut legt sich etwas. Er ändert die Taktik.

»Ich ... sage das nicht ... auch ich bin gern in deiner Gesellschaft, aber du schienst es sonst immer so eilig wie ich zu haben ... das klappt gut bei uns beiden ... wir sind ein Superpaar ... du liebst mich nicht mehr, ist es das?«

»Natürlich liebe ich dich, Blödmann.«

»Dann komm ... nur einen kleinen Moment. Du wirst sehen ... ich brauch' nicht lange.«

Natürlich brauchst du nicht lange, Thony. Anders kannst du es gar nicht. Alle gleich, die Burschen. Sturzflug auf das Unterhöschen, ein paar Mal hin und her und hop! Das war's. Und ich tue so, als gefiele mir das. Ich täusche meine Freundinnen mit der großen Leidenschaft. Ich erfinde für sie heiße Wonnestunden, und sie sabbern vor Neid. Thony hat mich nie gefragt, ob er mich im Bett befriedigt, nicht ein einziges Mal. Und ich sage ihm nichts von meinen Enttäuschungen. Er glaubt, mir ein Privileg zu verleihen, das sich so viele andere Mädchen von ihm erträumen. Die Ehre, ihn zum Höhepunkt zu bringen. Während ich bei Raoul oft um Gnade bitte. Er ist alt, hässlich, *kounan*, aber er versteht es, mich in den siebenten Himmel zu versetzen. Er lässt nicht von mir ab, solange ich nicht mindestens einmal gekommen bin. Mit ihm bin ich eine richtige Frau. Wer würde das glauben? Thony nicht, er würde mich auslachen, wenn ich es erzählte. Er weiß nichts von meinem kleinen Geheimnis.

Vollkommen befriedigt ruht Thony auf dem Rücken, raucht eine Zigarette. Eine dumpfe Übelkeit steigt mir die Kehle hoch, ich kann in der Nähe des brennenden Tabaks nicht Luft holen. Ich renne ins Badezimmer, um mich zu waschen, Anthonys Sperma von meinem Geschlecht zu entfernen, bei dessen scharfem Geruch mir übel wird.

Was geschieht mit mir? In meinem Körper spielt sich etwas ab. Ich habe mich vorher nie so gefühlt. Morgens, auch wenn ich gut geschlafen habe, bin ich matt. Am Vormittag kann ich nichts essen. Ich will das nicht, was da mit mir geschieht. Ich will nicht schwanger sein. Schon zwei Wochen warte ich jetzt auf meine Regel. Was mache ich bloß? Je mehr Zeit vergeht, desto tiefer versinke ich in der Scheiße. Es kommt nicht in Frage, Mama etwas zu sagen, sie in meine Sachen einzuweihen: Eigentlich bin ich hergekommen, damit Thony mir hilft. Er muss mich aus diesem Loch holen.

»Thony ... ich muss dir etwas sagen ...«

«Was, Baby?«

»Also ... seit zwei Wochen warte ich auf meine Regel ...«

Thony, noch auf den Flügeln seines Orgasmus, versteht mich nicht. Er streichelt mir den Rücken und antwortet zerstreut:

»Hm ... was ist mit deiner Regel?«

»Kannst du bitte diese Zigarette ausmachen? Du machst mich krank!« Mein scharfer Ton macht ihn wach. Er sieht mich irritiert an.

»Wo drückt denn der Schuh, Baby, hast du ein Problem? Seit du hier bist, wirkst du wie eine Bombe, die gleich detoniert. War ich nicht gut genug? Wenn du mich ein bisschen Kraft sammeln lässt, können wir's noch mal machen. Entspann dich.«

»Ich habe dir doch soeben gesagt, was los ist, Anthony! Du denkst an nichts als ans Bumsen! Die Regel ist verspätet ... das ist mein Problem. Ich glaube, ich bin schwanger, Thony ...«

Endlich ist die Botschaft angekommen. Er drückt sich auf einem Ellbogen hoch und sieht mich an.

»Meinst du das ernst?«

»Ich ... ich weiß nicht. Ich fühle mich bloß dauernd ganz seltsam. Und die Regel, die nicht einsetzt.«

»Hm ... was hast du vor?«

Das war mein Irrtum. Ich hätte es ihm niemals sagen sollen. Was ist denn los mit mir? »Was hast du vor?«, hat er mich gefragt. Er fühlt sich nicht betroffen.

»Weiß nicht ... ich glaube, ich müsste zu einem Arzt gehen ... um sicher zu sein. Ich möchte, dass du mitkommst ...«

»Ich? Aber ... wozu? Das sind Mädchensachen ... frag Caroline oder Julie ... deine besten Freundinnen ... ich, ich weiß nicht.« Ein Anflug von Panik in seiner Stimme.

»Aber ... mir wär's lieber, wenn du mitkommst, Thony, um mir herauszuhelfen. Du meinst doch nicht etwa, der Heilige Geist habe seine Hand im Spiel gehabt?«

Thony kratzt sich am Kopf, sein Kiefer verspannt sich. Er steht auf, macht ein paar Schritte im Zimmer. Er denkt scharf nach.

»Und wenn deine Zweifel zur Gewissheit werden, was machst du dann?«

Thony weist meine Angst wieder einmal auf die Einzahl zurück. Ich weiß nicht, was mich getrieben hat, ihm zu sagen, was ich ihm gesagt habe. Es kam für mich überhaupt nicht in Frage, mit sechzehn Jahren ein Kind zu haben, und schon gar nicht in der Situation meiner Familie. Meine Mutter hat meinen Vater zwar mit siebzehn Jahren geheiratet, aber das war eine andere Geschichte zu einer anderen Zeit. Ich wollte doch nur einen Augenblick glauben, dass Thony mich liebt ... irgendwie, seine Zärtlichkeit ansprechen. Vielleicht änderten sich seine Gefühle, wenn sich seine Panik erst gelegt hatte. Ich hörte mich zu Thony sagen:

»Das wird von dir abhängen ... von uns. Wir könnten es wegmachen lassen ... oder aber behalten.«

»Auf keinen Fall behalten!« Anthonys Antwort kommt scharf wie das Knallen eines Segels im Wind. Dem Wind, der mich schon weit fortträgt aus diesem Zimmer, in dem ich ihm in den Wonnestunden des geschwänzten Unterrichts meinen Körper hingab. »Ich habe auf keinen Fall die Absicht, mich mit einem Kind zu belasten, von dem ich nicht einmal genau weiß, ob ich sein Vater bin ... meine Eltern würden es mir niemals erlauben ... sie haben mich genügend vor dir gewarnt ... sie wussten genau, wovon sie sprachen, meine Alten.«

Oh, diese Worte, die nicht kommen durften, die wie ein heißes Eisen brennen. Ich weiß schon, was ich danach zu hören bekommen werde. Ich biete Thony die Stirn zu einem letzten Kampf, damit mich die Wunde jedenfalls nicht tötet, die er mir in der Flanke aufreißen wird.

»Erst vor knapp zehn Minuten hast du deinen Saft in meinen Bauch gespritzt. Ob du es glaubst oder nicht, so macht man Kinder, Anthony Placide. Es wäre wohl das Mindeste, dafür die Verantwortung zu übernehmen.«

»Du wirst aber von mindestens zwei Leuten mit Saft besprengt, liebste Marie.« Seine lebhafte Antwort schoss heraus wie das Gift einer Schlange. Ich möchte sein Lächeln mit meinen Zähnen herausbeißen.

»Wie? Was sagst du?« Ich spiele die Kühne, damit Anthony aufhört zu reden. Mir ist plötzlich kalt. Aber er hört nicht auf.

»Spiel nicht die Erstaunte oder die Unschuld, Marie, du weißt recht gut, wovon ich spreche. Du vögelst mit diesem *macoute*-Staatssekretär, diesem sogenannten Freund der Familie. Man sagt, er sei auch der Liebhaber deiner Mutter. Was seid ihr bloß für eine Familie! In deiner Lage hast du kein Recht, Forderungen zu stellen, noch weniger Lehren zu erteilen. Du musstest es nur besser einrichten, nicht schwanger zu werden. Jetzt ist es eher am Staatssekretär, sich um dich zu kümmern, geh zu ihm, er hat Geld wie Heu!«

Anthony hat Recht. Er ist ein Feigling und ein Flegel, aber er hat Recht. Ich war nur gut für sein Vergnügen und hatte es dummerweise nicht glauben wollen. Solange ich die hübsche kleine Mulattin Marie mit den großzügigen Händen war, führte er mich vor wie eine schöne Eroberung, ein Prachtstück. Er genoss meine Bereitwilligkeit, meine Freigebigkeit, meinen Körper, den er nie befriedigen konnte. Er brüstete sich vermutlich sogar vor seinen Kameraden, die Freundin mit einem Staatssekretär zu teilen. Aber alles das wusste ich. Raoul dagegen wird mich nicht im Stich lassen. Ich hole meine Handtasche und sage ihm im Gehen mit boshafter Ruhe:

»Du bist nur ein armes Bürschchen, Thony. Ein Weichei. Und im Bett taugst du nichts. Du wusstest also um meine Verbindung mit dem Staatssekretär und kamst gut damit zurecht. Erst jetzt, wo ich deine Hilfe brauche, jetzt, wo ich von dir verlange, ein Mann zu sein, da stört sie dich. Ja, ich werde zu ihm gehen. Er ist zwar ein *macoute*-Staatssekretär, aber er, er ist ein richtiger Mann.«

43

Sie sind in zwei nachtschwarzen Jeeps gekommen. Die Kette am Eingang sprang in Stücke unter einer Garbe aus der Maschinenpistole. Ein fürchterlicher Krach, der sekundenlang in den Bäumen der Rue des Cigales hing. Ich war noch nicht ganz wach, als sie sich bereits im Haus befanden. Sie haben uns an der Wand des Flures aufgereiht, der zu den Schlafzimmern führt, die Kinder, Tinès, Yva und mich. Seit einer halben Stunde durchstöbern, vielmehr verwüsten sie alle Räume. Sie reden laut, bewegen sich fast im Laufschritt, schmettern die Türen. Bei einem von ihnen, der wie rasend um sich blickt und mit der Waffe in der Faust herumspaziert, bin ich jeden Moment darauf gefasst, dass er um sich schießt. Sie werden nichts finden. Nach Daniels Einkerkerung habe ich alle seine Bücher, Zeitschriften, Notizhefte, sogar seine Korrespondenz auf dem Scheiterhaufen verbrannt. Ich habe ihnen keinen Vorwand geliefert, mich wegen subversiver Literatur zu verfolgen. Denn diese Razzia hat nichts mit Daniel zu tun. Man rechnet ab mit der Mätresse des Chefs der politischen Polizei. Die Botschaft an den Staatssekretär ist eindeutig, er verbreitet keine Angst mehr. Nicolas zittert, Marie ist leichenblass, Yva hält sich den Bauch, wenn nur ihre Därme nicht nachgeben. Der Hofjunge verzieht keine Miene, war er auf ihr Erscheinen vorbereitet? Raoul vertraut ihm, ich nicht. Sie sind zu siebt, alle in Zivil, zwei von ihnen halten Wache im Hof. Ihr Chef, ein hoher Militär, dürfte in Daniels Alter sein, ich kenne ihn vom Sehen. Er weicht meinem Blick aus. Ich könnte nicht sagen, ob die übrigen sechs Männer *macoutes* oder Militärs sind. In meinem Fall kommt das aufs Selbe heraus, bei der Erledigung ihrer schmutzigen Arbeit verstehen sie sich gut. Der Wind hat sich gedreht. Diese lärmende Razzia nach elf Uhr abends spricht Bände über die Situation Raouls. Das hätte ich nie für möglich gehalten. Seine Macht wird mit jedem Tag bröckliger. Seit einiger Zeit spüre ich es an seinen Schlafstörungen, den nervösen Zuckungen seiner Hände, an seinem unruhigen Schweigen. Neulich hat er mir eher vage von Spannungen zwischen ihm und gewissen Kollegen in der Regierung erzählt. Aber da ist sicher noch mehr, wie ich jetzt überzeugt bin. Der tragische Tod des Staatssekretärs für Öffentliches Bauwesen wirbelt viel

Staub auf. Gestern Abend ist er in Mariani auf der Nationale 2 in seinem Auto bei lebendigem Leib verbrannt; bei ihm war ein Körper, der nicht identifiziert werden konnte. Seine Mätresse, wie böse Zungen behaupten. Die Missetat einer eifersüchtigen Frau oder politische Vendetta, immer noch den bösen Zungen zufolge. Die Untersuchung wurde eröffnet, die Ergebnisse wird man vielleicht nie erfahren, aber diese Tode riechen nach Mord, nach niederträchtigem Verbrechen. Raoul, was weißt du davon? Werde ich aus deinem Mund je ein wahres Wort hören? Sag mir, Raoul, dass nicht du Philibert hast verbrennen lassen, wie böse du ihm auch warst. Ist das Leben eines Menschen nichts mehr als ein trockenes Blatt, das vom Baum fällt und unter den Schuhsohlen zertreten wird? Ein Spinnennetz, das mit einem Besenstrich verschwindet? Eine Mandel, die ein Kind unter einem Stein zu Pulver zerdrückt?

Der Wind hat sich gedreht, ich muss weg von hier. Mein Bauchgefühl sagt es mir. Die hektischen Schritte dieser Männer im Haus dröhnen wie Alarmsignale in meinem Kopf. Mein Gehirn arbeitet mit unerhörter Schnelligkeit. Etwas wie eine drängende Mahnung hat mich ergriffen und fiebert in mir. Eine Mahnung zu leben, mein Leben und das der Kinder zu retten. Daniel wird nicht lebendig aus dem Gefängnis kommen. Das weiß ich jetzt. Und sollte er jemals herauskommen, dann gäbe es einen unüberwindbaren Graben zwischen uns. Über kurz oder lang wird Raouls Kopf fallen. Feindseligkeiten sind gegen ihn ausgelöst worden, nur der Staatschef hält ihn noch auf seinem Posten, aber er wird ihn schließlich fallen lassen, um das Gleichgewicht unter seinen Helfershelfern wieder herzustellen. Ich darf nicht warten, bis es dazu kommt. Nun kippt mein Leben in diesen wenigen Stunden erneut. Was aber wollen diese Männer von mir? Hier sind weder Waffen noch Geld. Wollen sie Raoul herausfordern? Ihn in panische Angst versetzen? Und mein Schmuck? Die Kassette ist in der verschlossenen Kommodenschublade. Eben erst haben sie mit einer Eisenstange etwas im Schlafzimmer aufgebrochen. Wie soll ich mit den Kindern das Land verlassen, wo wir doch auf der schwarzen Liste der Einwanderungsbehörde stehen? Die rettende Genehmigung aus dem Palast wird es nicht geben. Ich darf Raoul nichts sagen. Er darf nicht erraten, was in mir vorgeht. Er wird Mittel und Wege finden, dem Abgrund zu entfliehen, der sich unter seinen Füßen öffnet. An mir ist es, mich aus dem meinen zu retten. Vielleicht die Staatsgrenze. Ich habe gehört, dass Militärposten beidseits der Grenze, wenn sie reichlich geschmiert werden, Flüchtige durchlassen. Aber wo soll ich das Geld hernehmen? Raoul gibt mir genug, um problemlos zu leben, aber mehr nicht. Und wie lange noch? Ich brauche weit mehr, um meinen Grenzübertritt zu bezahlen.

Die Durchsuchung scheint abgeschlossen zu sein. Sie haben natürlich nichts gefunden, weil sie auch nichts suchten. Höchstens meinen Schmuck. Raoul wäre doch nicht so verrückt, hier kompromittierende Waffen oder Gegenstände zu lassen. Jetzt richtet sich die Aufmerksamkeit der Männer mehr auf uns. Mit strengem Blick und schwer atmend gehen sie vor uns auf und ab. Ihr Chef ist im Salon, ich höre ihn am Telefon reden. Der mit der Pistole kommt an Marie heran und pflanzt sich vor ihr auf. Er riecht stark nach Schweiß und zertretenen Papayablättern. Ein ausdrucksloses Gesicht. Er starrt Marie unverwandt an und lässt die Waffe über ihren Hals, ihre Brust bis zu ihrem Bauch hinab wandern. Drei andere Schergen sehen ihm kichernd zu. Sie kümmern sich nicht im Geringsten um mich und die anderen Hausbewohner, wir existieren nicht. Der Lauf der Waffe befindet sich jetzt zwischen Maries Schenkeln und bewegt sich brutal gegen ihre Scham hin und her. Mein Herz klopft zum Ersticken. Yva hört nicht auf zu schluchzen, hält Nicolas mit einer Hand an der Schulter, mit der anderen ihren Bauch. Ein Schreckensschrei entweicht mir, als ich eine Bewegung hin zu meiner Tochter mache. Der Mann sieht mich an, und ich halte ruckartig inne. In seinen Augen tanzt der Tod. Er drängt sich mit dem seinen an Maries Gesicht und beleckt ihre Wange. Ein heftiger Schluchzer schüttelt Marie, ihre Gesichtszüge erstarren in einer Schreckensgrimasse. Marie, mein Baby, mach die Augen zu, du träumst nur ... es ist nichts als ein böser Traum, den ein bisschen kaltes Wasser auf deinem Gesicht schnell wieder abwäscht. Die anderen Häscher und Voyeure haben alle zur gleichen Zeit ihre Pistolen aus ihren Etuis gezogen und sich uns noch mehr genähert, uns umzingelt. Ich fühle, dass die Situation rasch in ein Drama ausarten wird. »Soldaten, auf eure Posten!« Die Weisung knallt wie eine Peitsche und lässt uns alle aufschrecken. Der Mann vor Marie dreht sich langsam um, blickt zum einige Meter entfernten Chef, schneidet eine Grimasse, mustert ihn von oben bis unten und lässt ab von meiner Tochter. Mit einer Kopfbewegung befiehlt der Militär den Männern, das Haus zu verlassen. Marie fällt ohnmächtig zu Boden.

44

»Eine Tasse Kaffee? Einen Fruchtsaft?«

Dorothy und Lola, zwei Stammkundinnen aus Maggys Schönheitssalon, sind bei mir zu Besuch, um den Schmuck mit Saphiren und Diamanten anzuschauen, den ich verkaufe. Raouls erstes Geschenk. Zeuge aus einer Zeit, in der mein Leben mir entglitten ist. Dieser Schmuck, das einzige Überbleibsel aus der Durchsuchung von gestern Abend. Er befand sich nicht in der Kassette. Zu müde, ihn aufzuräumen, als ich ihn das letzte Mal getragen hatte, hatte ich ihn in die Tasche des Abendkleids gesteckt und es auf einen Bügel in den Schrank gehängt. Ich muss mir das Geld verschaffen, um wegzukommen. Ich werde auch alles zu Geld machen, was mir auf der Stelle etwas bringt, das Auto, die vergoldeten Silberbestecke, die drei Fernsehapparate, die Gefriertruhe und den neuen Plattenspieler. Den Generator. Selbst das Haus verkaufe ich, wenn ich einen Käufer finde. Maggy hat mir sofort die beiden Abnehmerinnen geschickt, ihr Verständnis für die Dringlichkeit macht mir Mut. Ich empfange die Damen, bin in Gedanken aber abwesend. Seit heute Morgen geht es Marie schlecht, sie hat plötzlich hohes Fieber. Vermutlich der Schock von gestern Abend. Raoul hat mich am späten Vormittag angerufen, ohne irgendetwas zu erwähnen. Wie üblich war er kurz angebunden und teilnahmslos, ich bin sicher, dass er von gestern Abend weiß. Ich habe ihm gesagt, wie es Marie geht. Fürchtet er, dass das Telefon abgehört wird? Er ist vor allem um Marie besorgt. Ob er heute Abend zu uns kommt, hat er nicht gesagt, wie auch im Allgemeinen Raoul seine Besuche nicht ankündigt.

»Öh ... Kaffee, danke«, antwortet Lola.

»Ich brauche nur einen Tropfen Kaffee nach dem Mittagessen zu trinken, und schon verbringe ich eine schlaflose Nacht ...« Dorothy schaut auf das Zifferblatt des kleinen Wunders, das ihr als Uhr dient ... »Zwei Uhr dreißig ... Ich reagiere sehr stark auf Kaffee ... hm ... was für einen Fruchtsaft haben Sie da?«

»Kirschen aus meinem Garten ...«

»Oh nein! Bloß nicht! Gift für meine Magensäure! Dann nehme ich ein Glas Wasser ...«

Lieber Gott, verleih mir Geduld ... die kommenden Stunden versprechen schwierig zu werden. Meine Nerven liegen zwar schon bloß, aber diese Dorothy ... mir tut der Mann leid, der sie einmal mit all ihrer Kohle ertragen muss.

Dorothy gluckst, wenn sie spricht. Sie gluckst und äugt verstohlen um sich. Sie ist eher hier, um das Haus der Mätresse von Raoul Vincent zu erkunden. Sie geht mir dermaßen auf die Nerven. Die Nachricht von der Razzia bei mir hat sich überall in der Stadt herumgesprochen. Mehrere Freunde haben mich angerufen, um zu hören, ob alles bei uns in Ordnung ist. Roger hat mich trotz allem aufgesucht, und ich habe ihn gebeten, Nicolas für die nächsten Tage zu sich zu nehmen. Bisher kein Wort von Daniels Familie. Arlette jubiliert sicherlich. Dem Gerücht zufolge sind Marie und ich vergewaltigt, hunderttausende Dollar beschlagnahmt worden. Wenn ich sie nur hätte, alle diese Dollar, ich wäre mit Sicherheit nicht mehr hier. Ich habe mich heute Morgen krumm gelegt, um einen Anflug von Ordnung im Haus herzustellen, auch eine Methode, um die letzten Stunden zu vergessen. Auf der Veranda scheint alles ziemlich normal zu sein.

Dorothy hört nicht auf, Unsinn zu reden. Hier zu sein, muntert sie auf. Sie kommt mit etwas ganz Großem in Berührung, wie sie es nie zuvor erlebt hat. Den Nachmittag bei der Mätresse von Raoul Vincent zu verbringen, an diesem berüchtigten Ort der Perversion? Ihre Freundinnen werden ihr nicht glauben. Das reicht aus, um sie ein paar Tage lang in Atem zu halten. Wo mag Maggy diese Sorte Aal aufgefischt haben? Ein langer und magerer Hals. Ich sah ihre Augen aufleuchten, als sie die Kette betrachtete. Ein wahres Prachtstück. Ich habe keine Zeit, ihr nachzutrauern. Dorothy ist die älteste Tochter eines reichen Kaufmanns aus der schwarzen Mittelklasse, der dank saftiger Verträge mit der Regierung seine Schäfchen ins Trockene bringt. Blutholz, Naturöle, Zement, Straßenbau, er hat überall seine Finger im Spiel. In kaum fünf Jahren ist er reich geworden. Er hat Zutritt zu allen Zirkeln, ob bei den Militärs, den *macoutes*, der Bourgeoisie oder der Geistlichkeit, ein Meisteropportunist. Wo ist Raoul? Warum mache ich mir Gedanken um ihn? Die Nachrichten über Marie haben ihn erschüttert, ich habe es selbst an seinem Schweigen bemerkt. Wenn bloß diese Pute den Schmuck kauft. Sollte das Fieber bei Marie nicht in einer Stunde fallen, lasse ich Doktor Xavier kommen. Sobald diese Damen gegangen sind, rufe ich Roger an und bitte ihn, Nicolas schon heute bei sich zu behalten.

Maggy hat mir angeboten, die Nacht mit mir zu verbringen. Ich glaube nicht, dass ich zwei Razzien hintereinander zu befürchten habe, aber man weiß ja nie. Ihre Anwesenheit wird mich beruhigen, sie wird mir auch für Marie hilfreich sein.

»Und Marie?«, fragt mich Maggy. Meine Freundin ahnt, was in mir vorgeht, sie versteht die panische Angst, die sich in meiner Seele und in meinem Bauch breitmacht und mit jeder Stunde zunimmt.

»Ich habe ihr Tabletten gegen das Fieber gegeben ...«

»Hm ...«, macht sie. Wir sprechen der beiden anderen wegen nur in Andeutungen.

»Gefällt sie dir nun, Dorothy? Hatte ich nicht recht, als ich dir sagte, dass ich dir ein wahres Wunder vorführen will? Ich kann mir dich gut mit der Kette vorstellen, dein Hals ist dafür gemacht, schönen Schmuck zu tragen. Ist nicht gerade Blau deine Lieblingsfarbe?« Maggys Stimme nimmt einen so ernsten Ton an wie ein Auktionator, und Dorothy sieht sie mit starrem Lächeln aufmerksam an.

»Gut ... ja ... ein schönes Stück ... ich habe aber schon soviel Schmuck ... Papa wird nicht erfreut sein ...«

»Ich bin sicher, du wirst ihn zu bezirzen wissen«, ermutigt sie Maggy. »Hier ... probier mal die Kette ... leg auch die Ohrringe an.«

Dorothy lässt sich nicht lange bitten. Der Schauer, den der kühle Schmuck auf ihrer Haut hervorruft, überrascht sie, ihre Brustwarzen werden hart, ihre Hände zucken.

»Stimmt ja, er hat mich gebeten, ihn nächste Woche zum Empfang eines ausländischen Diplomaten zu begleiten ... einer der einflussreichsten Botschafter ... ich lasse mich gern bei Diplomaten einladen ... man begegnet dort vielen Ausländern.« Dorothy gluckst.

»Ah?«, sagt Lola, die bisher nicht viel geäußert hat, »was hast du an den Einheimischen auszusetzen?«

»Och ... nichts ... nur fehlt es ihnen manchmal an Raffinesse.« Dorothys Tonfall ist ein klein wenig geringschätzig.

»Hm ... vielleicht verkehrst du mit solchen, mit denen man es nicht sollte. Ich kenne gebildete, kultivierte Haitianer.« Dorothys Bemerkung hat Lola offenbar nicht besonders gefallen.

»Du hast vielleicht recht, Lola, gib aber zu, dass sie eher in der Minderheit sind, diese Landsleute! Ansonsten gibt es überall, wo ich hingehe, nur *macoutes*, die glauben, mir den Hof machen zu dürfen ... diese Grobiane ...«

»Immerhin ... versteht sich dein Vater gut mit ihnen ... wenn es um Geschäfte geht ...« Lola steht dazu, die Tochter eines Duvalieristen zu sein, und Dorothy ist eine kleine Genießerin, die nicht weiß, wann man besser den Mund hält.

»Ja ... das kannst du wohl sagen ... ich frage mich, wie er sie ertragen kann. Kürzlich war ich auf einem Ball, und um Papa einen Gefallen zu tun, musste ich mit einem jungen VSN tanzen ... er hatte ziemlich viel getrunken und hat sich erlaubt, mich aufzufordern, den Rest der Nacht mit ihm zu verbringen ... so eine Dreistigkeit! Ich mit einem *macoute* schlafen, einem Schwarzen zudem? Das überlasse ich den Nutten!« Dorothys Wut lässt die Edelsteine auf ihrer Haut stärker funkeln.

»Oh! ...«, rufen Lola und Maggy gleichzeitig und blicken zu mir. Dorothy merkt, dass sie einen Fauxpas begangen hat, aber war es wirklich einer?

Ich war zwar nicht beleidigt, aber doch ärgerlich über das Mädchen mit dem langen Hals.

»Um eine Nutte sein zu können, mein Liebchen, muss man eine richtige Frau mit einer richtigen Pussi zwischen den Beinen sein ... und sich ihrer zu bedienen wissen ... einen Mann behält man nur, wenn man ihm Vergnügen bereitet ... alles Geld der Welt hält einen unbefriedigten Mann nicht bei der Stange ... ob *macoute* oder nicht.«

»Huch ... aber ich wollte Sie doch nicht kränken, Nirvah.«

»Ich bin's nicht, Dorothy. Sind Sie's?«

»Nein ...«

»Dann ist ja alles gut ...«

»Das ist genau die richtige Gelegenheit!« Maggy schaltet sich ein, um dieses Intermezzo zu beenden. »Dieser Empfang kommt sehr gelegen. Elegant, wie du bist, findest du bestimmt das passende Kleid zu diesem Kollier. Du wirst Furore machen.«

»Meine Liebe ... als hättest du es gewusst! Ich habe dafür ein langes Kleid anfertigen lassen ... mit einem V-Ausschnitt ... erst gestern war ich bei der Anprobe ... Madame Simon ist wirklich sehr geschickt ... kennst du sie? Sie fertigt auch Kleider für die Töchter des Präsidenten ...«

Dorothy wirft mir einen Seitenblick zu. Sie möchte mir wohl zu verstehen geben, dass sie eine wichtige Frau ist, Leute von Welt kennt und mit der feinen Gesellschaft von Port-au-Prince verkehrt. Habe ich das in diesem Moment nötig? Eine schlecht gevögelte Schnepfe, die mir ihre Schau abzieht. Wenn's nicht für Maggy wäre ... Ich verlasse die Frauen einen Moment, um nach Marie zu schauen. Das Fieber ist nicht gefallen. Ich bekomme Angst.

»Wie viel verlangen Sie für den Schmuck?«, fragt Lola. Endlich eine wichtige Frage für mich, aber ich weiß nicht, welchen Preis ich vorschlagen soll.

»Hmmm ... Fünftausend Dollar!«, antwortet Maggy rasch. Sie ist mir zuvorgekommen, hat meine Hemmung geahnt. Wir hatten uns leider nicht über einen Ausgangspreis verständigt. Was für eine klägliche Geschäftsfrau ich doch abgebe.

»Fünftausend Dollar!«, ruft Dorothy. »Das ist ... ungeheuer.«

»Er ist das Dreifache wert!«, bestätigt Maggy mit Überzeugung. »Ohrringe, Halskette, Armband und Ring ... fünf kostbare Stücke. Eine echte Chance, die ich selbst zu meinem Leidwesen nicht wahrnehmen kann. Aber wenn Sie ein Angebot machen, könnte Nirvah in Erwägung ziehen ...«

»Zweitausend!«, lässt Dorothy mit zusammengebissenen Zähnen verlauten.

Dieses Aas! Bietet mir einen Spottpreis ... sie sagt sich wohl, dass ich in der Klemme bin. Yva erscheint besorgt auf der Veranda. Ich mache ihr Zeichen zu kommen, sie neigt sich und flüstert mir ins Ohr:

»Mademoiselle Marie spricht jetzt wirr ... kommen Sie ...«

»Dreitausend Dollar!«, ruft da Lola.

»Dreitausend? Abgemacht!« ... antworte ich ihr und verlasse überstürzt die Anwesenden. »Lass dir von deiner Freundin das Geld für mich geben ... begleite die Damen zurück und komm wieder zu mir, sobald du fertig bist«, rufe ich Maggy zu.

Im Weggehen kann ich noch Dorothys ärgerliche Schnute sehen, wie sie mit erhobenen Armen an der Schließe des Kolliers nestelt.

45

Raoul Vincent fragte sich, wie oft die Sonne noch aufgehen würde, bevor die Falle über ihm zuschnappte. Einige Tage wollte er noch durchhalten, so lange, bis er genügend Geld aufgetrieben hätte. Geld für ihn, um mit seiner Familie in der Botschaft von Venezuela politisches Asyl zu erbitten, und Geld für Nirvah, damit sie sich mit ihren Kindern die Flucht aus dem Land erkaufen konnte. Er vollführte einen Seiltanz, wechselte häufig den Ort und blieb nie länger als eine Stunde im Ministerium, um einem Feind auszuweichen, der in nicht vorhersehbarer Gestalt erscheinen könnte. Er hatte vor, Nirvah zu sagen, wenn er sie an diesem Abend sehen würde, dass der Augenblick gekommen war, alles hinter sich zu lassen. Vor ihrer Abreise müsste sie Schutz bei jemandem suchen, der nicht zu ihren direkten Verwandten gehörte. Seine Mitarbeiter, seine Maulwürfe, wussten von der Hausdurchsuchung bei Nirvah Leroy nichts, der Befehl stammte von Behörden außerhalb ihres Zuständigkeitsbereichs. Der Feind schlug verborgen und unter größter Geheimhaltung zu. Im Ministerium war fast nichts mehr unter der Kontrolle von Raoul Vincent, weil er nicht mehr die Oberhand über das Geld hatte. Douville hatte die Kanäle, aus denen sich die geheimen Konten des Ministeriums für Verteidigung und Öffentliche Sicherheit speisten, langsam und mit machiavellistischer Präzision verriegelt. Neue Verfügungen entzogen dem Staatssekretär den uneingeschränkten und unkontrollierten Zugriff auf beträchtliche Geldsummen. Er würde nicht lange durchhalten, wenn er kein Geld mehr zu verteilen hatte, jenes Geld, mit dem er die Gefolgstreue von *macoutes* und Leuten verschiedenster Herkunft erkaufte, die für seine Sache arbeiteten. Er besaß zwar eine Viertelmillion Dollar, die er als Festgeld bei einer amerikanischen Bank angelegt hatte, doch konnte er noch nicht darüber verfügen. Die wenigen Tausend Dollar, die er sofort zur Verfügung hatte, würden ihn nicht sehr weit bringen. Durch den Heißhunger seiner Frau und seiner Töchter, seine Verpflichtungen gegenüber Nirvah und die Launen Maries stand er praktisch mittellos da. Immerhin könnte er eine bedeutende Anleihe bei einem ihm bekannten Syrer aus dem Hafenviertel machen, aber diese Option behielt er sich lieber für später vor, die Nachricht würde sich zu schnell verbreiten. Er musste etwas anderes finden. François Duvalier würde ihn nicht fallen lassen, das war einfach undenkbar. Ihn, der der Revolution sein Leben gewidmet, für sie seine Seele verkauft hatte. Er wusste aber auch, wie heimtückisch seine Feinde ihn beim Präsidenten verleumdeten. Duvalier würde ihm nichts tun, aber er würde zulassen, dass seine Getreuen ihn zur Strecke brachten. Erst kürzlich hatte er mit ihm bei einem Treffen im Palast das Thema der geheimen Geldmittel angesprochen, die man seinem Ministerium entzogen hatte. Ohne eine Miene zu verziehen, hatte Papa Doc ihm nur geraten, sich keine Sorgen zu machen, er habe volles Vertrauen zum Staatssekretär für Wirtschaft und Finanzen, der die gewiss nur vorübergehende Lage wieder in Ordnung bringen werde. Ein belangloser Satz mit dem Beigeschmack eines Urteils. Vor allen Dingen musste er einen kühlen Kopf bewahren und auf der Hut bleiben, ohne dabei in Panik zu verfallen. Er wollte nicht sein Leben lassen bei der Jagdpartie, die gegen ihn im Gang war. Die Haltung des Präsidenten ihm gegenüber änderte sich neuerdings. Er telefonierte seltener mit ihm, verkürzte ihre Begegnungen oder verringerte deutlich deren Zahl. Gewisse Sicherheitsberichte erreichten ihn nicht mehr, und die Mitarbeiter seines Ministeriums machten Gesichter wie Gestrandete. Eines Tages, bald, würde ihm der Zutritt zum Nationalpalast verweigert. Im vergangenen Jahr hatte ein befreundeter Staatssekretär der Regierung, der in Ungnade gefallen war, diesen bestürzenden Moment erlebt. Er war, seinem Überlebensinstinkt folgend, in sein Auto gestiegen und direkt zu einer Botschaft gefahren, um Asyl zu erbitten. Er, Raoul Vincent, würde sich dieser äußersten Kränkung nicht aussetzen.

Nirvah. Die Bestien hatten gewagt, sie anzufassen, in ihr, in sein Haus einzudringen. Bei seiner Frau und seinen Kindern. Er malte sich aus, wie diese schmutzigen Schweine die intimen Räume dieses Hauses mit dem angenehmen, milden Duft der drei ihm teuren Wesen wie Dreck durchwühlten. Er, der so viele nächtliche Strafexpeditionen gegen die Feinde der Revolution angeordnet hatte, konnte die Vorstellung nicht ertragen, dass das Heim, das zu seinem geworden war, von brutalen Stiefeln beschmutzt wurde. Er verscheuchte aus seinen Gedanken die schwere Wolke der Leiden, die sein Wille verhängt hatte und die ihn jetzt einzuhüllen drohte. Solche Geschichten gehörten in eine andere Welt, ließen sich mit Gründen rechtfertigen, die er nie hatte in Frage stellen müssen. Er würde nicht jetzt damit beginnen, um nicht den Verstand zu verlieren. Er war seiner Aufgabe nicht gerecht geworden. Nirvah hatte am Telefon versucht, ruhig zu bleiben, aber ihre Stimme hatte gezittert. Er wusste nicht, wie er diese Untat ungeschehen machen sollte, begangen an einer Frau, die er so liebte, an diesen beiden Kindern, für deren Leben er zu sorgen hatte. Die Machtlosigkeit kam dem Staatssekretär in der Kehle wie beißende Galle hoch. Die Maschine, die er geschaffen, für die er Mechanik und Räderwerk erdacht hatte, richtete sich gegen ihn, um ihn zu zermalmen. Gegen diese Macht konnte man nicht ankämpfen, konnte man bestenfalls versuchen, seine Haut zu retten.

Marie ... Sie hatten Marie angefasst, die schlimmste Kränkung. Eine demütigende Herausforderung, auf die er aus bitterer Zeitnot nicht reagieren konnte. Oh! mit welchem Entzücken würde er Douville beseitigen! Er würde ihm die Adern öffnen und zusehen, wie er verblutete, ohne einen Finger zu rühren. Und seine Helfershelfer, die würde er verdursten lassen. Einer seiner Spione hatte ihm berichtet, dass am Tag nach der Razzia Dorothy Desormeaux im Haus bei Nirvah zu Besuch war. Was hatte sie dort zu suchen, die Schlampe? Wusste Nirvah denn nicht, dass der Vater dieser kleinen Nutte mit Douville unter einer Decke steckte, um ihn zu Fall zu bringen? Der Opportunist André Desormeaux fühlte sich jetzt wohl so sicher im Sattel bei der Ersten Dame, dass er unverfroren nach seinem Posten trachtete. Simone Duvalier schwor nur noch auf ihn. Nachdem er vor etwa fünf Monaten zum Chef der staatlichen Warenhäuser ernannt worden war, machte er die Frau des Präsidenten mit Hilfe von Douville täglich reicher. Wöchentlich überreichte er ihr eine kleine Notiz über den neuen Stand ihrer verschiedenen örtlichen und internationalen Bankkonten. Sie wird ihm alles geben, was er will. Sie wird ihm wie Salome den Kopf von Vincent auf einem Teller reichen, wenn er dafür den goldenen Tanz weitertanzt. Er jedoch würde nicht als Einziger gehen. Andere würden mit ihm verschwinden. Philibert konnte schon ein Lied davon singen. Zwei weitere Regierungsmitglieder würden in Bälde ebenfalls einem tragischen Schicksal zum Opfer fallen. Raoul Vincent hoffte von ganzem Herzen, dass die Götter ihm seine Wünsche erfüllten.

Er konnte es nicht ertragen, zu wissen, dass Marie leiden musste. Dieses plötzliche Fieber beunruhigte ihn in höchstem Maße, Aufregung allein konnte nicht die Ursache für einen solchen Zusammenbruch sein. Marie ... sein Engel, sein kleines Schätzchen. Mit der Zeit hatte er bei ihr Nirvahs Weiblichkeit und Leidenschaft entdeckt, gewürzt jedoch mit einem Quäntchen Frechheit und Rebellion, die ihn mächtig erregten. Eine Kindfrau, die ihre Kräfte erprobte. Als er sie mit fünfzehn Jahren genommen hatte, war sie zwar körperlich noch Jungfrau, geistig jedoch nicht mehr. Eine Vergewaltigung, die er nicht geplant hatte und von der ihm ein vager Nachgeschmack geblieben war. Er hatte befürchtet, dass ihm diese Tat für immer die Tore des Hauses in der Rue des Cigales verschließen würde. Sie hatte indes geschwiegen und zu seiner großen Überraschung den Kontakt mit ihm gesucht. Wie um sich Schmerz zuzufügen. Sie benutzte ihn, um sich gegen das Böse zu immunisieren, das er in ihren Augen verkörperte. Eine verwirrende Initiationsphase. Sie hatte sehr schnell die Techniken der Liebe erlernt und neugierig körperliche Freuden entdeckt, doch waren es für sie nur Techniken. Im Unterschied zu Nirvah, die mit der Seele zu lieben verstand und oft darüber erschrak. Marie wollte alles Gute vom Leben, und zwar sofort, sie hatte in zartem Alter seine harte Faust zu spüren bekommen und ging in einem Wimpernschlag aus der Jugend ins Erwachsenenalter über. Ihre Mutter hatte nicht die Worte gefunden, um ihre Unschuld zu bewahren. Marie pfiff auf jegliche Unschuld. Sie lernte Verrat und Vertrauen, Zweifel und Lüge, Treue und Heuchelei kennen, lernte sie bei den Menschen zu erkennen und, wenn nötig, sie sich zunutze zu machen. Sie hatte sehr schnell begriffen, dass die Welt um sie herum keine Geschenke machte, dass sie sich mit ihren eigenen Mitteln, mit ihrem Engelslächeln und ihrem Zynismus, verteidigen musste. Und was für einen Hunger auf Leben sie hatte! Einen verzehrenden Hunger, gespeist von aufregenden Geschehnissen und intensiven Genüssen, von Herausforderungen, die es anzunehmen galt. Sie vergalt Schläge mit Schlägen, Enttäuschungen mit Enttäuschungen, Vergnügen mit Vergnügen. Sie spielte Schach mit den Figuren ihres Lebens, eine Kunst, deren Feinheiten und hohe Strategie sie schnell erwarb. Und das alles mit einer so entwaffnenden Naivität. Natürlich liebte Marie ihn nicht. Wie konnte sie auch einen hässlichen, unansehnlichen Mann wie ihn lieben? Sie vergnügte sich mit der reichen Großstadtjugend ihres Alters, den jungen Burschen mit flachen Bäuchen und hohlen Köpfen. Mit ihm aber hatte sie den Taumel der Macht entdeckt, denn er legte ihr sein Leben, sein Blut und was er an Vermögen noch besaß, zu Füßen. Unbedacht Geld auszugeben, sei es mit ihren Freunden oder für sich, verschaffte ihr die Illusion, den Lauf der Dinge zu bestimmen. Sie wollte um jeden Preis geliebt werden, ohne selbst lieben zu können. Sie hatte ihm einmal gestanden, dass er der Einzige sei, der sie zum Orgasmus brachte. Seine Rührung in jenem Augenblick wog alle verlorenen Paradiese auf. Marie berauschte sich an dieser widernatürlichen Gemeinschaft, an ihrer stummen Verständigung vor den anderen Mitgliedern des Hauses, an der Illusion, ihn zu besitzen, die er ihr auch gern zugestand. Sie versteckte sich unter einer Maske falscher Reife, um ihren Ängsten zu entkommen. Ihre Mutter bedachte sie mit wildem Hass und verzweifelter Liebe. Nirvah wusste nichts vom eigentlichen Wesen dieses Kindes unter ihrem Dach. Und Marie sah in ihrer Mutter eine unmoderne Frau aus ferner Zeit und mit Gefühlen, die überholt waren. Als Marie ihn vor einigen Tagen um Geld für die Abtreibung bat, hatte Raoul zum ersten Mal im Leben die Empfindung, an einem abscheulichen Verbrechen beteiligt zu sein. Und wenn er der Vater war? Der zarte Atem der noch unschuldigen Frucht in Maries Bauch war das Sinnbild der Schönheit, die er oft für sich ersehnt, der Unschuld, die er nie erfahren hatte. Er hatte sie beschworen, das Kind zu behalten, aber sie wollte es nicht. Vielleicht hatte sie Recht. Dieses kleine Wesen würde sicherlich das labile Gleichgewicht zwischen Nirvah, Marie, Nicolas und ihm sprengen.

Und Nicolas? Nicolas ... der Sohn, den er nicht gehabt hatte, den er aber wie sein eigen Fleisch und Blut zu lieben begann. Nicolas, den er noch nicht zu einem Mann gemacht hatte. Allmählich knüpfte er mit dem Jungen Bande von erlesener Raffinesse. Mit Nicolas erlebte er einen Traum von Reinheit und Achtung. Eine merkwürdige Freundschaft. Gefühle, bei denen es in seinen Fingerspitzen prickelte, wenn er den jungen unbehaarten Körper berührte. Oh, wie sehr hatte er bei diesem ersten Mal gebebt, als der Junge sich von ihm auf die Höhen des Olymps hatte führen lassen. Mit Nicolas wollte er behutsam umgehen, das Erwachen seiner Sinne auskosten, langsam von Etappe zu Etappe zum blendenden Entzücken gelangen. Da gab es so viel Aufregendes zu erleben, so viele Freuden auszukosten, die sie erwarteten. Er hatte ihm von der Antike bis heute noch so viel über Größe und Kleinheit der Menschen beizubringen. Er würde ihn lehren, Misstrauen zu entwickeln und es ebenso einzusetzen wie seinen Überlebensinstinkt. Misstrauen, seine beste Waffe in einer brutalen Umgebung. Nicolas war ein guter Schüler, erpicht auf Reiseberichte, wissbegierig zu erfahren, wie die Welt jenseits der Horizontlinie seiner Insel aussah. Er war kreativer geworden. Sein Zeichnen hatte das Kindliche verloren, sein Strich war mutiger, freier. Raoul konnte sich seinen Schreck, seine große Verwirrung vorstellen, als die Hundesöhne sein Haus verwüsteten und die schwachen Grundlagen des Selbstvertrauens erschütterten, die er aufzubauen begann. Wie sollte er das frühere Gleichgewicht wieder herstellen, zum glücklichen Lauf der Tage zurückfinden? Raoul spürte einen Blutgeschmack im Mund aufsteigen.

46

»Wie geht es Marie?«

»Nicht gut ... Doktor Xavier ist bei ihr ... Ich warte, bis er sie untersucht hat ... danke, dass du gekommen bist.«

Roger hat sich über seinen Vorsatz hinweggesetzt, nicht mehr zu mir zu kommen, solange Raoul Vincent in meinem Haus verkehrt. Heute, da meine Familie in Gefahr ist, eilt er herbei. Seine Anwesenheit beruhigt mich trotz seiner besorgten Miene. Roger ist ein Lichtstrahl gegen die Schatten, die mich einschließen. Mir wird bewusst, wie sehr mir das Gespräch mit ihm gefehlt hat. Es kommt mir so vor, als kehrte ich von fern zurück und befände mich zugleich unmittelbar vor einer Reise. Alles, was sich um mich herum bewegt, ist erschreckend gegenwärtig und stark, verschwimmt aber ab und zu. Ich bin ich und zugleich mehrere Frauen. Die Geräusche kommen von fern zu mir, eine andere Nirvah hört die Tauben in den Bäumen gurren, die Kinder in der Rue des Cigales lachen, ist zu Tränen gerührt. Ich bin bei Roger und zugleich im Krankenzimmer bei Doktor Xavier, ich halte Marie die Hand. Mein Magen ist ein starrer Knoten in meiner Brust. Roger hat, seit er da ist, zwei Zigaretten gequalmt. Er zögert, bevor er mich wieder fragt:

»Nirvah ... wie geht es ihr ... wirklich?«

»Das Fieber lässt nicht nach ... vorhin hat sie phantasiert ... ab und zu schaut sie um sich, scheint aber niemanden zu erkennen ...«

»Aber ... das kommt so plötzlich ...«, sagt Roger bestürzt. »Hat sie etwas ausgebrütet? ... Malaria oder das Denguefieber? ...«

»Wir werden es vielleicht gleich erfahren ... diese Krankheit kommt denkbar unpassend, Roger ...«

»Hm ... ich weiß ...«

Roger versteht meine Lage. Ist Raoul in Schwierigkeiten, gerät unweigerlich auch mein Leben in Gefahr. Ich bin eine natürliche Zielscheibe für alle, die wütend auf ihn sind. Ich schwäche ihn. Außerdem bin ich die Frau eines politischen Gefangenen, alles, was mir widerfährt, entspricht diesem Status. Ich finde, dass er sich viel Zeit mit Marie nimmt. Als der Doktor mich bat, das Zimmer zu verlassen, damit er sie untersuchen konnte, ist mir bange geworden. Als ob es nicht meine Marie wäre, sie nicht mehr zu mir gehörte. Es war plötzlich eine befremdliche, feindliche Welt zwischen meiner Tochter und mir, die alles auslöschte, die neun Monate, in denen sie in meinem Bauch heranwuchs, die langen Wachstunden an ihrer Wiege, die kleinen Freuden der Kindheit. Ich verspüre ein solches Bedürfnis, sie lieb zu haben, alles Schlimme, worunter sie leidet, ungeschehen zu machen. Seit Roger da ist, wartet er darauf, mir eine Frage zu stellen. Eine schreckliche Frage, die wehtut wie die Klinge eines Dolchs.

»Nirvah, ist Marie vergewaltigt worden?«

»Gott sei Dank nicht. Sie hat ... aber ... sie hat ...«

Ich verliere die Nerven. Worte zu finden, um meinem Bruder zu antworten, geht über meine Kräfte. Ich muss seit gestern zum ersten Mal meine Empörung, meinen Schmerz in Worte fassen. Sie auszusprechen heißt, diese Wirklichkeit, die ich aus tiefster Seele ablehne, erneut zu erleben. Sie auszusprechen bedeutet, diese Wut auszustoßen, die in meinem Gehirn kocht, ich will mich aber beherrschen, um mich meiner Situation zu stellen. Womöglich breche ich zusammen, wenn ich die Worte spreche, die man von mir erwartet. Was soll ich Roger sagen? Was ist denn tatsächlich gestern Abend in diesem Haus passiert? Kein Wort kommt mir in den Sinn und in den Mund. Einige Sekunden lang huschen mir Teile von Bildern durch den Kopf, ungeordnet, schneidend und blendend wie Spiegelscherben in der Sonne. Der Geruch dieser Männer, der das Haus nicht verlässt. Die Ruhe der Wohnung, die beim Erscheinen dieser Häscher in Stücke zerstoben ist. Die leibhaftige Angst in den Wänden. Doktor Xaviers Blick, als er zu uns hereinkam. Ich muss die Angst vertreiben. Es ist nichts geschehen. Die Waffe, die der Mann über Maries Körper führte, ist ein Gespinst meiner Phantasie, und ich kann Roger dazu nichts sagen. Marie hat nicht am ganzen Körper gezittert und ihr ist kein Speichelfaden aus dem Mundwinkel auf den Hals geflossen. Mein Sohn hat nicht in seinen Pyjama gepisst und weigert sich nicht zu duschen. Für ihn ist gestern Abend mit dem ersten Feuerstoß in der Nacht die Zeit stehengeblieben. Raoul wird mir gleich sagen, dass alles in Ordnung ist. Hab keine Angst, Marie, Raoul beschützt uns, er ist stark. Und, siehst du, sogar Onkel Roger ist da, er ist wieder zu uns gekommen.

»Nirvah? Hallo?«

»Ja ... schon gut ... nein ... sie ist nicht vergewaltigt worden ... aber sie hat große Angst ausgestanden.«

Ich kann spüren, wie erleichtert Roger ist. Er kennt aber sicherlich nicht alle Züge der Vergewaltigung. Jedes Mal, Roger, wenn sie uns in die Hosen scheißen lassen, wenn sie unsere Türen mit Schüssen aus Maschinenpistolen sprengen, jedes Mal, wenn ihr stinkender Atem über unsere Gesichter und über unsere Brüste streicht, wenn sie unsere Tränen verspotten, dann vergewaltigen sie uns.

»Ich glaube, du solltest das Land verlassen, Nirvah. Der ... der Staatssekretär ... ist übel dran. Es riecht nach Ungnade für ihn. Das Gerücht verbreitet sich beharrlich. Du wirst jetzt zu verwundbar. Myrna ist auch der Meinung. Dein Leben und das der Kinder ...«

»Nicht nötig, dich zu rechtfertigen, du hast vollkommen recht. Ich denke ständig daran, Roger ... Ich habe mit Vorbereitungen begonnen. Nur Maries Zustand verzögert jetzt meinen Plan. Ich mache mir Sorgen um sie ...«

Ohne Marie gehe ich nicht fort. Ich will in der Familie keine Trennungen mehr. Daniel ist zwar nicht mehr bei uns, aber dort, wo er sich befindet, rechnet er mit mir, dass ich seine Kinder beschütze. Wir bleiben alle drei beisammen. Ich werde Vater und Mutter für sie sein. Wir müssen nur fortkommen, an einem anderen Ort wieder aufleben.

»Eure Pässe?«

»Sie sind in einem Schließfach ... auf der Bank ... seit Daniels Verhaftung.«

»Hm ... das dachte ich mir. Jedenfalls könnt Ihr nicht die üblichen Reisewege nehmen. Wenn du nicht politisches Asyl erbittest, bleibt dir nur die Grenze. Ich würde eher diese Chance wählen. Der Aufenthalt in den Botschaften dauert manchmal sehr lange ... die Regierung lässt sich oft monatelang Zeit, Passierscheine auszustellen.«

»Ja ... das denke ich auch. Ich will so schnell wie möglich fort von hier. Hast du Kontakte?«

»Ich könnte welche ausfindig machen ... und von deiner Seite, gibt es ...«

Roger meint Raoul und fragt sich, ob der Staatssekretär sich um mich kümmert. Ich sage meinem Bruder nicht, dass ich ihn tagelang nicht mehr gesehen habe. Dass wir uns seit den Ereignissen gestern Abend nur ein Mal am Telefon gesprochen haben, dass ich ihn vielleicht heute Abend sehen werde.

»Ja ... er unternimmt Schritte ... ich erfahre es heute Abend ... oder morgen … Aber es wäre gut, wenn auch du versuchtest, Wege zu finden … hast du eine Ahnung, wie viel das kostet?«

»Nein … aber bestimmt ist ein ganzer Batzen nötig. Die haitianischen und die dominikanischen Militärs verstehen sich bei diesem Schmuggel sehr gut. Sie halten alle die Hände auf. Und dann muss man auch noch auf der ganzen Strecke Schmiergeld zahlen. Am Schwierigsten ist es, ein Geländefahrzeug zu finden und die Grenze zu erreichen, die Strecke ist schlecht. Man muss für jeden von euch mit mindestens zehntausend Dollar rechnen … das ist aber nur über den Daumen gepeilt.«

»Ja gut … ich werde versuchen, sie aufzutreiben …«

»Hm … ich meine auch, es wäre gut, wenn du inzwischen umziehen würdest … nicht zu mir … damit wärest du zu leicht aufzufinden … du könntest vielleicht Maggy oder Doktor Xavier bitten …«

»Ja … mal sehen …«

Nur Raoul kann mir dieses Geld beschaffen. Ich werde ihm wohl sagen müssen, dass ich von hier fortgehe. Er wird hoffentlich Verständnis aufbringen. Wo aber ist er? Eine Tür knarrt, Maries Zimmertür. Ich laufe zum Arzt, forsche in seinem Gesicht, lege die Hand auf seinen Arm.

»Doktor … wie geht es ihr? Kann ich jetzt zu ihr?«

»Noch nicht … gleich … erst müssen wir miteinander reden, Nirvah …«

Das sind nicht die Worte, die ich erwartet hatte. Mir wird kalt. Ich gehe mit dem Arzt zu Roger auf die Veranda. Ich spüre, wie besorgt Doktor Xavier ist. Er spricht in behutsamen Worten mit mir, und ich verstehe, dass er mich schonen will.

»Also … Marie leidet an einer Infektion in sehr fortgeschrittenem Stadium. Sie muss in der nächsten Stunde zur Notaufnahme ins Krankenhaus.«

Ich begreife nicht. Marie ist ohnmächtig geworden, als der brutale Kerl an sie herantrat. Sonst ging es ihr bis gestern Abend gut. Nur diese ganze Aufregung hat sie krank gemacht … Habe ich die Erklärungen des Arztes richtig verstanden? Mir ist, als zerflössen die Worte in meinem Kopf.

»Was fehlt ihr, Herr Doktor?« Roger spricht an meiner Stelle.

»Ich werde verlangen, dass ein Spezialist sie schnellstmöglich untersucht, bin aber nahezu sicher, dass die Infektion, an der Marie leidet, auf eine schlecht durchgeführte Abtreibung zurückgeht … das Werk eines Scharlatans … vor drei oder vier Tagen … sie hat dir, Nirvah, vermutlich ihr Fieber und ihre Schmerzen verschwiegen ... sie leidet Qualen seit mindestens zwei Tagen. Es muss bei ihr sofort eine Ausschabung vorgenommen werden. Man muss auf jeden Fall verhindern, dass die Bakterien auf andere Organe übergehen. Wir dürfen keine Zeit verlieren. Jede Minute zählt.«

47

Raoul Vincent glaubt nicht an die Vorsehung. Er glaubt an den Zufall und die Intelligenz, die den Zufall lenkt. Seine blitzschnelle Beförderung auf einen der wichtigsten Posten der Regierung war seinem Spürsinn, seiner Ausdauer und seiner angeborenen Grausamkeit zuzuschreiben, die ihn auf den fahrenden Zug des Zufalls hatten aufspringen lassen. Nun wird bald eine andere Seite seines Lebens aufgeschlagen, und er bedauert nichts. Duvaliers Undankbarkeit wundert ihn nicht im Geringsten, sie ist tief in ihm verwurzelt und hat ihn bis jetzt an der Macht gehalten. Skrupel läuten den Diktatoren die Totenglocke. Wahrscheinlich hätte er an seiner Stelle genauso gehandelt. Der Staatssekretär schläft seit einigen Tagen nicht mehr, verfertigt seinen Rettungsplan. Wenn nur sein Körper durchhält, ein Epilepsieanfall würde ihn jetzt, da er alle seine Fähigkeiten benötigt, erheblich schwächen. Er muss an alles denken, an die Verwaltung seines Hauses nach seiner Abreise, den Verkauf ihrer drei Fahrzeuge, daran, alle kompromittierenden oder strategischen Akten bei sich oder in seinem Büro zu vernichten. André Desormeaux wird es als Nachfolger nicht leicht haben. Und dies alles, ohne irgendjemand auf sich aufmerksam zu machen. Nicht einmal seine Frau weiß, was er vorhat. Er möchte eher die letzte Minute abwarten, um sie anzuweisen, für sich und jedes der Mädchen eine Reisetasche zu packen. Andernfalls würde sie womöglich die Nerven verlieren und sich verplappern, ihm damit großen Schaden zufügen. Erst kürzlich sind ihm ein paar besorgte Blicke seiner Gattin aufgefallen und Geflüster, das bei seinem Eintritt verstummte; sie hatte nicht gewagt zu fragen, wo der Schuh drückt. Vermutlich hat sie durch Gerüchte von seinem Ungemach erfahren. Bislang schloss er auch die Möglichkeit nicht aus, seine Familie im Stich zu lassen. Wenn die Lage sich zuspitzt, muss er allein seine Haut retten, sie werden schon irgendwie wieder zu ihm finden. Das Paket in derbem braunem Papier liegt auf dem Schreibtisch, direkt vor seinen Augen. Ein kleines unscheinbar wirkendes Päckchen. Er hat die großen, neuen, am Rand etwas ausgefransten, steifen Banknoten, die nach Druckerschwärze riechen, bis zur letzten durchgezählt. Fünfhunderttausend amerikanische Dollar. Der Schlüssel für alle Grenzen.

Nicht etwa die Vorsehung hat all das Geld wie ein himmlisches Manna in seine Hände geschüttet. Die Vorsehung heißt Maxime Douville, André Desormeaux und einige andere gegen ihn Verschworene.

Als er am späten Vormittag mit seinem Chauffeur und zwei Leibwächtern an seiner Seite im Ministerium eintraf, warteten vor seinem Büro nahezu zwanzig Bittsteller. Männer und Frauen liefen auf ihn zu, um ihn unterwürfig zu grüßen. Die Flure des Ministeriums spuckten die gleiche Pilgerflut aus, die gekommen war, sich zu Füßen der heiligenden Macht zu werfen. Raoul Vincent atmete den vertrauten Geruch dieser Orte tief ein, die schon seit einiger Zeit sein zweites Zuhause waren. Einen süßlichen Duft welker Blumen, vermischt mit Papier und Staub. Er hörte wieder das Klappern der Schreibmaschinen hinter den dünnen Wänden, die die Büros trennten. Ihm wurde klar, dass er diese kleinen Einzelheiten, die ihm ins Blut übergegangen waren, ebenso schwer würde entbehren können wie die stolze Hochstimmung, in die ihn das Gefühl seiner Macht versetzte. Der Staatssekretär wünschte niemanden zu sehen und sagte ein Treffen mit ein paar Sektionschefs ab, die aus Jean-Rabel gekommen waren, um ihm von einem blutigen Streit um Land zu berichten, dem bereits mehrere Bauern zum Opfer gefallen waren. Er hatte im Augenblick andere Sorgen. Die Sekretärin bat ihn jedoch dringend, drei Männer zu empfangen, die angaben, in eiligem Auftrag zum Staatssekretär zu müssen. Er befahl, sie in sein Büro zu führen.

Überrascht erkannte Raoul Vincent seinen Freund Hénock Duracin wieder, den Patenonkel seiner ältesten Tochter; er war in Begleitung zweier hellhäutiger Männer, die er nicht kannte. Er war überhaupt nicht darauf gefasst, an diesem Ort seinem Jugendfreund zu begegnen. In der Jugend hatten sie sich sehr nahegestanden. Auf dem Gymnasium und später an der juristischen Fakultät hatte sie der gleiche Ehrgeiz beseelt, aus dem Ghetto herauszukommen und ihre geistigen Fähigkeiten in den Dienst ihres Landes zu stellen. Hénock hatte sich aber von ihm abgewandt, als er sich Mitte der Fünfzigerjahre der duvalieristischen Bewegung anschloss. Sie sahen einander nur noch bei Geburtstagen oder Beerdigungen. Der Staatssekretär wusste, dass Duracin alles missbilligte, was er geworden war; gewisse unvorsichtige Äußerungen seines Freundes waren ihm mehr als einmal zugetragen worden. Aber in Erinnerung an die gute alte Zeit hatte er sein Leben verschont. Duracin war nur ein kleiner Winkeladvokat, der vor Gericht erbärmliche Fälle vertrat.

Seit zwei Tagen machte der Staatssekretär Vincent die Vertretung im Ministerium für Soziales. Sein schwerkranker Kollege war tags zuvor ins Flugzeug gestiegen, um sich auf Jamaika, wo er Verwandte hatte, behandeln zu lassen. In dieser Eigenschaft wünschten die Besucher ihn zu sprechen. Die Begleiter Duracins waren Sendboten einer der größten Zuckergesellschaften der Dominikanischen Republik unter Kontrolle amerikanischen Kapitals. Wie im vergangenen Jahr überbrachten sie eine bedeutende Summe, die Sonderprovision, die für die Einstellung Tausender Arbeiter in den dominikanischen *bateys** direkt an die haitianische Regierung entrichtet wurde. Jedes Jahr kamen die Arbeitsvermittler über die Grenze und ließen mit dem Segen der örtlichen Behörden Lastwagen voll junger und weniger junger Haitianer illegal die Grenze zur benachbarten Republik passieren, um sie eine Saison lang unter unmenschlichen Bedingungen und für einen Hungerlohn Zuckerrohr schneiden zu lassen. Immer noch besser als das, was sie zu Hause vorfanden. Der wachsende Wohlstand des Nachbarstaates ging zum großen Teil auf Schweiß und Blut der haitianischen *braceros* zurück. Der Staatssekretär für Soziale Angelegenheiten war damit betraut, dieses Geld in Empfang zu nehmen und es seinem Adressaten zuzuführen. Raoul Vincent wusste von diesem verborgenen Handel und manchen anderen Geschäften des Präsidenten unter Beteiligung von Ausländern, hatte jedoch keinen Zugang dazu. Er wusste auch, dass dieses gesamte Geld der ersten Dame der Republik zufloss. Welche Rolle spielte aber Hénock Duracin bei diesem Kuhhandel? Duracin, der alles tat, um unbesorgt zu erscheinen, erklärte ihm, dass ihn am Abend zuvor ein Freund mit Geschäftsbeziehungen zur Dominikanischen Republik aufgesucht und ihm von diesen beiden Dominikanern erzählt habe, die ihn angesprochen hatten, weil sie den Staatssekretär für Soziales nicht auffinden konnten. Sie wünschten den Vertreter des Staatssekretärs gleich am nächsten Tag zu treffen, weil sie sonst mit dem geheimen Schatz wieder abfahren würden. Sie wollten auf keinen Fall jemand anderen treffen, denn sie hatten klare Anweisungen. Da der Freund von Duracin um seine Beziehung mit Vincent wusste und den Namen des Stellvertreters ausfindig gemacht hatte, bat er ihn, sie zum Staatssekretär *ad interim* zu begleiten. Dieser Kaufmann, der sich nicht in Dinge einmischen wollte, die höheren Ortes ausgehandelt wurden, hoffte indes, eine gehörige Provision als Vergütung für seine Gutwilligkeit zu erhalten.

Raoul Vincent sah sich seine Besucher sehr genau an. Die beiden Fremden hatten kein einziges Wort gesprochen und sich damit begnügt, dem Gespräch zwischen dem Staatssekretär und seinem Freund zu folgen, ohne zu verstehen. Sie fröstelten offenbar, denn die Klimaanlage im Büro war wie üblich auf sehr niedrige Temperatur gestellt. Einer der Männer hielt auf den Knien ein in braunes Papier eingewickeltes Paket. Der Staatssekretär witterte die Falle. Dieses verrückte Geld, das wie eine Rettung auftauchte, roch verbrannt, nach Lauge und Aas. Raoul Vincent war es schnuppe, dass dieser geheime Schatz der Preis für Schweiß und Blut Tausender seiner Mitmenschen war, die rücksichtslos ausgebeutet wurden. Ihn kümmerte es nicht, dass die Regierung Söhne des Landes zum Nachbarn schickte, damit sie dort wie Tiere behandelt wurden. Ihn interessierte nur dieses Paket, das der Mann wie einen Totenkopf auf den Knien hielt. Warum jetzt? Warum Duracin? Um ihn in Sicherheit zu wiegen? Douville wusste, dass er in der Klemme und verzweifelt war. Er schickte ihm diese letzte Versuchung auf dem Umweg über einen Freund, in der Hoffnung, er werde die fatale Entscheidung treffen. Douville hatte das schlagende Argument gefunden. Wenn er diese Summe behielt und zu fliehen versuchte, würden sie sich auf ihn stürzen wie die Aasgeier auf einen offen unter der Sonne daliegenden Kadaver. Allerdings ... war die Krankheit seines Kollegen unverhofft und heftig aufgetreten, niemand hätte sie vorhersehen können. Douville und Konsorten hätten es so kurzfristig nicht einrichten können, diese Summe jetzt, da er sie in Empfang nehmen konnte, durch die Dominikaner liefern zu lassen. Die Dominikaner hielten ihre Abmachungen äußerst geheim und verlangten für ihre Zahlung keinerlei Quittung. Im Übrigen kümmerte sich jeder Staatssekretär um besondere Geschäfte des Präsidenten, von denen die anderen nichts erfuhren oder ausgeschlossen waren. Die Ministerien funktionierten als abgeschottete Abteilungen. Einer verkaufte teuer an amerikanische Universitäten Blut und Leichen bedürftiger Familien, die er für einen Spottpreis erwarb, ein anderer ließ zu, dass gegen unversteuerte Provisionen Raubbau an den natürlichen Reserven des Landes getrieben wurde. Alles geschah, ohne Spuren zu hinterlassen. Wer weiß? Vielleicht richtete wieder einmal der Zufall die Dinge gut ein und schuf ihm einen glanzvollen Abgang aus seiner Flaute.

Nein. Dermaßen naiv kann ich doch nicht sein. Dass du, Duracin, der du mich verabscheust, mich verachtest, heute diesen Schritt veranlasst, reicht doch hin, mir das Schattenballett hinter deinem Rücken aufzudecken. Duracin, du hast dich einwickeln lassen ... Unglaublich! Welche Versprechungen hat man dir machen müssen, damit du dich überzeugen ließest? Solltest auch du zum Sklaven deiner Gelüste und all der Komplexe geworden sein, die du vergeblich zu bekämpfen suchtest? Glaubst du jetzt an ihre noiristische* Farce, an den von ihnen vereinnahmten Indigenismus, der das nicht zu Rechtfertigende rechtfertigt? Sicherlich nicht. Dein Wille und deine Seele, mein Freund, haben der Versuchung nicht standgehalten, das ist alles. Was haben sie dir dafür versprochen, Geld, Macht, Frauen? Wo ist der junge, leidenschaftliche Hénock geblieben, der Anténor Firmin, Louis-Joseph Janvier, Georges Silvain las und Schluss machen wollte mit Willkür und der Missachtung von Recht und Freiheit, die unser Land verderben? Was ist aus dem jungen Kreuzfahrer geworden, der eilig ausziehen wollte, dem Volk, das in Finsternis und Unwissenheit gehalten wird, das Licht zu bringen? Ist es so weit gekommen, dass du diese Freiheit verwirkst, deine Intelligenz und deinen Geist verkaufst? Vielleicht meinst du, etwas Nützliches zu tun, wenn du mich zerstörst? Sie haben wahrscheinlich an deine patriotische Ader appelliert und dich von der Rechtmäßigkeit überzeugt, das Ungeheuer, das ich bin, zu beseitigen. Weißt du, Hénock, dass du einen Weg eingeschlagen hast, auf dem es kein Zurück gibt? Die Diktatur ist eine anspruchsvolle und grausame Herrin. Sie verteilt großzügig Komfort und private Zufriedenheit, legt jedoch die Seele in Ketten ohne Hoffnung auf Erlösung. Du wirst werden wie ich, Hénock, zynisch und böse, wenn sie dich nicht schon vorher zertreten wie die Kakerlake, die du bist.

Raoul Vincent bemerkte den unauffälligen Seufzer der Erleichterung bei Hénock Duracin, als er einwilligte, das Geld der dominikanischen Abgesandten anzunehmen. Gute fünfzehn Minuten lang zählte er die Scheine und quittierte mündlich den Empfang von fünfhunderttausend Dollar. Er schüttelte den Dominikanern die Hand und beendete das Treffen, wobei er Hénock Duracin versicherte, er werde der Ersten Dame vorschlagen, eine stattliche Prämie für den von seinem Freund geleisteten Dienst vorzusehen.

Als die Besucher gegangen waren, blieb der Staatssekretär noch eine Weile sitzen, gebannt von dem Paket, in dem das Geld für sein Heil lag. Die Entscheidung hatte sich ihm aufgedrängt, als er an Nirvah, an Marie dachte, die auf einem Krankenbett zwischen Leben und Tod schwebte. An Nicolas, noch schwächer als die Frauen. Seine Informanten hielten ihn stündlich über den Gesundheitszustand seiner Marie auf dem Laufenden. Nirvah hatte er seit der Hausdurchsuchung nicht gesehen, sie seit vier Tagen ohne Nachricht gelassen. Die Vorsicht empfahl ihm, sich fernzuhalten. Sie dachte vielleicht, er habe sie verlassen. Wie sie ihn wohl verfluchte. Er konnte sich ihre Hilflosigkeit vorstellen. Auf wen konnte sie zählen, wenn nicht auf ihn? Und nun gab er auf einmal kein Lebenszeichen? Doch nein! Er war eben jetzt dabei, sein Leben auf einer falsch geeichten Waage aufs Spiel zu setzen, um sie zu retten. Wie gefährlich es auch immer war, er musste Nirvah ihre Chance geben, aus der Sache herauszukommen. Er müsste schnell handeln, schneller sein als seine Feinde. Er würde es so einrichten, dass er ihnen möglichst rasch entwischte. Es ging nur noch um Stunden.

48

Ob ich diese innere Spannung Tag und Nacht aushalten werde? Vier Tage schon arbeitet mein Gehirn außerhalb meines Kopfes. Kann man bewusst in Irrsinn abgleiten? Mein Schädel ist wie eine von den reifen Muskatmangos, die Nicolas oben aufbeißt und dann den Saft aussaugt, indem er sie von unten nach oben ausdrückt. Meine Ideen und Gedanken, Waisenkinder meines übrigen Körpers, bereiten mir Schmerzen, einige werden zu Hämmern und schlagen mir gegen die Schläfen. Ich darf aber nicht versagen, dieses Recht steht mir nicht zu. Seit vier Tagen habe ich mich nicht gewaschen. Meine Achseln und mein Schritt riechen nach verfaultem Gemüse. Eine knappe Stunde, nachdem wir die Klinik erreicht hatten, ist Marie in den Operationssaal gekommen. Die Ärzte haben nicht einmal das Ergebnis der Blutanalysen abgewartet. Trotz der inständigen Bitten Rogers und Maggys habe ich mich geweigert, den Ort zu verlassen. Maggy pendelt zwischen Haus und Klinik, um Wäsche und Toilettenartikel für Marie zu bringen, was täte ich ohne sie? Die Krankenschwestern zwingen mich manchmal, das Zimmer zu verlassen, ich setze mich dann eine Viertelstunde in den kleinen Garten am Ende der Allee, um etwas Luft zu schnappen, und kehre wieder an ihr Bett zurück. Seit dem frühen Nachmittag geht es ihr besser, das Fieber ist gefallen, und sie schwitzt reichlich, ich muss oft ihr Nachthemd wechseln. Die massive Gabe von Antibiotika und der chirurgische Eingriff haben sie vor dem sicheren Tod bewahrt. Wenn sie auch sehr schwach ist, schwebt sie doch nicht mehr in Lebensgefahr, wie mir der Arzt gesagt hat. Der Schraubstock um meinen Kopf hat sich leicht gelockert. Heute Abend werde ich im Schutz der Dunkelheit nach Hause gehen, um mich zu waschen, mich umzuziehen und das Notwendige für die Gören und mich zur unmittelbar bevorstehenden Abfahrt mitzunehmen. Ich will hoffen, dass ich die Kraft und die Mittel dafür aufzubringen vermag. Die letzte Nacht werde ich bei Doktor Xavier verbringen, in der Rue des Cigales zu schlafen kommt nicht in Frage. Die Spannung der letzten vier Tage will mich jedoch nicht verlassen. Satzbrocken drehen sich noch in meinem Kopf wie Drohungen ... septischer Schock ... Blutdruckabfall ... Atembeschwerden ... Entzündung der Milz. Stundenlang habe ich Maries eiskalte Hände in meinen Händen gehalten, stundenlang habe ich kein Auge gewandt vom Gesicht meiner schönen Marie mit dem grauen Teint.

Ich gehe hinaus, um ein wenig Atem zu schöpfen, jetzt, da meine Tochter außer Gefahr ist, sitzt mir wieder die dringende Notwendigkeit abzufahren im Nacken. Ich erwache zu einem neuen Kampf. Dass ich von Raoul seit fast fünf Tagen nichts gehört habe, bestätigt mir, dass unsere Lage sich nicht bessert. Es ist ganz einfach nicht normal, dass er noch nicht einmal durch einen Mittelsmann ein Lebenszeichen gibt. Ich weiß, dass Roger Vorkehrungen für unsere geheime Reise getroffen hat. Heute hat er aus einer Quelle in der Stadt erfahren, dass Raoul geflohen sei, während eine andere Quelle am selben Tag gesehen haben will, wie er unter starkem Geleitschutz das Ministerium betrat. Ich weiß nicht mehr, wem ich glauben soll. Jedenfalls lässt er nichts von sich hören. Er vergisst uns. Und das Geld? Die Arztkosten haben fast den ganzen Erlös vom Verkauf des Schmucks geschluckt, es bleibt mir nicht mehr viel. Ich habe Roger nicht zu sagen gewagt, dass ich außerstande bin, unseren Grenzübertritt zu bezahlen. Wider alle Hoffnung erwarte ich noch, dass Raoul sich meldet. Andernfalls wird Roger das Geld für mich auftreiben müssen. Ich kann auch Doktor Xavier um eine Anleihe auf das Haus bitten, zu zweit werden sie mir aus dieser Schwierigkeit helfen können. Es ist meine vollkommene Niederlage.

Es gibt Fragen hinter meinen Augen, unten in meiner Kehle, in meinen hohlen Händen, die ich fliehe, seit Doktor Xavier mir die Situation Maries verkündet hat. Jedes Mal, wenn sie sich meinem Bewusstsein aufdrängen wollen, weiche ich auf Zehenspitzen aus und fliehe vor ihnen. Im Augenblick machen sie sich meine nachlassende Anspannung zunutze, um auf meine Zunge zu rutschen, meinen Mund zu füllen, mich fast zu ersticken. Von wem ist das Kind, das Marie hat abtreiben lassen? Aber die Frage beginnt nicht einmal da. Sie beginnt mit einem Schock. Mit wem schlief Marie? Wann hatte Marie Geschmack an Männern gefunden? Warum hat Marie mir diesen wichtigen Teil ihres Lebens nicht anvertraut? Warum ist sie nicht zu mir gekommen, als sie schwanger wurde? Wozu bin ich im Leben meiner Tochter nütze? Warum habe ich mich immer gescheut, mit ihr von ihrem Körper, ihrem Geschlecht, ihrem Blut zu sprechen? Weil ich einen Gebrauch von meinem machte, der sie verletzte? Aber Raoul? Bin ich wirklich blind, oder habe ich jeden Begriff von Anstand verloren? Könnte womöglich Raoul der Erzeuger dieses Kindes sein, das nicht geboren wurde? Habe ich mich diesem Mann hingegeben und ihm nicht nur meine Person, sondern auch eins der Wesen, die mir auf der Welt am teuersten sind, verkauft? Das habe ich wirklich nicht gewollt, ich versuchte nur, uns vor Angst und Elend zu schützen. Ich blicke zum Himmel, zu dem teilnahmslosen Mond. Das Wetter ist zum Weinen schön.

Nirvah! ... Eine gedämpfte Stimme sagt meinen Namen, ich erkenne sie jedoch sofort. Meine Augen suchen Raoul, er steht abseits der Allee, auf der zeitweise Klinikbesucher vorübergehen, im Schatten eines großen roten Hibiskusstrauchs. Versunken in meine sorgenvollen Gedanken habe ich ihn nicht kommen sehen. Wahrscheinlich sorgen Männer um ihn herum für seine Sicherheit, wenn ich auch keine entdecke. Ich hatte wirklich nicht mehr erwartet, ihn zu sehen, hatte mir gesagt, er würde mir vielleicht einen Boten schicken. Von seiner Anwesenheit geht eine Art elektrischer Spannung aus; er teilt sie der Luft um mich mit, dem Laub der Hibiskusbüsche, die ein betäubendes grünes Parfum freizusetzen beginnen, und den Härchen auf meinen Unterarmen, die sich schmerzhaft aufstellen. Einige Sekunden lang kommt mir kein Wort über die Lippen. Ich hatte ihn nicht mehr erwartet, hatte nicht mehr gehofft, ihn zu sehen, bin erleichtert, dass er persönlich gekommen ist, und wünschte, einen Dolch in der Hand zu haben und ihm damit immer wieder in den Bauch zu stoßen. Er ist wieder da, er kommt immer dann, wenn ich wünschte, es hätte ihn nie gegeben. Er ist wieder da mit seiner Kraft und seinen Schatten, und der Puls der Welt kann wieder zu schlagen beginnen. Raoul reicht mir die Hand und zieht mich an sich. Ich muss diesen Mann fliehen, er verletzt auch noch in diesem Moment der Niederlage meine Seele und bezwingt mein Blut. Ich bin so müde, so müde. Ich stürze mich an seine rettende Brust, um leise, bittere Tränen zu weinen. Das erste Wort von ihm:

»Marie?«

Dieser Name aus seinem Mund klingt wie ein Sakrileg. Ich erstarre und löse mich von ihm. Raoul missversteht meine Reaktion und glaubt, ich wagte nicht, ihm allzu gravierende Nachrichten zu geben. Er hält mich an den Schultern fest. Habe ich ein Zittern seiner Hände gefühlt?

»Marie? Alles ... in Ordnung mit ihr?«

»Beinahe ...«, antworte ich und suche im Halbdunkel seine Augen. »Sie hat das Schlimmste überstanden. Wusstest du von Maries Schwangerschaft?«

Raoul unterdrückt einen Aufschrei, ein Aufschrecken am ganzen Körper. Dabei dürfte meine Frage ihn nicht überraschen. Ich fühle deutlich, dass er etwas mit Maries Zustand zu tun hat. Eine Verbindung, von der ich ausgeschlossen bin, knüpft sie in schändlicher Komplizenschaft aneinander. Er wird mich wieder einmal belügen. Ich hasse mich dafür, dass ich mit ihm spreche und hoffe, er werde mir sagen, dass er sie nicht angerührt hat. Er wird mich bitten, stark zu sein und mich nicht hinter vermeintlichen Problemen zu verstecken. Und ich werde ihm glauben.

»Ja ... ich wusste es. Ich musste Marie schwören, dir nichts zu sagen. Sie wollte dich nicht beunruhigen. Sie machte sich so große Vorwürfe ... Marie liebt dich, wenn sie es dir auch nicht zeigt. Du hättest zu sehr gelitten, Nirvah.«

Dieses Geständnis hatte ich ganz und gar nicht erwartet. Raoul spricht leise und sanft, um mich zu schonen. Ich bin es, die jetzt vor den Kopf geschlagen ist. Aber was erzählt er mir da? Marie hat mit Raoul gesprochen? Warum? Ihre Mutter bin doch ich, verdammt noch mal!

»Vor etwa zehn Tagen«, fährt Raoul fort, »hat Marie mir gestanden, dass sie schwanger ist, ein Unfall. Sie wollte Geld für die Abtreibung. Ich habe alles getan, um sie zu überzeugen, dieses Kind zu behalten und sich dir anzuvertrauen. Sie hat aber strikt abgelehnt. Angesichts ihrer Entschlossenheit habe ich ihr das Geld gegeben, damit sie es loswerden konnte. Ich wollte nicht, dass sie sich an einen Fremden wendet. Verzeih mir, Nirvah, ich hatte nicht den Mut, es dir zu sagen ... es tut mir schrecklich leid, dass sie so sehr hat leiden müssen ... ich hätte mich vergewissern sollen, dass sie einen kompetenten Arzt aufsucht ... Diesen Scharlatan hätte ich eigenhändig umgebracht, wenn Marie ...«

»Bist du der Vater des Kindes?«

Ich verfüge wieder über alle meine Sinne. Angst und Bange ziehen sich aus meiner Seele zurück. Raoul merkt es, ich bin hart wie Marmor. Wird er alles bekennen? Ich werde in der kommenden Sekunde vielleicht sterben.

»Du hättest nicht umhin gekonnt, mich danach zu fragen, nicht wahr, Nirvah?« Ich achte nicht auf die leichte Ironie. In diesem Moment erkenne ich wieder Raoul den Lügner. »Wie oft habe ich dir nicht geraten, darauf zu achten, mit wem Marie Umgang pflegt? Sie ging aus und ein, wie sie wollte, kleidete sich wie eine Frau, mehr als eine Frau. Du hast ihr, um dich von der Schuld für die raue Kindheit Maries und die Irrtümer ihres Vaters zu entlasten, zu viel Freiheit gelassen, die sie als Narrenfreiheit verstanden hat. Glaubst du, von den jungen Grünschnäbeln, die in deinem Haus verkehrten, hätte keiner das dringende Bedürfnis verspürt, deine Tochter aufs Kreuz zu legen? Ist dir klar, wie schön Marie ist? Wie sie einen Mann bis zum Äußersten besessen machen kann?«

Der ehrliche Aufschrei Raouls öffnet mir endgültig die Augen. Raoul, du bist dieser Mann, der von ihr besessen ist. Ich kenne dich gut genug. Kein Skrupel könnte dein Gelüst vereiteln. Heute ist alles klar. Das Lügengewebe reißt endlich auf. Ich sage nichts weiter, meine Wut ist eiskalt, betrifft nur noch mich. Sie wird mich zu anderen Ufern meines Lebens verfrachten müssen, wo kein Raoul ist.

»Liebst du sie so sehr?«

Meine Stimmer zittert etwas. Meine Frage ist eher eine Feststellung. Raoul weiß, dass ich begriffen habe, dass es nutzlos ist, weitere Verwirrungsmanöver anzustellen. Es geht nicht mehr ums Reden, uns ist der Tod auf den Fersen. Er schaut auf seine Uhr, fasst mein Handgelenk und sagt mir Worte, die ich aus seinem Mund nicht für möglich gehalten hätte.

»Nirvah, ich werde in einer Botschaft von Port-au-Prince Asyl erbitten. Ich bin in Lebensgefahr. Dem Präsidenten nahe Männer beneiden mich um meine Macht ... ich werde verfolgt. Ich verschwinde für einige Zeit, für sehr lange Zeit, aus der Stadt. Die Gerüchte sind dir bestimmt zu Ohren gekommen.«

»Ja ... es wird davon gesprochen. Ich habe ebenfalls beschlossen zu gehen, mein Bruder Roger drängt mich, an einen anderen Ort zu ziehen.« Ich sage Raoul nicht, dass ich nach dem, was Marie geschehen ist, unter allen Umständen zu neuen Ufern aufbrechen werde, an denen er nicht ist. Roger hat Anstalten getroffen, damit wir in den nächsten Stunden über die Grenze gelangen.

»Hmmm ... sehr gut. Ihr müsst aber so schnell wie möglich fahren, gleich morgen. Bleib nicht zu Hause und fahr sofort los, sowie es Nacht wird. Sobald sie wissen, dass ich mich in Sicherheit gebracht habe, werden sie euch nachsetzen.«

Ich bekomme die brennende Eile mit, die Raoul immerhin abzuschwächen versucht.

»Aber ... Marie? Sie ist noch sehr schwach ... und dann habe ich kein ...«

»Marie ist schwach, aber sie ist jung, sie wird durchhalten. Andernfalls verreckt sie im Gefängnis. Die Umstände lassen dir keine große

Wahl, Nirvah. Wenn du morgen die Grenze überschreitest, kann sie in der Dominikanischen Republik weiter behandelt werden. Die Fahrt zur Grenze dauert zwei bis drei Stunden, leider ist die Wegstrecke nach den letzten Regengüssen sehr schlecht. Ihr müsst ein gutes Auto haben. Jimani ist eine wichtige Stadt, nur dreißig Minuten Fahrt hinter der Grenze. Das Wichtigste ist, auf die andere Seite zu gelangen. Nimm, Nirvah, hiermit kannst du alles bezahlen, was du brauchst. Dieses Geld wird dir die Wege öffnen und die Gewissen erkaufen. Knausere bei nichts. Hab keine Angst. Handle schnell. Sage dir, dass eure Leben für mich unbezahlbar sind ...«

Raoul lässt einen kleinen Beutel aus schwarzem Stoff von der Schulter gleiten, den ich nicht bemerkt hatte, und überreicht ihn mir. Er ist ziemlich schwer. Bei Berührung scheint er mir Banknoten zu enthalten. Ich frage mich, woher all das Geld kommt, mit welchem Blut es behaftet ist. Ich habe aber keine Zeit für innere Kämpfe, ich muss meine Familie retten. Raoul geht, seine Worte errate ich mehr, als ich sie verstehe.

»Ich weiß nicht, ob wir uns wiedersehen werden ... aber ich werde alles mir Mögliche tun, um euch wiederzufinden. Achte auf dich und die Kinder. Umarme Nicolas, sag ihm, er soll meine Ratschläge nicht vergessen. Erinnere Marie daran, dass das Leben immer wieder neu beginnt. Adieu Nirvah!«

Mir bleibt keine Zeit für ein weiteres Wort. Raoul dreht sich um und taucht in der Nacht des Gartens unter.

49

»Marie ... Marie?«

»Hmmm ...«

Marie wendet mir ihr Gesicht zu, das allmählich seine Leichenblässe verloren hat. Heute Morgen hat sie gegessen, nicht gerade viel, aber ihr Körper findet langsam wieder Geschmack an Salz und Licht. Sie erhält keine Infusion mehr. Ich empfinde große Freude, die für Augenblicke die Angst vor der Fahrt vertreibt, die mich erwartet.

»Liebste Marie ... ich bin so glücklich, dass es dir besser geht. Doktor Xavier sagt, du seiest außer Gefahr. In wenigen Tagen wirst du wieder bei Kräften sein.«

»Das stimmt, ich fühle mich besser. Wann komme ich aus der Klinik, Mama?«

Mein Herz verkrampft sich. Ich muss Marie sagen, dass sie nicht mehr nach Hause zurück kann, dass wir noch heute Abend alles, was uns Halt gibt, die Mauern unseres Hauses, das Purpurrot unserer Bougainvillea, die wandernden Lichtreflexe der Sonne auf den Blättern unserer Mahagonibäume, die blaue Stille des Mondes, das Zirpen der Zikaden und die Hoffnung, Daniel wieder zu sehen, hinter uns lassen müssen. Ich muss einen Weg suchen, ihr die Willkür des Schicksals zu erklären. Aber einen Moment noch, ich will nur einen Augenblick lang alles vergessen außer dem Leben, das in Maries Adern fließt.

»Du bist vorhin ein paar Schritte im Zimmer gegangen, Marie, in dem Moment habe ich wieder das kleine Mädchen von wenigen Monaten gesehen, das balancierend mit beiden Armen zu mir und zu deinem Vater lief.«

Marie und ich haben nicht über die Ursache für den Klinikaufenthalt gesprochen. Angesichts der dringenden Notwendigkeit, sie zu retten, war das unwichtig. Ich frage mich, wann wir Gelegenheit und Kraft finden werden, das Thema anzusprechen. Ich möchte wissen, von wem sie dieses Kind erwartet hat, obwohl ich sicher bin, dass uns das nicht im Geringsten weiterbringen, nichts an unserer Situation ändern würde. Die Frage lässt mich aber nicht zur Ruhe kommen. Diese abgebrochene Schwangerschaft muss der Schlusspunkt unter einem langen

Stillschweigen sein. Ich streichle Marie über das Haar und merke, wie ihr Körper leicht zusammenzuckt, als wäre ihr die Berührung durch meine Hand unangenehm. Sie hat diese Bewegung, die mich daran erinnert, wie tief der Abgrund zwischen uns ist, nicht unterdrücken können. Unsere Körper haben sich einander entwöhnt, unsere Blicke sind einander ausgewichen, unsere Herzen schlagen nicht mehr im Rhythmus desselben Blutes. Irgendwo unterwegs haben sich unsere Hände verloren. Marie ist wie eine in Weiß gestrichene Wand, eine unbemalte Leinwand auf einer Staffelei, ich lese kein Zeichen, entdecke nicht den geringsten Hinweis. Wir können uns nur Worte sagen, die verräterisch sind oder Misstrauen schüren. Wir lesen zwischen unseren Zeilen unser Ungesagtes und täuschen gleichzeitig vor, es nicht zu sehen. Und doch gibt es soviel Liebe in diesem Krankenzimmer. Marie ist am Leben. Und was macht es, wenn sie mich verachtet oder verurteilt. Vielleicht werden wir eines Tages wieder verzeihende, heilende Gesten lernen. Wir werden uns wie Taubstumme voreinander hinstellen und langsam bis zur Erschöpfung mit unseren Händen all die Worte sagen, die unsere Lippen nicht hervorbringen konnten.

»Marie ... Raoul ist in schlechter Lage. Wir auch. Er ist in Ungnade gefallen. Verstehst du, was das bedeutet?«

Marie nickt. Sie folgt mir aufmerksam.

»Ich würde dir eine derartige Prüfung nicht zumuten, nachdem du so krank warst ... aber Nicolas, du und ich, wir müssen in den nächsten Stunden Haiti verlassen. Wir haben gute Chancen, ohne Scherereien davonzukommen, aber die Zeit drängt.«

»Wohin fahren wir?«

»Hm ... in die Dominikanische Republik. Heute Abend werden wir im Auto die Grenze überqueren. Ich werde gleich noch einmal ins Haus gehen, um ein paar Sachen für jeden von uns zu holen. Wir müssen mit wenig Gepäck reisen.«

»Schon heute Abend?«

Die Nachricht scheint Marie zu erschüttern. Ich frage mich, ob sie der Fahrt gewachsen ist. Es muss aber sein. Sei stark, Marie.

»Ja ... Onkel Roger kümmert sich um alles. Heute Nachmittag verlassen wir die Klinik und verbringen kurze Zeit bei Doktor Xavier. Als Täuschungsmanöver. Nicolas ist bereits dort. Und dann, sobald es dunkel ist, kommt uns ein Wagen mit einem Chauffeur holen. Onkel Roger begleitet uns bis zur Grenze, wo wir ein anderes Auto nehmen.«

»Und Raoul? ...«

Warum hatte ich früher nie bemerkt, dass Marie den Namen Raoul wie eine Frau spricht, die den Namen ihres Mannes nennt. Mit einem Hauch von Besitz, einem Anflug von Mitwisserschaft, als wollte sie vor der Welt bestätigen, dass sie ihn körperlich und seelisch nackt kennt. Mein Gott, lehre mich, wie ich diese Stimmen loswerde, die zu meiner Seele in der Sprache der Verwirrung sprechen. Befreie mich von mir selbst.

»Er ist gestern Abend hier gewesen. Er selbst empfiehlt mir, gleich heute Abend abzureisen ... er ... er bittet dich, durchzuhalten.«

Ein tiefer Seufzer hebt Maries Brust. Sie wendet den Kopf und starrt kurz auf die Wand. Dann wendet sie mir ihr Gesicht wieder zu und stellt mir eine Frage, die mich völlig unvorbereitet trifft:

»Wir sehen also Daniel nie wieder?«

Marie, Marie ... du leidest also darunter, dass er nicht da ist? Dein Kummer ist Balsam für mein Herz, glaubte ich doch, du habest ihn vergessen, sein Schicksal sei dir gleichgültig. Ich habe keine Antwort auf deine Frage, habe seit dem ersten Tag der Entführung Daniels keine erhalten. Nur die Hoffnung diente als Zement, der verhinderte, dass unsere Leben sich in alle Winde zerstreuten. Aber die Hoffnung nährt sich oft von Lügen. Prostituiert sich manchmal vor der Stärke. Ich habe euch belogen, dich und Nicolas, um euch zu beschützen, ich habe mich vor der Stärke prostituiert, um das Unglück abzuwehren, das uns traf, um unser Schicksal zu lindern.

»Ich wünsche von ganzem Herzen, dass uns endlich ein Tag zusammenführt. Aber unsere Aussicht, deinen Vater wiederzusehen, schwindet mit jedem Tag, Marie. Ich habe keine Nachrichten, und unsere Situation verschlechtert sich immer mehr. Nein ... ich weiß nicht, Marie, ob wir ihn wiedersehen werden ... ich kann dich nicht belügen.«

»*Manman* ... es tut mir furchtbar leid, was geschehen ist.« Marie seufzt.

»Du konntest nichts dafür, Marie. Die Leute, die deinen Vater der Freiheit beraubt haben ...«

Marie unterbricht mich, ich merke, dass ich sie aufrege. Sie strengt sich an, mir jene Worte zu sagen, die ihr dermaßen schwerfallen, und ich bekomme nicht mit, was sie mir mitteilen will. Der stumme Missklang, der unsere Gespräche beeinträchtigt, will nicht weichen. Es muss Zeit vergehen, damit wir uns richtig zuhören können.

»Nein, *Manman* … ich meine die Abtreibung … die Klinik … alles das.«

Marie erträgt mich fast nicht mehr an ihrem Bett. Sie will schlafen, vergessen, Kräfte sammeln für diese Fahrt ins Unbekannte. Sie wird aus einem Krankenhaus in ein fremdes Land fahren, ein neuerlicher Bruch. Wir werden fahren, Marie. Morgen sind wir fern, lassen diese feindlichen Jahre hinter uns. Wir werden lernen, Haitis Erde zu vergessen, Port-au-Prince, die Rue des Cigales, die *macoutes* und alles, was schmerzt in unserem Land, das uns nicht mehr will. Wir werden andere Horizonte entdecken. Sei nicht verzweifelt, Marie. Das Leben fängt erst an, fängt neu an. Wir haben eine lange Nacht überlebt, die über unser Leben hereingebrochen ist. Ein neuer Tag bricht morgen für uns an.

»Sei nicht verzweifelt, mein Liebling. Man muss vergessen. Alles ist noch möglich, wenn wir zuversichtlich bleiben.«

»Hmmm …«

Marie betrachtet mich aus halbgeschlossenen Augen. Ich werde hinausgehen, mich draußen hinsetzen und warten. Maggy kommt gleich, um mit mir die letzten Einzelheiten meiner letzten Momente in diesem meinem Land abzusprechen. Jede Minute dieses Tages, dieses Wartens ist mir, als steche man in meine Haut. Eine Frage geht mir nicht aus dem Sinn. Ich weiß, dass es im Augenblick verfrüht, kleinlich und unsinnig ist, sie Marie zu stellen, aber mich treibt eine perverse Neugier, und ich gebe ihr nach.

»Marie?«

»Hmmm?«

»Von wem war es … das Kind?«

Marie sieht mich erstaunt an. Sie heftet kurz den Blick an die Decke. Wird sie mir die Wahrheit sagen? Welchen Einfluss hatte Raoul auf meine Tochter? Behält sie ihr Geheimnis für sich, um mich zu schützen oder diesen Mann freizusprechen, der uns betrogen hat? Wer ist diese junge Frau, Frucht meines Leibes? Eine Träne kullert in den Augenwinkel. Sie lächelt mich schwach an und antwortet mir mit fast geschlossenen Augen:

»Ziky … es war von Ziky. Lass mich etwas ausruhen, *Manman*.«

50

Ich bin nicht in das stille Haus zurückgekehrt, um vorsorglich für unsere lange Fahrt Kleidung und einige nützliche Gegenstände für Nicolas, Marie und mich zu holen. Roger erwartete mich nicht im Hof und überprüfte die Batterieklemme seines Taunus, der schlecht lief. Beim Öffnen des Tores spürte ich keine Schatten, die meine Haare streiften, jene Schatten, die vorwitzige Hühner von Solange niederstrecken. Der Vollmond balancierte nicht auf der dünnsten Spitze der Araukarie im Garten. Mein Schritt geriet nicht ins Wanken, als der berauschende Duft des Ylang-Ylang-Baumes in der silbernen Luft mich schwindlig machte. Ich habe nicht lange am Schlüsselbund nach dem richtigen Schlüssel gesucht, um die Eingangstür zu öffnen, und nicht den Eindruck gehabt, dass mein Haus mir bereits fremd, geradezu feindlich geworden ist. Kein Spinnennetz hat mir nach nur vier Tagen Abwesenheit den Eingang in mein Zimmer versperrt. Raouls Geruch hat nicht an den vier Zimmerwänden gehangen, als ich vergeblich versuchte, Daniels Körperduft in meiner Erinnerung zu finden. Es schien mir nicht, als wären seit seiner Entführung hundert Jahre vergangen. Als ich dreißig Minuten später bepackt wegging, ist mir beim Schließen des Eingangstors nicht der Karton mit den Zeichnungen von Nicolas aus den Händen gefallen. Als ich die große Mappe aufsammelte, ist mir im Durcheinander der Farben auf den Treppenstufen keine befremdliche Skizze aufgefallen, die sich von den anderen abhob. Nein, ich habe nicht vor meinen ungläubigen Augen die Skizze gehabt, auf der Raoul mit einem Lorbeerkranz um den Kopf einen nackten Jungen berührte, der an seiner Seite lag. Dieser Junge ähnelte nicht Nicolas zum Verwechseln. Das ist alles lediglich die Frucht meiner müden, kranken Phantasie.

51

Dunkle Nacht umfängt uns. Die Autoscheinwerfer erleuchten nur die staubige Landstraße. Hütten, Ochsen, Mais- und Zuckerrohrfelder verschwimmen in einer großen, dunklen Masse. Nur der allgegenwärtige angenehme Humusgeruch macht mir bewusst, dass wir durch unbewohntes Land fahren, in dem der Saft die Knospen schwängert, die Ähren im Regen anschwellen und an den Wegrändern Ziegenherden in Freiheit grasen. Der Duft aus unseren Sommerferien in Paillant, aus unserer Kindheit in frischer Luft, von langen Juli- und Augusttagen, an denen wir die Sonne in vollen Zügen genossen haben. Ich beobachte Roger im Profil, er ist nervös, meine Situation und die der Kinder machen ihm größte Sorgen. Er muss auch an seine Kinder und an Myrna denken, die kein Auge schließen wird, bevor ihr Mann nicht wieder zu Hause ist. Eine Mischung verwirrender Gefühle erfasst mich. Besonders solche von Schuld und Angst. Mein Gott, mach, dass alles gut geht! Ich verdränge die Angst und denke an den nächsten Morgen, wenn wir auf dominikanischem Gebiet aufwachen werden, an das Licht, die Farben, an die Gesichter und unbekannten Worte, an alles Neue, das auf unsere Ohren und Augen einstürmen wird. Ich vermag mir kaum vorzustellen, den Tag Stunde um Stunde zu verbringen, ohne meine Worte kritisch abzuwägen, ohne über die Schulter nach bedrohlichen Schatten zu spähen. Augenblicklich habe ich das Gefühl, in einen langen, holprigen Tunnel zu rutschen. Das ist wohl das erste Mal, dass die Dunkelheit mir Sicherheit gibt. Ich fühle mich im Innern des Fahrzeugs wie in einer Gebärmutter, geschützt vor der Rache einer Diktatur, die mich mit Zähnen und Klauen verfolgt. Fast eine Stunde lang fahren wir schon. Roger sitzt vorn neben dem Chauffeur, wir, Marie, Nicolas und ich, auf der Rückbank. Marie zu meiner Rechten lehnt sich an mich, um ihren Körper zu stützen, der unter den unaufhörlichen Stößen durch die Schlaglöcher leidet. Sie beißt die Zähne zusammen und klagt nicht, ich weiß aber, dass ihr noch sehr schwacher Körper durch diese unbequeme Expedition strapaziert wird. Ich fürchte, all dies Gerüttel könnte bei ihr zu einer starken Blutung führen. Doktor Xavier hat mir vorsorglich Medikamente für die nächsten vierzehn Tage mitgegeben. Nicolas ist eingeschlafen, ermüdet vom Fragen nach unserem Ziel und dem Warten auf diese Grenze, so fern wie das Ende der Nacht. Nur Roger und ich wechseln hin und wieder ein paar Worte. Nicolas ... Nicolas ... mein Sohn, mein geliebter, was gäbe ich heute Abend nicht dafür, dich wieder in meinem Bauch zu haben, dir ein anderes Gedächtnis, andere Augen, eine andere Haut zu formen, die der Böse nicht berührt, eine neue Unschuld, nach der die Bestie nicht gegiert hat. Was gäbe ich darum, dir eine andere Sonne zu schenken.

Der Mann am Steuer ist ein nicht sehr gesprächiger Koloss namens Beauvais. Er fährt einen Geländewagen in ziemlich gutem Zustand. Roger kannte ihn zwar nicht vor der Fahrt durch diese Nacht, er war ihm aber von einem Freund, dem er vertraute, empfohlen worden. Soweit man denen vertrauen kann, die sich unsere Freunde nennen. Misstrauen herrscht im intimsten Bereich unseres Lebens, ich kann ein Lied davon singen. Jedenfalls können wir uns nur in die Hand Gottes und der Vorsehung begeben, Roger hatte zu wenig Zeit gehabt, die Verlässlichkeit seiner Kontakte zu überprüfen. Beauvais stammt aus Hinche, er weiß auf dem Zentralplateau und in der Grenzzone gut Bescheid, kennt Umgehungsrouten, Wege und Streckenabschnitte, die man meiden sollte, wie auch Umwege, die weniger gefährlich sind. Auch Roger kennt sich in der Region aus, einst ist er hier oft zur Jagd gegangen. Die große Herausforderung besteht darin, die Grenze zu erreichen, ohne die Kontrollpunkte zu berühren, die von Militär, unterstützt durch *macoutes*, besetzt sind. Anscheinend ist Beauvais ein Spezialist für diese Art von Marathon. Jedenfalls haben wir den Posten von Croix-des-Bouquets vermieden und auf kaum vorhandenen Wegen die kleine Stadt umrundet. Die Reifen des Fahrzeugs wie auch unsere Körper werden auf eine harte Probe gestellt.

Ich habe Roger genug Geld ausgehändigt, um die Miete für das Geländefahrzeug, das Benzin und die Kosten für unseren Führer zu begleichen. Roger hat nichts verlauten lassen, als er aus meinen Händen ein Bündel nagelneuer amerikanischer Scheine entgegennahm. Er begriff, dass Raoul Vincent die finanzielle Seite unserer Expedition gewährleistete. Auch habe ich Roger noch erheblich mehr für Unvorhergesehenes im Verlauf der Fahrt zugesteckt, falls es irgendeinem selbsternannten Chef einfallen sollte, uns zu bedrohen, oder um einer *shanpwèl*-Gesellschaft* auf nächtlicher Wanderschaft einen eventuellen Wegezoll zu zahlen. An der haitianischen Grenze sind auch noch unsere Kontaktpersonen zu bezahlen, Einwanderungsoffiziere am Tag, heimliche Schlepper in der Nacht. Ebenso wird auch das Militär fürs Wegsehen seinen Teil erhalten müssen. Um sechs Uhr abends schließt die Grenze. Danach, wenn es stockfinstere Nacht wird, setzt der Übergang der Flüchtlinge ein, der teuer zu bezahlen ist. Anschließend übergeben sie uns an dominikanische Komparsen. Jede Etappe muss großzügig bedacht werden, ohne, dass wir deshalb Anspruch auf irgendeine Garantie durch unsere Mittelsmänner haben; sie können beschließen, uns zu verraten, oder selbst verraten werden. Der schwarze Stoffbeutel ist noch ziemlich schwer, ich habe bisher keinen unbeobachteten Moment gefunden, um die Scheine zu zählen, kenne also nicht den Betrag darin, der aber ziemlich hoch sein muss. Raoul hat die Jahre, in denen er sich unserer Leben bemächtigte, sehr großzügig vergolten.

Ich verspüre kein Bedauern, mein Land zu verlassen. Heimweh, Trübsinn, *Haïti chérie*, all diese Gemütszustände der Dichter im Exil erscheinen mir im Augenblick lächerlich poetisch. Ich preise die Arme des Exils. Die Wahl habe nicht ich getroffen. Ich gehöre zu jenen Männern und Frauen, die immer zahlreicher ihren Teil der Insel verlassen, verjagt vom Hass eines Regimes, das den Bürgern, die auch nur ein wenig um ihre Rechte auf ein Leben in Würde und Respekt wissen, keine Form des Einspruchs gewährt. Jeder Kilometer, den der Wagen zurücklegt, bringt mich zur Verzweiflung, entfernt er mich doch von Daniel, und schafft Erleichterung, entwirft er mir doch eine andere Zukunft für meine Kinder. Ich weiß immer noch nicht, ob Daniel am Leben ist. Rührte dieser besagte Todesschatten, von dem mir Solange gesprochen hat, von seinem Geist, befreit von seinem Körper? In gewisser Weise hätte ich es vorgezogen, dass er bereits tot wäre, statt einem langsamen und endlosen Todeskampf in der Hölle von Fort-Dimanche zu erliegen. Es hat mich zu lange mitgenommen, Daniels Leiden vollkommen machtlos mitzuerleben. Und wenn er freigelassen wird? Ich weigere mich in Zukunft, mich mit dieser Grundsatzfrage zu quälen, die ich mir in den letzten Jahren bis zum Überdruss gestellt habe. Die Frage, die ich zur Rechtfertigung meiner Niederlage gemacht habe. Ich werde sie in einer Schachtel verschließen und auf den Grund des Azuéisees versenken, sie den Kaimanen zum Fraß vorwerfen, die in diesem verschwiegenen Wasser leben. Ich habe vergessen, welchen Geschmack Daniel in meinem Leben hatte. Käme er heute Abend zurück, wir wären zwei Fremde, zwei benachbarte Länder wie Haiti und die Dominikanische Republik, getrennt jedoch durch eine Grenze aus Schweigen und Tränen. Raoul Vincent hat mich, hat uns am Ende reichlich zum Narren gehalten. Er hat seine Begierden und seine Wunschvorstellungen befriedigt und sich dabei unsere Leben angeeignet. Ich habe es mit mir geschehen lassen, Willfährigkeit ist zu allen Kompromissen bereit, sogar zu schlechten Tauschgeschäften. Raoul trägt nicht alle Schuld allein. Mit ihm habe ich eine Frau in mir entdeckt, die ich nicht kannte. Eine gierige, blinde Frau. Ich habe die einfachste Wahl getroffen. Mich Raoul Vincent hinzugeben und darauf zu warten, dass ein Leben wiederkehrt, das bereits mit Daniels Verschwinden verloren war. Ich habe nicht geglaubt, dass die Zeit unumkehrbar ist. Ich wollte aus zwei Höllen das Beste. Ich werde aber alle meine Dämonen, einen um den anderen, bekämpfen müssen, möchte noch Tage erleben, an denen es gut ist, am Leben zu sein, mich ohne Furcht am Blau der heiteren Stunden erfreuen. Von nun an werde ich dem Leben besser in die Augen blicken, mich nicht davor scheuen. Ich werde Marie in die Augen schauen und darin nicht das Abbild meiner Niederlage und meines schlechten Gewissens sehen. Ich will wieder anfangen, mich zu lieben, um sie besser lieben zu können, falls es nicht zu spät ist.

Schon fast zwei Stunden Fahrt. Es ist keine richtige Straße der wir folgen, eher eine Buckelpiste, immer wieder unterbrochen von großen Schlammlachen. Manchmal neigt sich das Geländefahrzeug so extrem, dass ich uns jeden Augenblick auf die Seite kippen sehe. Unser Fahrer ist konzentriert bemüht, die beste Wahl zu treffen. Je nachdem, wie wir vorankommen, informiert er Roger über die Stellen, an denen wir sind, als erkenne er sie an ihrem Geruch oder an irgendeiner Schwingung, die nur er im Stockdunklen wahrnimmt. Ich erfahre, dass wir soeben die Außenbezirke der Kleinstadt Ganthier hinter uns gelassen haben. All diese langen Umwege verlängern unsere Reise beträchtlich. Ich habe Rückenschmerzen. Marie, immer noch auf meine steif gewordene Schulter gestützt, ist auch eingeschlafen. Die nächste und letzte Etappe wird Fonds-Parisien sein. Anschließend werden wir am Azuéisee entlang bis zu Grenze fahren. Auf dieser Strecke gibt es keine andere Wahl, als der einzigen verfügbaren Route zwischen dem See und einer langen Bergwand zu folgen. Die schwierigste Passage.

Ich spähe in die Dunkelheit, bis mir die Augen schmerzen, ich sollte mich eher zurücklehnen und ein wenig ausruhen. Seit Croix-des-Bouquets sind wir keiner Menschenseele begegnet. Plötzlich fährt

Beauvais langsamer und manövriert, um an den Wegrand zu gelangen. Er will prüfen, ob die Reifen beschädigt sind. Befürchtet hatte ich das schon lange, aber als er es entdeckt, klopft mein Herz noch stärker. Meine Befürchtungen haben sich bestätigt. Der rechte Vorderreifen hat Luft verloren. Er muss schnell ersetzt werden. Roger, Beauvais und ich steigen aus, Marie und Nicolas, die noch schlafen, bleiben aus Sicherheitsgründen im Wagen. Wir haben zwei Taschenlampen mitgenommen. Die beiden Männer machen sich daran, Ersatzreifen, Wagenheber und Radmutternschlüssel zu suchen. Ich stehe am Wegrand mit dem seltsamen Gefühl, als wollten viele Hände mich greifen und in die Nacht hinter mir ziehen. Die Nacht lebt, hat einen Körper, einen Atem, ihre vertrauten Gerüche und Millionen Augen. Roger versucht mich zu beruhigen. Er stellt sich dicht neben mich, während er die Fahrzeugseite beleuchtet, an der Beauvais arbeitet. Der Mann schwitzt schon dicke Schweißtropfen. In der Stille vernimmt man allmählich das Rascheln einer Vielzahl winziger Lebewesen im Gras.

»Wir haben es nicht mehr sehr weit«, sagt Roger.

»Was für eine Reise, Roger! ... die werde ich nicht so bald vergessen.« Ich strecke mich. Diesen Halt hatten wir schließlich nötig, um unsere schmerzenden Glieder zu entspannen.

Ein plötzlicher Flügelschlag neben unseren Köpfen. Ich zucke zusammen.

»Sei unbesorgt«, sagt Roger. »Die Gegend ist reich an Wild ... hier sind Tümpel ... wahrscheinlich Wasserhühner oder ein Schwarm Perlhühner, die wir aufgeschreckt haben...«

»Mein Gott! Hab ich mich erschreckt.«

Beim Gedanken an diese Vögel in der Nacht durchläuft mich ein Schauer.

»Nirvah?«

»Ja, Roger.« Warum ruft mich Roger? Ich stehe direkt neben ihm, er kann doch einfach losreden. Was will er mir denn sagen? Ich habe immer Angst vor Worten, die nicht gleich kommen.

»Heute Abend, kurz bevor ich zu Doktor Xavier fuhr, um dich abzuholen, kam ein Freund bei mir vorbei, um mir mitzuteilen, dass der Staatssekretär ... dass Raoul Vincent festgenommen wurde ... am frühen Abend ... Sie haben ihn abgefangen, als er versuchte, in der Residenz des venezolanischen Botschafters in Musseau Asyl zu erhalten ... als Frau verkleidet. Er hat eine große Geldsumme bei sich gehabt, Geld aus der

Staatskasse, wie man sagt. Er ist des Hochverrats, der Anstiftung zum Mord an drei Regierungsmitgliedern, davon einer bereits ausgeführt, und der Veruntreuung von Geldern des Volkes angeklagt. Er ist hinter Gittern ... hat keinerlei Chance, lebend herauszukommen.«

Mir rutscht ein kleines Gelächter heraus. Und doch ist das Groteske der Situation unendlich traurig. Raoul Vincent, verkleidet als Frau! Welch jämmerliches Ende für Seine Exzellenz. Ich weiß nicht, was ich empfinden soll, aber ich beruhige mich mit dem Gedanken, dass Empfindung kein Willensakt ist. Ich stehe zu meiner Leere. Mein Herz spürt nichts, weder Freude noch Leid. Auch noch keinen Hass. Vielleicht stammt das Geld, das mir Raoul gegeben hat, aus derselben Quelle ... Geld des Volkes. Ich merke noch, dass dieses Wissen mir nichts ausmacht. Ich bin nicht in der Lage, Gewissensbisse zu haben, ich bin auf der Flucht, versuche meine Haut und die der Kinder zu retten. Dieses fragwürdige Geld rettet mir das Leben, also werde ich es nicht in die Savanne werfen. Nur gut, dass ich Rogers Augen nicht sehen kann, ich könnte sein Urteil nicht ertragen.

»Hmm ... Raoul hatte einen Anfang und ein Ende ...« Ich weiß nicht recht, was dieser Satz heißen soll, den ich Roger statt einer Antwort sage.

Raoul wird nun seinerseits zu schmecken bekommen, wie es ist, sich Tag um Tag sterben zu sehen. Ich hoffe, dass er niemanden zurücklässt, der ihm nachtrauert. Ich jedenfalls werde ihn nicht vermissen.

Wir fahren wieder los, Beauvais hat sich bei der Arbeit beeilt. Ich sehe auf meine Uhr, wir sind schon mehr als drei Stunden unterwegs. Malpasse ist jedoch nicht weit, beruhigt uns Beauvais. Wir werden bald am See entlangfahren. Mit jeder Minute wächst meine Ungeduld anzukommen, ich halte es im Wagen kaum mehr aus. Ist es Ungeduld oder noch größere Angst, jetzt, wo wir kurz vor dem Ziel sind? Marie und Nicolas schlafen noch. Ich werde sie wecken, damit sie munter sind, wenn wir zu Fuß gehen müssen.

In Seenähe ist die Luft ein wenig frischer. Laut Roger brauchen wir noch eine Viertelstunde bis zum verabredeten Punkt. Schilfbüschel ziehen links von uns am Rand des großen Sees vorüber, dem wir seit knapp zehn Minuten folgen. Ich habe den Azuéisee noch nie bei Tageslicht gesehen, eigentlich im ganzen Leben noch nie. Seine Wasser sollen blau sein. Ein in sich abgeschlossenes Mischwasser, das teils aus der Erde, teils aus dem Meer kommt. Ich erahne die Bewegungen, die seine Oberfläche kräuseln. In diesem düsteren Wasser lasse ich einen Teil meiner selbst, meinen Teil an Düsternis und Vergessen. Die Kinder, soeben erst wach geworden, versuchen, sich im geschlossenen Wagen zurechtzufinden, den sie für die Zeit eines Traums verlassen hatten. Seltsamerweise weht ein Staubschleier den Scheinwerfern des Geländefahrzeugs entgegen. Ich spüre das alarmierte Aufschrecken Rogers, diesen Staub kann die zu sanfte Brise nicht aufgewirbelt haben, er stammt von Reifen, die aus der Gegenrichtung auf uns zurollen. Ich sehe jedoch keine Standlichter. Die Luft im Innenraum wird plötzlich knapper. In dem Moment, als ich mich vorbeuge, um Roger zu fragen, was los ist, drückt Beauvais brutal auf das Bremspedal des Fahrzeugs, dessen Reifen verzweifelt über die steinige Straße rutschen. Um Haaresbreite weicht er dem Hindernis aus, das im Licht unserer Scheinwerfer erscheint, und lässt ein heftiges »Verdammt!« los. Das ruckartige Halten des Fahrzeugs setzt unserer Wirbelsäule übel zu. Im selben Moment rattert eine Salve aus einer automatischen Schusswaffe und versetzt die Seegründe in Aufruhr. Aus dem Staub kommen quer zur engen Fahrbahn zwei nachtschwarze Jeeps zum Vorschein.

ALPHABETISCHES GLOSSAR

Alexis, Jacques Stephen (1922–1961): haitianischer Arzt, Schriftsteller und kommunistischer Politiker. 1961 beim Versuch einer heimlichen Rückkehr aus dem Exil ermordet.

Artibonite: einer der zehn Verwaltungsbezirke (Départements) von Haiti, benannt nach dem gleichnamigen Fluss.

Asòtò: die größte der bei Voodoozeremonien verwendeten Trommeln (bis zu 1,5 Meter Höhe).

Asson: eine Art Rassel aus einem ausgehöhlten Kürbis, liturgisches Instrument und Abzeichen der Voodoopriesterinnen und -priester.

Bateys: Lager für haitianische Saisonarbeiter in der Dominikanischen Republik.

Bayahonde: mimosenähnlicher Strauch.

Bicentenaire: der Name bedeutet »zweihundertjähriges Bestehen« und wurde zur Bezeichnung des Viertels *Cité de l'exposition*, gebaut in den 1950-er Jahren zum zweihundertjährigen Jahrestag der Stadtgründung.

Bouzen: Hure.

Déjoie, Louis (1896–1969): Gegenkandidat von François Duvalier bei der Präsidentschaftswahl von 1957, nach dem Sieg Duvaliers im Exil.

Fort Dimanche: zeitweise als Gefängnis genutzte ehemalige Festung in der Nähe von Port-au-Prince.

Houngan: Voodoopriester.

Kadejak: Vergewaltigung.

Kamoken: Rebell.

Kounan: x-beinig.

Lakou: Ensemble aus dem Wohnhäusern mehrerer Familien.

Lwa (sprich »Loa«): Bezeichnung für die Geister des Voodoo.

Macoutes oder *tontons macoutes*: volkstümliche Bezeichnung für die paramilitärische Organisation der VSN (siehe dort). Ihr Name leitet sich von dem Popanz ab, der in Haiti unartige Kinder in seinen Sack steckt. (Eine *macoute* ist eine Art Umhängetasche, *tonton* bedeutet »Onkelchen«.)

Madichon: Fluch, schädlicher Zauber.

Manbo: Voodoopriesterin.

Manfoubin: gleichgültig (vom französischen *[je] m'en fous bien*, »ist mir wurscht«).

Marabu: Typus mit sehr dunkler Haut, europäisch wirkenden Gesichtszügen und glattem oder welligem Haar.

Marronnage: ein *marron* ist eigentlich ein flüchtiger oder aufständischer Sklave. Im weiteren Sinne ist *marronnage* die Haltung von jemand, der Verantwortung scheut oder sich nicht eindeutig festlegt.

Mer Frappée: Ausflugsgegend südlich von Port-au-Prince.

Nago: Familie von eher kriegerischen und ungestümen Geistern.

Neger unter den Vögeln: nach Jean-Marie Lamblard: *L'oiseau nègre. L'aventure des pintades dionysiaques*, Paris 2003.

Noirisme: auf den Antillen einflussreiche Richtung, die aus der Perspektive der Schwarzen den Konflikt mit den Weißen bzw. den Mulatten in den Vordergrund stellt.

Pichon: Fluch, schädlicher Zauber.

Pwen: Kraft oder Gabe (z. B. Unverwundbarkeit, Unsichtbarkeit, geschäftlicher Erfolg etc.), die einem von einem Magier verliehen wird und für die eine hohe Gegenleistung zu erbringen ist.

Restavec: jugendliche Hausangestellte, die keinen Lohn, sondern nur Unterkunft, Verpflegung und – im Prinzip – eine Schulausbildung erhalten.

Rigwaz: Ochsenziemer.

SAC: Société Africaine de Culture (afrikanische Kulturgesellschaft).

Shanpwèl: Geheimbund, der im Ruf steht, schwarze Magie zu praktizieren und Menschen zu entführen.

Tafia: Zuckerrohrschnaps. Nur einmal destilliert, daher billiger und weniger stark als Rum.

Trempé: mit Kräutern, Wurzeln oder Früchten aromatisierter Zuckerrohrschnaps.

UCH (Union des Communistes Haïtiens): Union der haitianischen Kommunisten.

VSN (Volontaires de la Sécurité Nationale): 1959 von François Duvalier geschaffene Freiwilligenmiliz zur nationalen Sicherheit, bekannt und berüchtigt unter dem Namen *tontons macoutes* (siehe auch *macoutes*).

Zèbaklou: basilikumähnliche aromatische Pflanze.

Zotobré: ›hohes Tier‹.

Zouzoune: siehe *zotobré*.

KETTLY MARS bei litradukt

Vor dem Verdursten

Haiti 2011. Fito könnte als Erfolgsautor und Architekt ein ruhiges Leben führen, wäre da nicht eine dunkle Seite seiner Persönlichkeit, die er in Canaan, einem Lager für Erdbebenopfer, auslebt. In dem »Gelobten Land« nahe der Hauptstadt leben in Notunterkünften über 80 000 Menschen; Kriminalität und Prostitution sind allgegenwärtig. Fito kämpft vergeblich gegen seine Neigung zu den Mädchen an, die sich dort aus Not dem Meistbietenden hingeben. Der Besuch einer japanischen Journalistin bringt ihn zusätzlich in Bedrängnis. Fito muss sein Geheimnis vor ihr verbergen, fühlt sich aber auch zu ihr hingezogen.

124 S., Softcover, 12,90 €
ISBN: 978-3-940435-13-2

»[Kettly Mars] fällt in Vor dem Verdursten *keine Urteile. Wenn sie Ihre Feder naturalistisch in die Wunden ihrer Landsleute legt, dann weil sie – und wir – die Augen nicht vor ihnen verschließen sollen.«*

Grégoire Leménager, *Le Nouvel Observateur*

Fado

Anaïse, eine bürgerliche Frau aus Port-au-Prince, schafft sich nach der Trennung von ihrem Mann eine neue Identität und wird zu Frida, einer Prostituierten in einem schäbigen Bordell der Unterstadt. Dank Frida ergreift sie wieder Besitz von ihrem Körper und glaubt aufs Neue an die Liebe. Im Rhythmus des Fado verschwimmen die Grenzen von Vernunft und Wahn, Leben und Tod.

85 S., Hardcover kartoniert, 11,90 €
ISBN: 978-3-940435-07-1

»Ein Roman wie ein Fiebertraum.«

Die Presse, Wien

LYONEL TROUILLOT bei litradukt

Lyonel Trouillot wurde 1965 in Port-au-Prince geboren, wo er noch heute lebt. Er schreibt Lyrik und Prosa in französischer und kreolischer Sprache. Seine Romane wurden mit zahlreichen Preisen ausgezeichnet. Als Mitglied und Sprecher des Collectif *Non*, einer Initiative von haitianischen Intellektuellen, gehörte er zu den wichtigsten Opponenten gegen das Regime von Jean-Bertrand Aristide. Lyonel Trouillot lehrt französische und kreolische Literatur an der Universität Port-au-Prince.

Jahrestag

Port-au-Prince, Anfang 2004, Jahr der zweihundertjährigen Unabhängigkeit Haitis. Der Student Lucien Saint-Hilaire begibt sich aus dem Slum, in dem er wohnt, zu einer Demonstration. Die Stimmen der Personen, denen er begegnet, und die, mit denen er im Geist Zwiesprache hält – sein Bruder, der zum Gangster geworden ist, seine Mutter, die als Bäuerin in der Provinz lebt, die »Ausländerin«, die er liebt, ohne sie wirklich zu kennen, der Ladenbesitzer, der den alten Zeiten nachtrauert –, treten in Dialog mit seinen Gedanken und ergänzen sie zu einer Typologie der haitianischen Gesellschaft. Vor dem Leser, der Lucien bis zur letzten Polizeiattacke begleitet, entsteht das Bild eines zutiefst zerrissenen Landes, aber auch der erneuernden Kräfte und ihres aufopfernden Einsatzes für Gerechtigkeit und Demokratie.

96 S., Softcover, 11,90 €

ISBN: 978-3-940435-12-5

»›Die Dinge haben keinen Grund. Man muss nur hinsehen‹, legt Trouillot seinem Helden in den Mund, der bis kurz vor seinem Tod davon träumt, einen Roman zu schreiben, ›dessen Held das Schweigen‹ ist, ›ein Buch des Blicks, das sich den Lärm erspart‹. Genau dieses Buch hat Lyonel Trouillot geschrieben und dem Schweigen eine Stimme gegeben.«

Cornelius Wüllenkemper, *Süddeutsche Zeitung*